書下ろし

ゲームマスター

国立署刑事課 晴山旭・悪夢の夏

沢村 鐵

祥伝社文庫

目次

主な登場人物

晴山《はるやま》 旭《あきら》	警視庁国立署刑事課強行犯係所属。巡査部長
但馬《たじま》 笙太《しょうた》	中崎高校の２年Ｃ組の生徒
石田《いしだ》符由美《ふゆみ》	中崎高校の２年Ｃ組の生徒
落合《おちあい》鍵司《けんじ》	中崎高校の２年Ｃ組の生徒
戌井《いぬい》鈴太郎《りんたろう》	中崎高校の２年Ｃ組の担任。国語教師
小峰《こみね》正雄《まさお》	警視庁国立署刑事課長。警部
栗林《くりばやし》 譲治《じょうじ》	警視庁国立署刑事課係長。警部補
遠藤《えんどう》 椿《つばき》	警視庁国立署刑事課デスク担当。巡査部長
鷲尾《わしお》千賀子《ちかこ》	警視庁生活安全部所属。警部補
比嘉《ひが》良彰《よしあき》	沖縄県警刑事部所属。巡査部長
落合泰《やすし》	落合鍵司のいとこ。中古車販売員
晴山みどり	晴山の妻。介護福祉士
宮下《みやした》久志《ひさし》	みどりの兄。長野県警所属
ゲームマスター	謎の存在

砂漠は育つ。かなしいかな、砂漠を内に蔵する者は。

——ツァラトゥストラ

なんてことだ、なんてことだ、なんてことだ………

意味をなさない言葉が頭の中を回っている。まともな思考力が根こそぎ吹っ飛ぶようなパニックで身体《からだ》が固まっている。この教室を出られない。いや、身動きさえできない。目の前の教壇を見つめるのみ。

先生はいままで見たことのない顔をしていた。いきなり違う人間になってしまった気がした、それは彼だけじゃない、そばにいる生徒も……爆音と光が続けざまに炸裂《さくれつ》する。

教室に死の雨が降ってる。クラスメートの何人が、いまのこの光景が夢じゃないってことを理解してるだろう？　理解できるわけない、こんなの習ってない教室が急に戦場みたいになるなんて、でもこれが現実……僕は教壇に近づけなかった。悪夢の中で溺《おぼ》れ死ぬような気分だった、水を掻《か》いても掻いても前に進めない。ただ沈んでいく息ができなくなる。

隣の席でびゅっ、という魚が跳《は》ねるみたいな音がした。僕はゆっくり横を向く。

セーラー服が机に突《つ》っ伏《ぷ》していた。

もう動かない。それが判った。

続いて、彼女の向こうにいる生徒がもんどり打った。床に崩《くず》れ落ちる。赤い飛沫《しぶき》が斜めに飛んだのが見えた。僕は目を閉じ、すぐ開ける。見たくない、でも見ないと死ぬ自分がなんてことだなんてことだなんて……ふいに一切の音が止《や》む。声が聞こえた。教壇から。

あるはなく　なきは数添ふ　世の中に　あはれいづれの　日まで嘆《なげ》かん

九月一日（火）　夏の終わり　😐

▼晴山旭《はるやまあきら》

月が替わった。長かった八月がようやく終わった。

学生は夏休みが終わる日だから嘆いているだろうが、大人の社会には関係ない。相変わらずうんざりするだけだ。暑さはまるで引く気配がないから。

夏はまるで終わっていない。

自分の管轄である国立《くにたち》市周辺も大概《たいがい》だが、東京の更に西の果ての暑さはまた格別だった。本当は、こんなところまで出張ってきたくはなかった。この辺りは東京とは思えないほど緑が多いからマシかと思ったら、かえって湿気がひどい。まだ早朝だというのに熱帯雨林を思わせる暑気で、ネクタイを緩《ゆる》めずにはいられなかった。ジャケットはむろん車の中に置いてきた。

だが、俺の目の前を歩く制服警官はクソ真面目《まじめ》で、きっちり防刃ベストを装着している。目的地まで誘導してくれるこの警官、いくら地元で気候に慣れているとはいえ、根性が入っていると思った。ただ、見たところすでに五十歳前後。階級は巡査長。もはや出世はありえない、一生交番勤めで終わる人だ。

対して、自分は刑事。ほのかな優越感は抑えられない。絶対に表には出さないが。

この巡査長が黙々と歩くのにくっついて、俺は丘状の土地をひたすら上っている。民家は目に見えて少なくなっていた。おい、もうこの上に家なんかないだろう、と文句を言いたくなったところで、ぽつんと一軒家が建っているのが道の先に見えた。

「あそこの家です」

巡査長は気弱そうな小さな目で俺を振り返った。すぐ視線をそらす。息子のような歳の同僚がそんなに怖いのか。そんなに強面《こわもて》ではないと思うのだが。

「お疲れ様でした」

俺はできるだけ丁寧《ていねい》な口調で言った。

「ここまでで結構です」

「えっ、でも」

巡査長は目玉を小刻《こきざ》みに痙攣《けいれん》させた。どうしても直視してくれない。緊張しすぎなんだと俺は思った。それとも、善良な市民に対してもこんなにオドオドしているのか。だとしたら適材適所。こういう肝《きも》の小さい人はこういう僻地《へきち》の駐在所で一生を終えるにふさわしい。そう思ってしまうのは、意地悪か。

「ちょっと訳ありで。和久井《わくい》署長には許可をもらっています」

巡査長の所属署のトップの名前を出す。実は、これは正確ではない。俺の上司を通じてここまでの案内を要請はしたが、家宅捜索の許可まではもらっていない。

「了解しました」

巡査長は従順な犬のように納得した。

「必要になったら呼び出してください」

俺が黙って頷《うなず》くと、巡査長はちらちら振り返りながら来た道を下りていった。その貧相な姿が見えなくなってから、目の前にある小さな一軒家を見据《みす》えた。

ふいに、わしゃわしゃわしゃ……とセミの声が耳を聾《ろう》する。ほとんど暴力的に。人外境に迷い込んだような怖さが胸の底に染み出した。自分で巡査長を追い払ったくせに、一人になると心細い。バカな。

この家の構えのせいだと思った。

特徴のない平屋建ての民家。見たところ築三十年は経っている、手ごろな中古物件を買ったのだろう。表札はないが、これが落合泰《おちあいやすし》の自宅に間違いない。家屋の隣にはシルバーのミニバン。

玄関の扉に顔を寄せる。中はひっそりしている。人の気配を感じない。

当然だ。落合泰はもう何日も目撃されていない。この部屋もすでに、地元の奥多摩《おくたま》署によって家宅捜索済み。不審なものも、失踪に繋《つな》がるものも一切発見されていない。それは、特別に閲覧《えつらん》の許可を得たあの調書に記載されていたとおりだ。俺は自分で目を通した。疑う理由はない。

だが……この家の中にはおぞましいものがある。直感がそう告《つ》げている。

銃が欲しい、と思った。いま俺は武器を持っていない。捜査の段階で拳銃を携帯する刑事などいない。普段は持ち慣れないから欲しいとも思わない。だが、今日だけは違った。心細い。

そんな自分を笑い飛ばし、現場検証に使う手袋を取り出して両手に塡《は》め、ドアノブをつかんで回す。

むろん鍵《かぎ》がかかっている。シリンダー錠ではあるが、お目にかかったことのないタイプだった。果たしてうまくいくか？　俺はポケットから道具を取り出した。テンションとピックと呼ばれるもの。つまりは、ピッキングをする。

別の所轄署の刑事課に所属する俺が、地元署に許しを得てガサ入れをするためには本来、かなり面倒な手続きが要《い》る。正式に捜索差押許可状を取る時間がない場合はどうするか？

黙って入るしかない。裏技を使うしかない。

ピッキングについては、裏講習でエキスパートに直々《じきじき》に習った。俺の所属署の鑑識係の蒲郡《がまごおり》さんは警視庁の中でも一、二を争う腕前と言われている。俺は実習中にたちまちコツを摑《つか》んで錠を開けまくった。お前は筋がいいと誉《ほ》められた。調子に乗って蒲郡さんにせがみ、こっそり道具を譲《ゆず》り受けた。以来必要なときには使っている。違法捜査と糾弾《きゅうだん》される日が来るまで俺は続けるだろう。捜査は綺麗事では進まない。

目を閉じて集中する。ピックでタンブラーを押す。神経を研《と》ぎ澄《す》ましてかすかな振動を読み取り、シアラインを整えた。テンションでシリンダーを回転させる。あまり手応えがなかったが、俺は目を開けた。錠は嘘《うそ》のように開いている。案外楽だった。

玄関に入りドアを確かめて、閂《かんぬき》式の内鍵があることに気づいた。家主の落合は、普段はこれを使っていただろう。つまり二重の鍵。かなり警戒心の強い男だったようだ。

地元署がここを家宅捜索した後は、外鍵しか閉めなかった。だから俺がこうして入れたのだ。道具をしまうと家の中を見据える。靴《くつ》を脱いで上がり框に足をかけた。慎重に歩を進める。

すぐに居間に到達した。何の変哲もない独身男の部屋の光景が広がっていた。衣類があちこちに転がっている以外は割合に整頓されている。奥には三〇インチほどの液晶テレビとレコーダーとスピーカーセット。俺はリモコンを探し出して電源を入れた。電化製品は全て動く。失踪前と同じ状態が保たれているようだ。レコーダーに録画されている番組と予約されている番組を確かめる。失踪したのは一ヶ月ほど前。その頃から、番組は確かに未見になっている。

録画リストに取り立てて目立った特徴はなかった。アニメ番組の割合が多い気はしたが、今日日《きょうび》の三十代男に珍しくもない傾向。CS放送に加入しているのにアダルト番組が見当たらないのは逆に異常と言えば異常だったが、性欲は家の外で解消していた。それだけのことかも知れない。

壁際の棚も覗《のぞ》く。マンガ、アニメのDVDがやはり多い。アクション映画も目につく。ミリタリーものやサバイバル・ドキュメントもあった。デジカメを取り出して、念のためにジャケットの写真を撮《と》った。本棚全体も撮る。DVDに比べれば少ないが書籍も並んでいた。雑多なジャンルのコミックス。メジャーなものが多い。活字の本もあるが小説がなく、学術書か自己啓発系の本ばかりだった。右翼的なタイトルもある。〝日本〟〝愛国〟〝防衛〟などという単語が目についた。そこに混じってトンデモ系の本もあった。秘密結社の陰謀、UFOの真実、滅亡の大予言の類《たぐい》だ。気にはなったが、まあこれぐらいで異常とは言えない。

俺は一息つくと、改めて部屋を見回した。

だらしなさと几帳面さがまぜこぜになったアンバランスな印象。尖《とが》った違和感が胸をチクチク刺している。うまくは言えない。鑑識のように、異常さを証明する確実な物証を割り出せるわけでもないし、科捜研の連中みたいにプロファイリングして論文にもできない。

だが臭う。俺のセンサーが反応している。何かが腐《くさ》ったような、普通ではない臭いが鼻の辺りに纏《まつ》わりついている。それは本物の臭気ではない、ここの住人が病んでいるという感覚だ。

また棚に向かい、片っ端からＤＶＤのパッケージを開けた。何も見つけられない。棚を離れ、あちこちを手探りで調べる。床のカーペットを引っぺがし、カレンダーの裏を見て押し入れの奥を探った。隠し部屋や屋根裏部屋を見つけるためだ。必ず何か見つかる。そんな勘を裏づけたかった。

だが見つからない。直《ただ》ちに犯罪につながるものがない。これほど臭いだけはしているのに！　情報と違う。少なくともあれが出てこなくてはならない。精巧な模造品が。これは地元署も摑んでいない、俺だけが持っている情報だ。なのに影も形もないとはどういうことだ。何も出ないことが逆に奮《ふる》い立たせた。最も深い秘密こそが最も巧妙に隠されているのだ。忌々《いまいま》しいヤツめ……会ったこともない落合泰に悪罵《あくば》を投げる。お前はいまどこにいる。自分のミニバンは家の横に駐《と》めたまま、どこに消えたのか。誰が行方《ゆくえ》を知っている。

――誰も知らない。だから事態はややこしくなっているのだ。

俺は諦《あきら》めた。落合の家を後にする。だがいつか人手をかけて本格的な家捜《やさが》しをしたかった。その時は庭まで掘り返してやる！　玄関のドアはうまいこと施錠できた、運がよかった。これで地元署に「勝手に侵入するな」と咎《とが》められても言い抜けできる。山道の下に路駐していたホンダのインサイトに戻った。ダッシュボードに入れておいた資料を取り出して読み返す。

落合泰三十一歳。あまり名の聞かない大学を出た後しばらくフリーターをやってから今の会社に就職した。大手の中古車販売企業だ。勤めていた営業所はここから車で二十分ほどのところ。丸二年真面目に勤め上げた後、契約社員から正社員の座を勝ち取っている。

だが、調書を読めば読むほど社会性のない男だという印象が強まる。友人と呼べる人間はいない。会社の飲み会や歓送迎会にもほとんど出ない。無遅刻無欠勤の代わりに人づき合いには全く時間を使わない。仕事が終われば自分の世界に帰るだけなのだ。

正社員になる前とは人が変わったらしい。猫をかぶって、安定した職を手にした。身分が保障されてからは正直になった。定収が欲しかっただけらしい。

言わずもがなの一人っ子。両親は健在だが、青梅市《おうめし》――隣の市だ――に住んでいるにもかかわらず息子の家に来たことがない。来るなと言いつけてあったらしい。ここへ来る前に親に話を聞きに行ったのだが、

「親しい人間に、本当に心当たりはないんですか」

と訊《き》いても両親はハイ、とあっさり答えるのみ。息子と連絡が取れないにもかかわらずそれほど悲しそうではなかった。情が薄い。この親たちを疑うべきかと勘繰《かんぐ》ったが、父親

も母親も警察に怯《おび》えている様子はなかった。本当に行方を知らないのだろう。

ただ、興味深い事実を引き出せた。落合泰の父、落合晋太《しんた》はこう言ったのだ。

「ケンちゃんは、夏休みのたびに来てたみたいですが」

「ケンちゃん？」

詳しく聞いた。フルネームは落合鍵司《けんじ》。泰の父親の弟の、息子だ。つまりいとこ。落合晋太の弟は慶次《けいじ》といい、その一人息子。いま高校二年生だと言う。調布《ちょうふ》市に在住。

そして歳の離れた泰になついていた。この夏休みにも、こんな東京の果てまで来て泊まっていったという。あの家に？　どんなに暇《ひま》でも、夏休みに来たい場所だろうか？　いくら親戚でも。なんと物好きな高校生だろう。俺だったらあんな家、息が詰《つ》まって逃げ出したくなる。

落合鍵司は、落合泰と人間関係を成立させていた唯一の人間だったようだ。やはり行かねばならない。気が重かった。高校生に事情聴取をするのは気を遣う。親の目、教師の目、同級生たちの目に気をつけ、本人を傷つけないように接しなくてはならない。もともと一般市民にとって刑事が訪ねてくるというのは災厄《さいやく》でしかない。

だがともかく、いとこがいる町へ。通っている学校へ行き、どんな人間か探らなくては。俺はインサイトを発進させた。今度は東へ。ここに比べればだいぶ東京らしい町、調布市と府中《ふちゅう》市の境目《さかいめ》を目指す。国道４１１号線から都道45号線に入ってアクセルを踏み込みながら、妙な感慨に包まれた。このヤマは思いがけない方向に転がり始めている。得体の知れない不安……皮膚《ひふ》の下に虫が入り込んでしまい、どこを掻いたらいいのか分からないような気持ち悪さがあった。我知らず、真実を知りたくてたまらなくなっている。

東京では行方不明事件など珍しくもない。警察は、たとえ捜索願が出されても捜索などしない。割《さ》く人員がないのだ。ならば、中古車セールスマンの失踪がなぜこれほどの問題になっているのか。

銃器不法所持の疑いがあるからだ。

俺の所属する署に極秘の通達があった。それを栗林《くりばやし》さんから伝えられたのは一ヶ月近く前のこと。

「まとまった数の銃器がこの北多摩地域に流れたという情報がある。行方を捜査しろ」

それが通達の内容だった。この辺りは暴力団の空白地帯であり、銃器などとはまったく無縁に思えるが、本庁からの肝いりの指令は無視できない。だが、どこから来た銃器だ？ 上司の栗林係長も俺も首を傾《かし》げた。

ところが間を置かず、週刊誌がある疑惑についてスッパ抜いたのだった。在日米軍、アメリカ海兵隊の若い将校が、自ら管理する武器を密《ひそ》かに日本の暴力団に売りさばいたという信じがたい内容だった。国際問題に発展する可能性があるので、捜査を主導する警視庁本部は極秘に内偵を続けてきたらしい。この暴露報道を受けて本庁幹部はあわてて会見を開き、無難な内容でお茶を濁《にご》した。だが週刊誌は二の矢を準備していた。横須賀《よこすか》基地の将校が一人更迭《こうてつ》された事実が明かされ、在日米軍内で何かしらの不祥事があったことは間違いなくなった。

つまり、米軍の銃器が大量に東京に流れた。国立署のシマにも多くが持ち込まれた可能性があるらしい。小さな会議室に俺を引き入れて説明しながら、栗林さんは大いにぼやいた。

「こんな曖昧《あいまい》な、丸投げの指示は聞いたことがない。本部のやることとは思えん」

本庁が持っている情報は、将校から得た断片的な証言のみらしい。米軍は将校をとっくに本国に送還してしまったので、あとは警視庁が尻拭《しりぬぐ》いをするしかない。特に、銃器が流れた可能性のある地域の所轄署が。なんともやりきれない話だった。

「何も出んかも知れんが、本庁の指示だ」

栗林係長は渋柿《しぶがき》みたいな顔で俺に言った。

「不審な動きをしている者から絞《しぼ》り込んで、当たってみてくれ。くれぐれも慎重にな」

雲をつかむような話だ。俺は米軍と本庁を呪《のろ》いながら、だが栗林さんの力にはなりたかった。ブラックリストを検討し、地域の何人かをマークすることにした。同時に、銃器売買に使われそうな怪《あや》しい場所に目を光らせた。

何の成果も上がらなかった。今日まで銃一丁、弾丸一発見つかってはいない。情報はガセではないか。本当だとしても、俺たちの管轄とは無関係だ。そう信じ始めていた。

だがそんな矢先、余計なことを思い出してしまった。一人のエスの言葉を。

優秀な刑事は情報源、隠語で〝S〟と呼ばれる存在を多数抱える。もちろんスパイの頭文字だ。地域社会からどれだけ生の情報を得られるかが捜査の質に直結する。もちろん、容疑者逮捕の数にも。

情報屋をどれだけ抱えているかが所轄の刑事の通信簿だとしたら、俺は大して優秀ではない。しかも、今回のエスは裏社会の人間ではない。ただの一般市民だ。

半年前に、高校の柔道部で一緒だった一つ下の後輩から連絡が来た。国立駅のそばにあるスポーツジムの支配人になりました、という連絡だった。俺も後輩もこの地域で育ったわけではなく、ここで働くことになったのはお互いたまたまで、だからこの巡り合わせを大いに喜び、一時期は月二ペースで飲みに行っていた。その後輩に、先月聞いた話を思い出したのだ。ジムに来る変な客の話を。

決して口をきかず、態度だけでトレーナーに不満を示す客。ランニングマシンで歌いながら走ることをやめられない客。朝からプールに来て、泳ぎもせず夕方までただ座っている客。本当にいろんな変人がいるらしい。今のジムではなく、その前に赴任していた青梅のジムでは、わざわざモデルガンを持ってきて若い客に見せている男がいた。他の客の苦情で発覚し、その時は副支配人だった後輩が、その客にやんわりと注意しなければならない羽目に陥《おちい》った。

「チクられたそのお客、ジムに来なくなっちゃいました」

「やめちまったのか？」

「会員をやめたわけじゃないんですけどね。へそを曲げちゃった感じです。最近はどうか知らないけど」

俺は後輩に電話した。モデルガン男が、その後ジムに顔を出しているかと訊いてみた。後輩は前の赴任先に確かめてくれた。案の定、一度も顔を出していないという。住んでいるのは奥多摩だが、近くにジムがないので青梅のジムまで通っていたらしい。その男の「落合泰」という名前を聞き出し、地元署に問い合わせたところ行方知れずになっていると知って俄然《がぜん》、アタリだとボルテージが上がった。まさか消されたか？　誰に？

「モデルガンマニアが失踪。本部に報告しますか？」

興奮して上司に相談した。

「いいや。まだ早い。奥多摩署にも余計なことは言うな」

栗林係長は表情も変えずに言った。別のシマがからむ事案なら、そこの署に連絡して協力体制をとるのが普通なのに。

「お前一人で当たれ。極秘でな。俺がバックアップする」

異存はなかった。のちのち他の署にシマ荒《あら》しと咎められようが、勝手な事をするなと本庁に叱責《しっせき》されようが、つかんだヤマは自分たちのもの。ホシを挙げれば全ては正当化される。

栗林さんの決断は英断か、それとも危険すぎるか。だが後でどうなろうと、栗林さんは落とし前をつけられる人だ。かつて本庁で名を成し、理不尽な形で島流しにあったという噂《うわさ》のある人だった。それが本当だとすれば、本庁に頼りたくなどないのは当然だ。

いや、栗林係長の指示は俺への温情なのか？　とふいに思う。ここのところミスが立て続いていて、刑事失格の烙印《らくいん》を押されかねない部下にチャンスを与えてくれたのか。となるとこれは最後のチャンスかも知れない。そういう悲壮《ひそう》な決意と共に、俺は落合の自宅にやってきて不法侵入までしたわけだ。モデルガンしか出てこなければただの大外れ。その確率の方が高いとは思っていた。ところが、モデルガンさえ一丁も出てこなかった。これは何を暗示している。どの時点で栗林さんに報告する？

——まだだ。もっと証拠をつかんでから。

俺は一般道で止めどなくアクセルを踏み込んでいた。交機に捕まりかねないスピードを出していることに気づいたが、かまわずキープする。

▼ゲームマスター

窓の外には校舎が見える。

古くもない、さりとて新しくもない、大して特徴のないクリーム色の壁。開いたいくつかの窓にちらほらと人影が見える。まもなく数が増え、その全部が教室に消えるだろう。

夏休みが終わって、みんな学校に戻ってくる。

今日は二学期初日。高校の始業式。

さあ、ゲーム開始だ。

胸躍《おど》る興奮と、ほんのちょっとの罪悪感がじんわりと湧《わ》き出してくる。

確かにこれから始めるゲームは、やり方を間違えれば大変なことになる。過去の失敗はいまも自分の胸を痛くする。でも、ルールを守ってさえいれば絶対に危険はない。だから問題ない。

自分はもう、以前の自分とは違うのだから。

さっそく高校の校舎の中に意識を合わせた。そして新しいキャラクターを物色する。魅力のあるキャラクターはどこにいる？　自分と相性のいいキャラは。学校中を見渡す。めぼしい人間を、絞り込んでゆく。

そして最後は、直感で選ぶ。一人の男子生徒をロックオンした。

彼だ。確信すると、彼に自分自身を注入した。

うまくいった。

今回はどんなキャラクターだろう？　メモリを読み込み始めた。膨大な情報が自分の中に入ってくる。

前向きで活発な人間のほうがいい。退屈なキャラはごめんだ。心の中が憎しみで煮《に》えたぎっているようなキャラクターだと最悪。負の情念がどっと自分の中に入ってくるからだ。そんなキャラとは接触を持たないように気をつけている。だけどたまに、夜の夢の中でつながってしまうことがある……まさに悪夢。ふだんは感謝しているこの能力が途端に呪わしくなる。自分はいつだって、気が狂うリスクに直面しているということだ。そう考えると憂鬱《ゆううつ》になる。

実例を知っているからだ。

でも場数を踏んできた。もうヘマはしない。いまは楽しいだけだ、期待に胸が高鳴っている。そして、このキャラクターは安心だ……とても穏やかな性格のようだ。

OK。ゲームをスタートする。

シートベルトを締めて、このライドを楽しもう。

▼但馬《たじま》笙太《しょうた》

夏休み明けの学校はのどかだ。ヘンデルの宮廷音楽みたいだな、と僕は思った。

夏の空気が町に居座っていて、意固地な抵抗運動を続けてる。だから集まってくる生徒たちの足取りもまだフワフワしてて、夢見心地だ。

一学期はあんなに来るのに気が向かなかった学校も、久しぶりだとちょっぴり楽しみな場所になる。夏休み前を思い出せなくて、自分が場違いな感じもした。笑いたいような泣きたいような変な気持ちで校門をくぐり、僕は階段を三階まで上がって二年C組の教室へ入る。

久しぶりなものだから、学校に行くには何時に起きて何時の電車に乗ればいいのかうろ覚えで、だから妙に早く家を出て早く学校に着いてしまった。まだ生徒も少なくて、自分の席がどこだったか一瞬、真剣に悩んだ。やっと見覚えのある傷のついた机を見つけて、やれやれと思って腰を下ろす。イテテと言ってしまった。腿《もも》の裏に筋肉痛が残ってる。二の腕も重くて、指もまだうまく開かない。余計なことを思い出しそうになって、僕は違うことを考えようとした。

そうだ、文化祭のことを考えなきゃ。頭の中じゃまだ能天気にヘンデルが鳴ってるけど、そこに不気味なマイナーコードが忍び込んでくる。文化祭はもう来月の上旬だ、すぐにでも準備を始めないと！

夏休みに入る前に、文化祭の実行委員を三人、あわてて決められた。美術部所属の僕が実行委員にさせられるのはまだ、いい。でも、あとの二人はくじ引きで決まった。実に民主的かつビジネスライク、このクラスらしい解決法だと思った。そしてよりによって、くじに当たった二人ともが、僕がふだんろくに口もきかない相手だった。

でも嫌いだってわけじゃない。むしろどんな人間なのか興味があった。

一人は、石田符由美《いしだふゆみ》さん。もう来てるかな、と彼女を捜したら、今まさに教室に入ってきたところだった。真ん中の列の前から二番目に彼女の身体が収まる。僕はわりと後ろの隅のほうなので、けっこう遠い。

石田さんの成績は学年でもトップクラス。だれかと口をきいているところを見たことがほとんどない。一人でいるのが好きなんだろう。笑顔を見せることも滅多にない。かなりとっつきにくい種類の人間だ。あたしはこんなとこほんとは居たくないんだから、といつも苛立《いらだ》っているような、それを態度だけで周りに知らせているような感じ。彫《ほ》りの深い美人で髪が長くて、一七〇センチ近い背丈があって（たぶん僕より高い）、つまり男子には大いに関心を持たれていた。僕の知る限り、彼女に話しかけて親しくなれた男子は一人もいないけれど。

石田さんの背中は、心なしか頼りなさそうに見えた。久しぶりに見るせいだろうか？　肩が落ち、途方に暮れているように見えなくもない。彼女がたまに見せる気弱な表情を思い出す。授業で当てられても隙《すき》を見せずに完璧に答えられるのだが、古文の時だけは自信がなさそうで、声が震えたり先生の顔色を窺《うかが》ったりする。それが微笑《ほほえ》ましくて、僕も古文は苦手だったから人のことは笑っていられないんだけど、彼女の隙のない佇《たたず》まいが崩れる瞬間を見るのは愉《たの》しかった。

朝のホームルームまではまだ時間がある。文化祭のこと、いま石田さんに切り出しちゃおうか。でも二学期はまだ始まってさえいない。教室に漂《ただよ》う異様なゆるさ。みんな夏休みを引きずってるから、声をかけにくい。初日から興醒《きょうざ》めさせないでよ、と怒られるかもしれない。

だけど今日は始業式をやって帰るだけだから、いま声をかけないと彼女はただ帰ってしまう。そしてまる一日無駄になる。もったいない。さあどうしよう。

「おはよう、笙太《しょうた》くん!」

僕が声をかけられた。隣の席の金山幸枝《かなやまゆきえ》ちゃんだった。可愛《かわい》い顔が笑みで弾《はじ》けている。なにも新学期から全開にすることないのに。

「元気だった?」

しかも物凄くフレンドリー。謙遜《けんそん》しても仕方ないから言うけど、この子はホントに僕のことを好きみたいだ。嬉《うれ》しいことだとは思うけど、いつも戸惑《とまど》いが先に立つ。

「う、うん。金山さんも元気そう」

そんな生返事をしながら、冷たくするなんてできっこないけど、幸枝ちゃんが望むような反応もできてないんだろうなあと思った。幸枝ちゃんは女子のなかでも可愛い部類だ。僕が隣の席だってだけで、違うクラスの男子から恋の仲介を頼まれたこともある。預かったラブレターを渡したら、幸枝ちゃんに傷ついたような目で見られた。僕は後悔した。デリカシーのない男ってわけか、僕は？

でもいいじゃん、この子はもう気にしてないみたいだし。ラブレターの男子とはつき合っているんだろうか。案外あっさりつき合ってるのかも知れない。てことは、僕は感謝されてるのかも知れない。

教室がだんだん賑《にぎ》やかになってきた。一人また一人と生徒が入ってくる。僕の頭のなかで流れる曲は、ヘンデルからいつの間にか〝イパネマの娘〟に変わっていた。

▼石田符由美《いしだふゆみ》

まるで現実じゃないみたい。

どうやって学校まで来たんだっけ？　気がついたら自分の席に座ってた。休もうと思ってたのに、当たり前みたいに登校してきた自分が気持ち悪い。頭のなかで鳴り続けてる宇《う》多田《ただ》ヒカルのAutomaticが最悪だった。リピートをぜんぜんやめなくてあたしの神経をゴリゴリ削《けず》り取ってる感じがした。止め方がわからない。

クラス全員が見知らぬ人に見えた。だれも話しかけてこない、そんなのいつものことなのに、酷《ひど》くつらい。だれもあたしのことなんか気にかけてない。縋《すが》る人が、だあれもいない。それをこんなに実感したことはなかった。あたしはひとりぼっちだ。いや——

あたしはほんとにここにいるんだろうか。

「石田さん。いまちょっといい？」

だから但馬《たじま》笙太くんが声をかけてきたとき、物凄くびっくりした。彼の頭に後光が見えた。ちょっと大げさかも知れないけど、天使かと思った。こんなに優しい顔で穏やかに笑いながら、あたしのところに来て、あたしを見て喋《しゃべ》ってくれてる、ってことが奇蹟《きせき》としか思えない。おかげで自分がこの世界に存在してるってことがわかった。あたしは、だれかに話しかけられる価値があるんだ……。自分でもびっくりするほど安心した。

だれでも良かったってわけじゃない。但馬くんだったからよかったんだ、と思った。友達ってわけじゃないし、男として意識したことなんかなかったけど、もともと彼には好感に近いものを持っていた。いつも微笑んでるような印象がある男の子だった。同じクラスになりたての頃は、その顔がなんとなく癪《しゃく》に障《さわ》ることがあったけど、いまは馴《な》れちゃった。彼の気立ての良さが顔に表れてるだけのことだってわかったから。こんなくだらない学校でなんでそんな優しい顔できんの？　って訊いてみたい気もした。なんかハッピーになるクスリでもやってんじゃないの？　いいのがあったら教えてよ。

彼はあたしの席のそばに立って、一生懸命なにか喋っている。クスリをやってるようには見えない。そりゃそうか。ジャンキーはどこかなげやりなんだ、目を見ても目が合わない。視線が突き抜けちゃって、そいつがほんとにそこにいるのかも怪しく感じる。

夏の夜の海には、そんな連中がいっぱいいた。

但馬くんはぜんぜん違った。あたしが見ると、彼の目は正面から見返してきた。こっちがたじろぐくらいに。

「……だからさ、もう時間もないし。いい加減話しないとって思って。夏休み前、言ったよね？　二学期入ったらやろうって。さっそくで悪いんだけど、きょう忙しくなかったら、話ししよ」

彼の声が耳に入ってきて、思い出した。そっか、文化祭ね。あたしは喜んで頷いた。文化祭の相談じゃなくてトイレ掃除の分担の話だったとしても喜んで聞いただろう。自分がここにいてもいい。そんな気がするんなら。やるべきことがあるって感じがするんなら、なんだっていい。

そのときホームルームのベルが鳴った。

▼ゲームマスター

今日は調子がいい。すこぶる。

すごく久しぶりなのに、すごく要領がよかった。選んだキャラクターが接触した別のキャラクターに瞬時に飛び移れた。たちまちメモリを読み込んで同乗を楽しんだ挙げ句、また元のキャラクターに戻ることも可能だった。おまけに、キャラクターの視界から見える学校の風景がきらきら輝いて見えた。これが高校生活、これが日常。健康な人間のまっとうな生活だ。

いまの自分はまるで伝説のサーファー。どんな波も乗りこなせる。夏の間に力が溜まっていたのだろうか。自分の力は前よりも高まり、かつてはできなかったこともできる気がする。いやサーファーどころか、義経《よしつね》の八艘《はっそう》跳びみたいに獅子《しし》奮迅《ふんじん》の活躍ができそうだ。これならどんな敵にも勝てる、どこから挑戦者が現れてもゲームに勝てる。

――バカを言うな。敵なんかいない。対戦型のゲームからは足を洗ったんだ。

ぼくは何回目かの警告を発する。自分自身に向かって。いまぼくがプレイしてるのはのんびりしたＲＰＧだろ、だからゲームを解禁したんだ……調子に乗るなよ。

ゲームの規則を破ってはならない。二度と過《あやま》ちを繰り返すな。

▼晴山旭

それにしてもおめでたい名前だ。

インサイトのハンドルを切って八王子《はちおうじ》ＪＣＴから中央道《ちゅうおうどう》に入りながら、俺はふんと鼻から息を吐《は》いていた。警察手帳のＩＤや、名刺に刷られた自分の名を見るたびに思う。晴山旭。語呂もよくない。晴れた山に輝く朝日、か。まるで悩みなんかなさそうだ。実際の自分は悩みの塊《かたまり》なのに。特にここ最近は。

こんな名前をつけた親を恨《うら》んでいるわけではない。この本名で俺は潔《いさぎよ》く勝負してきた。むろん刑事が偽名を使うわけにはいかない、潜入捜査やおとり捜査でもない限り。

これから使う名刺のことより、これから訪ねる人間のことを考えろ。

失踪した落合泰のいとこ、落合鍵司のことは、東へと移動している間に署のデスク担当、遠藤椿《えんどうつばき》ちゃんが調べてメールをくれた。ちゃん付けしてはいるが、俺より年齢は八つも上。階級は同じ巡査部長だ。バツイチ子持ちの椿ちゃんはいつも元気で、我が課では肝っ玉母さんのような存在。若い刑事たちから慕《した》われているし、栗林係長からの信頼も厚い。かつては捜査の最前線にも立っていたそうだが、子育てのために内勤のデスク担当をすることが多くなった。だが、情報集めにも刑事の勘とセンスをフルに発揮してくれる。彼女なしでは課が回らない。

ただ、落合鍵司の情報は通りいっぺんのことばかりだった。まだ高校生だから大した情報がないのだ。もちろん前科は無し。補導歴も無し。椿ちゃんが送ってきたデータはむしろ両親の情報の方が充実していた。父親の慶次が石油元売会社に勤めているのは兄の晋太に聞いた通りだが、長期出張で中東に行っておりいま日本にはいないらしい。

母親の智絵《ちえ》の経歴に俺は引っかかった。資産家の娘で、名門女子大を卒業。結婚したのは二十代後半だが、社会人経験がない。そのくせＰＴＡでは長く委員を務めている。しばしば学校にクレームを入れるらしく、かなり煙《けむ》たがられているらしい。モンスターペアレントの類か。

こういう女は、わが子を守ることしか考えない。

俺は学校に狙《ねら》いを定めることにした。いま自宅には母親と息子のみ。息子は母親の陰《かげ》に隠れられる。だが学校であれば、息子は親の庇護《ひごか》下に入ることができない。

警戒しすぎだろうか？　だが最悪の想定をしておくに越したことはない。母親の頭越しに息子を狙い撃ちするのだ。急がなくては……まだ朝方だが、夏休み明け初日は学校が早く終わるだろう。落合鍵司が学校にいるうちに話をしないと。

知りたいことはまだある。正直、どうしてすぐに調べて送ってくれないのか不思議だった。椿ちゃんに電話しようと携帯をとった瞬間にメールが届く。情報メールの続報であり、自分がいままさに訊こうと思ったことが記されていた。有《あ》り難《がた》い、また土産《みやげ》にケーキでも買って行かないと。晴ちゃん、また太らせる気ー！　とか言いながら喜んで食うところが目に見えるようだ。

落合鍵司が通う中崎《なかさき》高校についての情報だ。なかなかの進学校であり、今まで大きな問題が起きたことはない。教師たちはそれなりに粒《つぶ》が揃《そろ》っているようだ。教え方に定評のある人間でなくては留《とど》まれない仕組みになっているのか。

落合鍵司は二年C組。担任の名は戌井鈴太郎《いぬいりんたろう》。国語の教師らしい。

俺は路肩に駐車すると、中崎高校の代表電話番号にコールし、正直に国立署所属の刑事であることと、おめでたい自分の本名を告げた。

「三十分から四十分でそちらに着く見込みです。戌井先生にお話を伺《うかが》えますか？」

しばらく待たされたあと、承知しました、という返事があって一息つく。車を発進させようとしたところで電話が入った。携帯電話のディスプレイに表示された名前を見て、思わず電話を助手席に放り投げる。

今は捜査中。しかも移動中。電話に出られない理由は山ほどある。後で連絡を返さなければいけないのは憂鬱だが、今はやり過ごすことにした。

かけてきたのは、かつて所属していた東小金井《ひがしこがねい》署の警務課長だった。独身署員に年齢順に上から声をかけては縁談を持ちかけるのが趣味。〝押しかけ仲人《なこうど》〟などという陰口を叩く者もいたが、俺は足を向けて寝られない。この警務課長が紹介してくれた相手と結婚するに至ったのだから。

警務課長は世話好きを通り越して、プロの斡旋《あっせん》業者かと思うほどまめだった。結婚後も連絡してくるのだ。初めは好意的に受け止めていたが最近は煩《わずら》わしい。それは、俺に後ろめたい思いがあるから。

夫婦仲はうまくいっていない。

『私が世話した中でも、お前とみどりさんは自慢の縁組みだ。何かあったらいつでも相談しろよ』

またそんなことを言われたらと思うとたまらない。

だが……いちばん気が塞《ふさ》ぐのは警務課長に対してではない。別の刑事に対してだった。

「みどりは人よりも神経質なところがあるから。難しいことも、あると思うけど。まあ、何か問題が起きたら、いつでも相談してください」

久志《ひさし》さんの声が耳にこだました。

みどりの実のお兄さんだ。そもそも警務課長が縁談を持ってきたのも、みどりが警察族の兄弟を持っているからだった。

久志さんは長野県警の刑事だ。警察族の縁談としては、まあるパターンだった。親か兄弟に警察官がいれば、他の一般市民より警察官の仕事に理解があるだろうという前提。

だがそれはあまりに甘い観測であり、そもそも地方のドロ刑と東京の強行犯刑事では仕事のペースも内容も違い過ぎる。みどりの予想を遥《はる》かに上回って俺は家にいられなかった。

家にいるとしても、大概はボロ雑巾のような状態。

結婚した実感なんか湧かない。そう言われたら、俺には返す言葉がなかった。みどりがそうはっきり言ったことは一度もないが。

「俺からも言っておくよ、お前の旦那は大変な仕事をしてる。凶悪犯を追っかけて疲れてるんだから、優しくしてやれって」

初めて会ったときから久志さんの印象は変わらない。同じ刑事とは思えない物腰の柔《やわ》らかさ。義理の弟の俺にも上からものを言わない。素直に兄と慕える男だった。みどりとしても、兄がこうなのだから刑事と結婚しても不安じゃない。そう思ったに違いないのだ。

だが物事には限度がある。限度を超えた俺が悪いのだ。仕事に呑《の》み込まれた不器用な男。家庭を大事にできない駄目刑事。思わず両手でハンドルを叩いた。俺はまたみどりと一緒に暮らす。諦めない——そう執念《しゅうねん》を燃やす。だが胸の底の方には、別の呟《つぶや》きがある。それは恐ろしく醒めていて、我ながら自分らしくないと感じる。

もう無理だ。みどりの心は戻ってこない。

その呟きは日増しに大きくなっていた。頭を振り、車を急発進させると一路東を目指す。いまは目の前のヤマに集中する以外にどうしようもなかった。

落合鍵司という生徒に会う。そして落合泰失踪の手掛かりを摑む。

事件というエサを自分の鼻先にぶら下げた。脇目も振らず突き進め！　この事件を解決できれば評定も上がる。そうすれば大手を振ってみどりに会いに行けるんだ。

▼但馬笙太

ベルが鳴ったのと同時に、もう一人の文化祭委員が教室に入ってきて、石田さんの斜め後ろの席に着いた。

落合鍵司。石田さん以上に友達が少なそうなヤツだった。いつも一人でムスッとしてる。たまに笑うときも、みんなと笑うところが違う。でも、どんなクラスにもいるちょっと変わったヤツってだけで、みんなから少し腫《は》れ物みたいに扱われてはいるけど、それはそれで馴染《なじ》んでいると言えるだろう。この高校はそこそこ成績と素行のいい生徒が集まっているせいか、だれかを表だってのけ者にしたりはしない。みんな冷めてて、事なかれ主義で、わざわざイジメをすることさえエネルギーの無駄遣いと思ってる感じだった。そのことだけとればいいことなのかも知れないけど、その代わり、おお、と思うような面白い人もいない。あまり若さが感じられない。

落合鍵司は席に着くなり俯《うつむ》いて、なんだかぶつぶつ呟いている。

もうすぐ先生が来るから話しかけられない。あとにしよう。僕は石田さんに、じゃまたあとで、と言って自分の席に戻った。

実は僕は、落合鍵司と同じ中学に通っていた。あの頃の彼と比べるとちょっと悲しくなる。中学生の落合はもっとよく笑っていた。あんまり仲良くはなかったけど、一度だけ友達と一緒に彼の家に遊びに行ったことがある。ぴかぴかの新築で天井が高くて、まるで美術館みたいにお洒落《しゃれ》な家だった。出てきたお母さんも上品で優しくて、出してくれるパイみたいなお菓子は高級すぎて味わったこともないような味で、気が動転するほど美味《おい》しかった。あの日の落合は学校にいるときとは違って、面食らうほど喋っていた。笑ってもいた。

高校に入って落合がこんなふうになってしまったのは、中学時代の友達がばらけて、違う高校に行ってしまったせいもあるんだろう。落合はここで新しい友達を作れなかった。それは僕も似たようなものだけど、彼がここまで孤独で、ささくれだった感じになるとは思わなかった。

席に戻る途中で、僕はなんとも言えない怖さに襲われた。目に入った落合の顔がショックだった。悪くなっているのが判った。気のせいじゃないと思う。夏休み前はあではなかった。彼一人が入ってきただけでなんとなく、教室の空気が乱れたくらいだ。敏感な人は気づいているようで、何人かの視線がなんとも言えないニュアンスを含んで落合に向かっている。それが僕の胸を痛くした。

なんか嫌だ。落合と話したくない。

それが正直な気持ちだった。でも文化祭のことがある。ホームルームが終わったら話しかけないと……憂鬱だった。

▼ゲームマスター

そこでゲームは中断した。

一瞬で我に返った。乗り込んでいたキャラクターからするりと抜け落ちてしまった。

いま見えるのは、ぼくの目が実際に見ている景色だけ。

代わり映えしない庭。代わり映えしない顔、顔、顔。同じ服を着て、みんな魂《たましい》が抜けたような顔をしている。希望もなく、ただ日々をやり過ごす無気力な群れに見える。うんざりするけど、ぼくはここから抜け出せない。

だから自分にゲームを解禁したのだ。許されるだろう。こんな場所に閉じこめられていればちょっとおかしくなってしまう。外の空気を吸う必要がある。

早くゲームに戻ろう。ぼくは目を閉じた。

するとさっきの高校に、さっきのキャラクターに一瞬で戻ることができる。ヘソの緒《お》がつながっているようなものだ。一度つながると、戻るのは簡単。

ここは正しい、とぼくは改めて思った。ゲームの舞台として。高校は自分にふさわしい。高校生のキャラクターとともに学校生活を送るのは、ただのゲーム以上のもの。生活だ。失ったぼくの人生だ。

　もはや罪悪感などない。ぼくがゲームをすることをだれも非難することはできない。閉じ込められていることのほうが不当なのだから。心ゆくまでライドを楽しませてもらう。高校生の中に間借りさせてもらう。

　他人の目を通して見る世界というのは、口で言い表すことが難しい。起きたまま夢を見ているような感覚とでも言おうか。自分の意志とは無関係に時間が経過し、物語が進行していく。行き先を知らない列車に乗っているような感じとも言える。車窓の景色はごく自然に流れていく。

　キャラクターの中に入ると言ってものっとるわけじゃない。ただ、彼もしくは彼女に同乗するだけ。車の助手席に乗せてもらう感じか。視界は運転手と、ほぼ同じだ。ハンドルは握《にぎ》らない。ハンドルを無理やり奪《うば》うことは、できなくはない。でも完全に奪うことを試したことはない。どうなるか怖いのだ。キャラクターは、もしかすると壊れてしまうかも知れない。

　ただ、ちょっと「押して」みたことはある。

　イメージとしては、運転手の腕にちょっと手を添える感じ。たいがいの場合、思っていたとおりにハンドルは回った。だからキャラクターを操《あやつ》ることは可能。でもそれは、コーヒーか紅茶で迷っているときにコーヒーを選ばせたり、マフラーを買いに行ったとしたら帽子と手袋もいっしょに買わせるとか、その程度のことだ。そんなレベルなら問題ない。人生ではよく起こることだから。衝動買い、ちょっとした気紛《きまぐ》れ。「出来心」「魔が差す」。どれもふつうのこと。

それ以上はやらない。ゲームの規則に違反することになる。

▽キャラクターの意志を操ってはならない。

これは最重要事項だ。違反すると必ずろくでもない事態が引き起こされる。それに、なんというのだろう。罪の感覚がとても強い。人を人形のように操ると、天罰《てんばつ》が下るような気がしてならなかった。

だいいち、「押す」のにはすごくエネルギーが要る。一度押しただけでひどく疲れる。押すのに夢中になって、気がつくと消耗《しょうもう》して気を失いかけていた、という経験が何度かある。他人の意志を動かすのはそれほど大変なことなのだ。

もう一つ大事な規則がある。それは、

▽同じキャラクターに三時間以上入り込んでいてはならない。

これは、いままでの経験から割り出した大原則。あまり長く入り込みすぎていると、だんだん相手と自分の区別がつかなくなってくる。相手の性格が自分に溶《と》け込み、たぶん自分の性格も相手に溶け込んでいく。そのまま同化してしまったらと考えるととても恐ろしい。自分が自分ではなくなってしまうのだ。以前一度だけそういう状態になってしまったことがあって、接触を断って自分を取り戻すのに苦労した。

だからゲームには常にリスクがつきまとっている。

さらに、規則以前のことだが……極悪人とか、憎しみにあふれている人、気が狂っている人の中に入ることは絶対に避《さ》けなければならない。これは、何度自分を戒《いまし》めても戒めすぎということはない。ゲームどころではなくなってしまう。ミイラ取りがミイラ。自分が病気になるか頭がおかしくなって、永久にゲームオーバーになってしまう。

この高校に舞台を限定すれば大丈夫だ。ここに悪人や狂人がいるとは思えない。

実際、ぼくがキャラクターとして選んだ者たちは居心地が良かった。三時間、という規則を破ってしまいそうで怖くなる。それぐらいフィットする。適度なところで抜けなくては……時間をおかなくては！

▼戌井鈴太郎《いぬいりんたろう》

すこぶるいい気分であった。私は手にした出席簿をぐっと握りしめると、教室に入る前に少し息を整える。

夏休み明け一日目は毎年こうだ。教師という仕事は、つくづく私の天職なのだと思う。

また生徒たちと面突き合わせて授業ができるのだ。長い休みの間に生徒たちも大いにリフレッシュし、私自身もリフレッシュし、気持ちも新たにこうやって相対することになる。実に格別な日なのである。

　この二学期からは進路指導も本格化し、大学受験へ向けた抜き差しならない日々となる。教師も生徒も互いに摩耗《まもう》してゆくことは避けられない。だからこそ、まだ気軽でいられる今日が貴重に感じられるのであった。実際、教室へ入って教壇から生徒たちを見回すと、どの顔にもまだ無垢《むく》な輝きが宿っている。この顔が少しずつ、永久に失われていくのを日々、見なければならないと解っている。今が一番よい時なのだ。

　私は受験勉強を常々、最初の社会人生活と呼んでいる。それはどういう意味かというと、生まれて初めて我が身を削らなければならない体験ということである。受験勉強は、若い彼らにとって初めての大きな義務であり、成果主義の企業人と同じでやった分だけ評価されるという至極平等な闘《たたか》いの場なのである。今日《こんにち》、彼らはまだ解っていない。頭で解っていたとしても、まだ本当には解っていないからこんな無垢な顔のままでいられるのである。

「みんな元気だったか？　欠席はいないな？　いちおう出席とるぞ」

　いつものように反応は芳《かんば》しくないが、それが彼らだ。私はこういう彼らを愛している。

私は彼らが三年に上がるときには一緒に上がって、受験の結果が出る最後までつき合うこととなる。望むと望まざるとにかかわらず、戦友同士なのだ。船出の時ぐらい機嫌のいい顔をしていたい。明日からは厳しくやるつもりだった。それが彼らの為なのだ、愛情の証《あかし》だった。再来年の春に一緒に笑えばいいのだ。

「石田……宇野《うの》……落合……落合？　いるな」

返事の声が聞こえない者もいる。そのときは目で居ることを確かめる。

「小野田《おのだ》……金山」

はいっ、と元気の良い返事もある。

私は国語教師。無数の短歌が頭に入っている。そのときどきにふさわしい短歌を詠《よ》むことなど容易だ。生徒たちの前で朗々《ろうろう》と吟《ぎん》じることこそしないが、今の私の気分にふさわしい歌が浮かんでくると、口の中でこっそり呟くのが常だった。

夏と秋と行きかふ空の　かよひぢは　かたへすずしき　風や吹くらむ

夏は終わった。

▼落合鍵司《おちあいけんじ》

担任が愚《ぐ》にもつかぬ講釈を垂《た》れていた。現実はやっぱり最低だ。

おれは、ここが嫌いだ。腹の底から。

校門を入ったときから苛立ち全開だった。遅れてもいいと思ってのろのろ歩いたのに、ベルと同時に教室に着いてしまった。久しぶりに見る教室は養鶏場そっくりだった、席に着いている奴らの顔を見る気もしない。

もう迷いはなかった。

今日やるべきだったのに、やりそびれた。持ってこなかったのだ。おれはバカだ。明日、明日こそ絶対にやる、と決意を固めた。少しすっきりした。

ふと斜め前の席を見る。なんとかいう女がチラッとこっちを見た。名前が思い出せない、だがだれだって同じだ。等しく無価値なのだ。女は探るような目で見ていた。怯えたような光があった。おれが怖いのか。そんな愚鈍《ぐどん》な顔してやがるのに感じるのか……おれが肉食獣だということを。おれだけがそうだということを。従順なチキンの群れの中でおれだけが唸ってる。おれだけが、この愚劣《ぐれつ》な支配に対して牙《きば》を剝《む》けるのだ。

務めを果たさなければならない。

女め、せいぜいそんな目で見てろ。明日は地獄を見せてやる。せいぜいおれの牙にかからないように気をつけるんだな。おれの牙は……ケタ違いにでかいんだ。ちょっと振り回したらみんな無事じゃすまねえ。だれをひっかけるかいちいち気にしてられねえからな。

　ランシドの*I AM FOREVER*を今すぐ大音量で聴きたくなったが無理なのでイライラした。うっかり携帯プレーヤーを忘れてきた。好きな曲が聴けないとまるでジャンキーのような気分になる。手が震えて、なんでもいいから身体に入れないとどうにかなりそうだ。

「だんだん取り返しがつかなくなってくるんだからな。クラス分けは進路別になる。自分の進路を真剣に考えて、くれぐれも後悔しないようにな」

　担任が偉そうに喋ってる。進路だって？　おれは笑ってしまった。どんだけバカなこと言ってるかわかってんのか？　てめえら全員の進路はおれが決めるんだ。明日な！　特にてめえの進路なんかもう決まってるよ。

　また斜め前の女が見てる気がして、おれは自分の笑った顔をなんとかしようとした。できなかった。必死で頭の中にランシドを鳴らす二倍速か三倍速で、おれを毒する無意味な時間の塊をやり過ごす。自分の身を守ることが常に最優先だ、なぜなら周りは敵だらけなんだから、体制の犬も低脳もみんな一切合切敵だ。生きる価値がない。存在するのをやめろ。

　いつの間にかホームルームが終わった。生徒たちがガタガタと席を押して立ち上がりどこかへ向かう。そうだ始業式。なんの意味もない時間のムダ。おれは怒りの発作に駆《か》られそうになった、クソッと口に出して言う。やっぱり今日やりたかった！　なんで始業式なんてバカなものに出なきゃいけねえんだこのおれが！

「落合さあ」

そこで声をかけられた。そんなことは予想もしていなかったのでおれは少しビクッとしてしまった。クソ、だれだ——

「文化祭の話し合いのことなんだけど」

控《ひか》えめな笑みを浮かべた男が立っていた。一瞬、名前が思い出せなくて目眩《めまい》を感じた。いや、こいつは——タジマ・ショウタだ。

背は高くないが、身体の均整がとれているのでそんなに低く見えなかった。なんだか小ぎれいな印象だ、ほかの生徒とはちょっと違う。このどうでもいいどうしようもない群れの中では、マシなほうだ。おれの基準では他の連中より少し地位が上だった。理由はうまく言えないが、こいつの喋り方のせいだろう。おれに話しかけず、おれの顔から必ず目を逸《そ》らすほとんどの奴らとは違って、こいつはおれに話しかけてくる。ちゃんとおれを見ながら、だ。

「な、なんだ、なんの話だ？」

「忘れたの？　僕たち、文化祭の実行委員だったろ」

「ああ……そうか」

微《かす》かな記憶が閃《ひらめ》く。どうでもいいことすぎて忘れていた。

「で、なに？　は、話し合い？」

「うん。もう日がないから、早く決めないとさ。なにやるかってことから。時間あったらきょう、どうだろう？」

おれは素早く言った。

「あ悪《わり》ぃ。おれきょう具合悪くて。早めに帰ろうかと思ってるんだ」

「そっか」

タジマは少し目を見開いたが、すぐに伏《ふ》せた。

「じゃ、仕方ないな」

「悪い」

「いやいや。じゃ、石田さんと話せるとこまで話しとくから。また明日あたり話そう。お大事に」

おれは黙って頷いた。イシダ？　おれは斜め前の席を見た。そうだ、こいつの名前はイシダだった。こいつも文化祭の係だったのか。だがこいつは、いまの話が聞こえたはずなのにおれのほうを見ようともしない。いまに始まったことじゃねえけどやっぱり気に食わねえ。この勉強の虫が。成績が良くておれを見下してるつもりだろうが、こんな場所で優等生やってることの愚《おろ》かさに気づかない大馬鹿者がお前だ。

ほんとにおれが具合悪そうに見えたのだろうか、タジマは疑う様子もなくおれから離れていった。おれは、タジマに教えてやりたくなった。文化祭なんて忘れろよ、話し合いなんてムダだ。この学校はおれが潰すんだから。文化祭どころか、授業だって金輪際《こんりんざい》できないようにしてやる。つくづく今日やるべきだった、おれも踏ん切りのつかない奴だぜ……もう後戻りはできないってのに。

おれの腰が浮く。そしてまた椅子に戻る。浮く。椅子に戻る。

▼ゲームマスター

一四六節が響き渡る。

怪物と闘う者は、闘いながら自分が怪物になってしまわないようにするがよい。長いあいだ深淵《しんえん》を覗きこんでいると、深淵もまた君を覗きこむのだ。

そうだ。ぼくわ覗くのをやめない。ゴミだと分かっていても、それがどんな種類のゴミか突き止める。どんなにひどい臭いがしてもどんなに見た目が無惨《むざん》に汚らしくても、いやだからこそぼくわ目を離さない。このゴミ溜《た》めからしか生まれ得ぬものがある。発酵《はっこう》したそれが、まもなく表に現れる。弾ける。その刻《とき》が近づいている。

ぼくわ「押す」。そしてすべてを変える。

ゲームに勝つ。

そのためにぼくわ飼っている。夏中かけて育ててきた。

麗《うるわ》しきマペット。人の形をした爆弾。

▼**晴山旭**

自分のおめでたい名前が刷られた名刺を、戌井という教師に渡した。

「落合が……どうかしましたか」

戌井教師の顔は青ざめている。いきなり刑事が訪ねてきたのだから当然だ。

ちょうど始業式の最中というタイミングだった。職員室の隣にある応接室で二人きり。

他の教師や生徒に聞かれる恐れはない。

「どんなお子さんですか」

俺は訊いた。あっさり目的は告げない。できるだけ情報を引き出してからだ。

「……何を疑われているのでしょう」

教師は素直に答えない。質問に質問で返してきた。

「彼のいとこが、消息不明になっている。そのことについて何か心当たりがないか、訊きたいだけです」

　俺は柔和《にゅうわ》な顔を心がけた。むやみに警戒させるのは得策ではない。

「落合が、何かしたわけではないんですね」

「はい。情報が欲しいだけです」

「どうしてわざわざ、私どもの学校の方に？」

　だが担任は食い下がってくる。確かに、始業式の日を狙ってわざわざ学校までやってくるというのは異様に思えるのだろう。なぜ自宅ではなくこちらに？　学校の責任を糾弾しにやってきたのか、と警戒している。安心させてやらなくてはならなかった。

「この学校に問題があると申し上げているのではありません。彼の家を訪ねるより、こちらの方が良いと判断したまでです」

「どうも、不思議に思えますが……」

　警察に対してここまで食い下がるとは、この男はなかなか面倒だぞと思った。あからさまに目を当てる。普通の市民なら怯《ひる》む視線で。

　だが教師の目は逃げなかった。生徒は味方。警察は敵。そう決めているかのようだ。俺は自分の考えが甘かったことに気づかされた。

　学校というのは、血の繋がった家族以上に厄介なのかも知れない。自分の属する組織を守るという日本人の習性は、往々《おうおう》にして正義を捻《ね》じ曲げる。この国には、自分の会社のためには他社の人間を踏みつけにしても構わないという社畜《しゃちく》が多い。教師は公務員だ。大枠では警察官と同じ公僕。だが、日本人の奴隷《どれい》根性はいかんともしがたい。間違った忠誠心を抱くのが得意なのだ。同類相哀《あいあわ》れむべきか。俺は内心皮肉に笑う。

「ともかく、話をさせていただきます」

俺は表情を引き締め、有無《うむ》を言わせぬ口調で言った。

「落合鍵司君を呼んでもらえますか？」

戌井教師は一度口ごもり、それから観念した。応接室を出ていく。

一人部屋に残されて、思わずふうと息を吐いた。戌井鈴太郎……あの男は何か気になる。表情のなさが引っかかった。むろん刑事を前にした時、感情を表に出すまいと顔を強《こわ》張《ば》らせる者は多い。だが長くは続かない。必ずどこかの瞬間で正直な感情が出るものだ。だがあの男は違った。まるで仮面のように見えた。表情がないわけではないが、どこか型に塡《はま》っている感じがした。油断しない方がいい。

この感触を、うまく人に伝えられるとは思わない。刑事の勘としか言いようがない。いや、気持ちを切り替えよう。いまは教師より生徒だ。

間もなくここに落合鍵司がやってくる。

▼戌井鈴太郎

校内放送で落合を呼び出した。ごく事務的に。

始業式を終えたばかりの校長が、校長室で私の報告を首を長くして待っている。教頭席では教頭が気弱な目でチラチラとこちらを見ている。私は無視して自分のクラスの生徒を待ち続けた。

ところが落合はなかなか現れなかった。何事かと警戒しているのか。それとも、後ろ暗いことでもあるのか。本当に？　始業式が終わってすぐ呼びかけたから、まさか帰ってしまったということはあるまいが……私はシミュレーションを始めた。あらゆる事態を想定し備えるためだ。このまま落合が現れなかった場合はどうするべきか。

だが現れた。職員室の私の席に。

顔色が悪い。

「落合。警察の人が来ている」

私は言った。落合の表情はわずかに変化したが、それだけだった。この生徒は警察の人間が来たことが意外ではなかったのだ。嫌な感触だった。いつかは刑事が訪ねてくると知っていたのか？　それとも、突然すぎて事態を飲み込めていないのか。

前から他の生徒とは違う情緒《じょうちょ》の持ち主だが、読めない。この生徒のことは。

親戚の失踪に本当に関わっているとしたら、この生徒は——犯罪者。最悪では殺人者の可能性もあることになる。特殊な生徒ではあるが、この男子生徒に人を殺せるか？　自分の中でしかとは判断できなかった。

我知らず危機意識が高まる。教師としてはこれほど懸念《けねん》すべきことはない。この生徒が殺人者だったとしたら、逮捕され有罪となったとしたら、この学校はどれほどのダメージを負うことか。心配しすぎとは思わない。十代の凶悪な犯罪など、今日日ありふれているのだ。

確かめたい。今すぐに。だが、ここで落合に直接訊くことなどできるはずもない。

「応接室だ。行くぞ」

私は先に立って職員室を出た。無言でついてくる落合を伴って廊下を移動する。応接室のドアを開け、落合を招き入れた。落合は迷うそぶりもなく、待ち構えていた刑事の正面のソファに座った。私はそのすぐ後ろに立つ。

「外していただけますか」

刑事が私を一瞥《いちべつ》した。同席しようとしたのだが、やはり無理のようだった。無念を感じながら退出する。

扉を閉めながら、仕事が増えた、と思った。だがあわてない。

私なら正しく対処することができる。どんな事態に直面しても。

▼晴山旭

「じゃあ、知らなかったというのかい。本当に？」

唖然《あぜん》と口が開きそうになるのを、俺は必死に抑えた。

「はい」

目の前の生徒はごく平静な調子だった。

「仲のいいいとこがいなくなったのに？」

「はい。知りませんでした」

落合鍵司の声は低くて聞き取りづらい。

「だけど、夏休みにも行ったんだろ。彼の家に」

俺は食い下がる。男子生徒の様子は変わらない。

「行きましたけど、実家へ戻ってからは連絡してないので。普段も電話とかメールとか、ほとんどしないから」

落合は同じテンポで、同じ音量で、淡々《たんたん》と言った。目はずっと伏せがちのままで。

「……そうか」

俺の胸の中に急激に膨《ふく》らんでくるのは、疑惑の塊だった。嘘を言っているということではないが、本心の全部は語っていない。何か隠している。

殺したのか？　それは分からない。だが何か知っているのだ。

落合鍵司は話は終わった、とでも言うように黙っている。一度としてまともに俺を見ようとしない。

ふいに俺の中で緊張が高まってきた。こいつを締め上げるべきだ、明らかに。ところが相手は未成年。誤認逮捕など絶対に許されない。確実な証拠をつかまなくては、連行さえ憚《はばか》られる。

俺はもうしくじることができない。スランプの真っ只中、これ以上のミスは命取りだ。いくら栗林係長といえどもかばいきれなくなる。刑事失格の烙印を押されてしまう。

不自然な間が空いた。落合鍵司がわずかに目を上げる。

こっちの動揺を嗅《か》ぎとられた。そう感じた。

舐《な》められるわけにはいかない。それが失言につながった。

「どうも信じられないな」

むかっ腹が立ったのだった。こんな小僧が持つ予想外に高い城壁の前で立ち往生している自分に。まずい、相手の心を閉ざさせては二進《にっち》も三進《さっち》もいかなくなる。俺は最近感情を抑えられない……取り調べの時もそうだ。つい声を荒らげたりデスクの脚を蹴《け》ってしまって、だからしばらく取り調べ担当を外されている。本当はカウンセリングでも受けた方がいいのだ。絶望感がそのまま顔に出そうになって、頭を振ってごまかす。

「いや、君が信じられないっていうんじゃなくて。いとこが失踪したことがね」

無理やり取り繕《つくろ》った。生徒は再び目を伏せる。

「……僕も信じられません」

相手は調子を合わせてくれた。ここが妥協点《だきょうてん》か。

「分かりました。どうもありがとう」

俺はなけなしの力を振り絞り、必死に柔らかい表情を作る。

「捜査をやり直して、結果を知らせるよ。君も心配だろうから」

落合はごく微かにだが、頭を下げた。俺は付け加える。

「今度は、君の家のほう行くよ。学校じゃなくて」

▼落合鍵司

さあ、決まった。

おれにはもう時間がない。

応接室を出ながら考えた。明日だ。明日しかないのだ、おれには。

かえってせいせいする。もうウダウダ悩む必要はない。選択肢がない、ということが救いになることもあるのだ。

おれの寿命は決まったのだから。

こんなクソ檻にいる場合じゃない、早く帰って明日の準備を完璧にこなせ。取り調べが終わったことを教師に報告したりしない、知ったことか。直ちに昇降口に向かって走る。

廊下をダラダラ歩いてる生徒どもが、邪魔だ。お前らは明日みんないなくなるんだ。ここに入学したことを後悔させてやる。低脳の群れから抜けだし、おれは学校を出た。後ろから呼び止められないうちに。公的権力に捕らわれる前に。

「今度は、君の家のほう行くよ」

あの刑事は言った。うちに来る。捜査をやり直すと言っていたから、すぐではないだろうが……古畑任三郎《ふるはたにんざぶろう》みたいにしつこくて、鋭《するど》くふいを突いてくるやつかもしれない。とっくにおれのことを疑ってるかもしれない。そんな切れ者には見えなかったが、刑事になんて初めて会うのだ。実態は分からない。

結局おれはビビッてる。ああそうさ、だが明日までしか寿命がないとしたら？　みるみる勇気が湧いてくる。ぜんぶ終わりだとしたら何も怖くない。

いつの間にか校門を出ていた。足はどんどん速くなる。もうだれもおれを止められない。

▼晴山旭

職員室の戌井に礼を言って辞去した。何か訊きたそうな教師に質問をさせず、速やかに校舎を出る。

落合鍵司の姿はもうどこにも見えなかった。気持ちは分かる。対面している間はまるで動じていないように見えたが、だんだん事態が飲み込めてきたのかも知れない。今ごろ怖くなって、家に逃げ帰って母親に泣きつくのかも知れない。

どうにかボロを出させたかった。自滅するように仕向けられないか。思いつめて自分から口を割るように持っていくのが最も賢いやり方。あるいは、別件をでっち上げて連行するという強硬手段もある。

むらむらと不安が湧いてきた。あの生徒はこれから証拠隠滅を図《はか》るのでは。あるいは……自殺。最悪の事態が頭をよぎるが、今はどうすることもできない。

心配しすぎだ。悲観したらキリがない。俺は無理矢理顔をゆるめた。不自然な笑みのまま駐車場に入った瞬間、それが凍《こお》る。

俺を待ち構えている客がいたのだ。インサイトの隣にトヨタのマークXが駐まっている。警察がよく使う車種だ。

開いた運転席のウィンドウからじっとこっちに視線をよこす人間がいた。一般庶民とは違った油断のならない目つき。同業者だ。もしかすると本庁の。なんとなく、そこまで分かってしまう。仕方なく歩み寄った。

「何か分かった？」

女はいきなりそう訊いてきた。突き出された警察手帳を見ると、名前は鷲尾千賀子《わしおちかこ》。思った通り本庁の、生活安全部所属だ。階級は警部補。巡査部長の俺より上か。歳はどう見ても俺より下だが、敬語を使った方がいいのか。いや、面倒だ。

「あんたも、落合鍵司って生徒を追ってるのか？」

「いいえ」

女は言下に否定した。俺の口ぶりにむっとした様子がない。これ幸いとタメ口を通す。

「じゃあ誰を追ってる」

「あたしがマークしてるのは、教師の方」

「教師？　ここのか？」

頷きが返ってくる。俺は慎重に訊いた。

「誰をだ？」

「あなたは誰と話した？」

「……教頭と、戊井ってやつだけだが」

「その戊井よ」

鷲尾は勢いこんで言った。俺は痺《しび》れたような感覚に打たれる。

「ここから移動しましょう。詳しく話すから」

「あの戌井が、何の容疑だ？」

俺は待ちきれない。声を低め、鷲尾に顔を寄せながら訊いた。

「未成年猥褻《わいせつ》」

鷲尾の返答にはよどみがない。

「変態教師か？　そうは見えなかったが」

俺の言葉に、鷲尾は少し複雑な表情になった。

「ちょっと特殊なの。本人は世直しのつもりかも知れない」

「……詳しく聞かせてくれ」

鷲尾が頷き、マークXのエンジンをかけた。俺は自分のインサイトに乗り込む。

▼但馬笙太

始業式が終わって会場の体育館を出ると、僕は後から出てくる石田さんを待ち構えた。

落合が校内放送で呼び出されていた。何の件かは判らないし、具合も良くないから早めに帰ると言っていたので、今日はもう話せない。でも彼がいなくても、石田さんとだけでも話し合いは始めておきたい。僕は彼女を捕まえて屋上へ誘った。教室にはまだ人が残っていたし、どこかの教室を借りるのもなんだか億劫《おっくう》だったから。空の下のほうがいい。石田さんは頷いてくれた。先に立って階段を登りながら、僕はふと振り返って石田さんの顔をうかがった。

なんだか元気がなかった。いつもの鋭いトゲみたいな感じがない。休み明けで回路が切り替わっていないだけだろうか。でもなんだか可愛いと思った。怖い顔で睨《にら》まれるよりは元気がないほうが助かる。

扉を開けて広い空間に出る。屋上は暑かった。灰色の床から熱が立ちのぼっていた。ちょっと後悔したけど、なるべく涼《すず》しい場所を探す。校庭が見えるほうに進んでいって、風通しのいい柵のところまで来た。その柵に背中をもたせかけるようにして、腰を下ろす。

石田さんも同じように腰を下ろしたけど、力尽きたみたいな座り方だった。よくここまでたどり着けたなと思うくらい顔が疲れていた。僕は気づかないフリをして喋り出す。

「もうどこも決まってるんだよ、A組は未来都市をテーマにした展示、B組は二つに分かれてたこ焼き屋の模擬店と演劇の出し物。僕らももうホント決めちゃわないと。でもクラスから案募ってもロクなもの出っこないよね？　みんな人任せだから。僕らが決めちゃって、二つ三つの案に絞ってみんなに選ばせようよ。で、石田さんはなにかやりたいものある？」

石田さんは、こっちに顔は向けたものの目は見ずに、ふう、と溜《た》め息で答えた。僕は言葉を失ってしまう。

「なんだか……」

石田さんはちらっと僕を見て、目を外した。

「すごく誠実よね、但馬くんって」

突拍子《とっぴょうし》もないことを言い出した。

「へ？」

「裏表ないみたい。ひとに信用されるでしょ」

そんなことを言われたことがなかったから、こっちはひたすら困った。

「い、いきなりそんなこと言われても」

「そう見えるだけ？　でもイメージって大事だもんね。勝手に思い込みで喋ってたらゴメンね。でも誠実に見えるんだもん」

相当おかしな言い回しだってこと、この人気づいてるんだろうか。

「文化祭のことなんか、真面目に考えてるの但馬くんだけよ」

誉めてるつもりか。いや、バカにしてるんだろう。

「だってしょうがないじゃない。係になっちゃったんだから」

「但馬くんみたいな男の子って、あんまりいない気がする」

そんなことを疲れた声で言われても返しようがない。でも、ただ黙ってるのはイヤだった。

「僕、裏表あるよ。思いっきり。隠し事だってある」

言ってから、こんなに自信たっぷりに言うのもおかしいよなと思って笑ってしまった。

石田さんは意外そうに僕を見る。

「なに？　隠し事って」

「言えないよ。言えないから隠し事って言うんじゃん」

石田さんはまた溜め息をつく。

「そっか。でも、そういうとこが誠実よね」

「なにが？」

石田さんはなにがなんでも僕を誠実なヤツにしたいらしい。言われっぱなしがいやで、言ってみた。

「石田さん、なんか変だよね、さっきから。いや、朝から？」

僕の問いを遮《さえぎ》って、石田さんはこうまとめた。

「じゃあ、お互いに隠し事があるってことだ」

「石田さんも隠し事？」

相手は黙って頷いた。僕は急いで目を逸らす。石田さんがこれだけ変なのはよっぽどのことだと感じたからだ。たぶん、聞いたら面倒なことになる。厄介事はイヤだ……ほら見ろ、僕は誠実なんかじゃない。

でも石田さんは話したくて仕方がないみたいだった。

「あたしね……実はね」

「ま、だれでも一つや二つ、秘密は持ってるよ。だけど人間なんだからそれぐらい」

「……妊娠しちゃったんだ」

石田さんは言った。それから、アハハ？　と怪しい調子で笑う。僕もエヘへ、と調子を合わせて、それからウソでしょ？　と言ってあげようと思った。でも石田さんの笑顔は目の前でみるみる萎《しぼ》んでいく。残ったのは怯えた眼差《まなざ》しだけ。見つめられても、僕にはこの場を冗談にする機転も気概もない。

「そ……そうなんだ」

とりあえず言った。

石田さんは、湯気が立ってるような熱い床を虚《うつ》ろに見つめてるだけ。

「……大変だね」

そんな、言ってても言わなくてもおんなじような言葉しか出ない。

「だれにも言わないでね！　絶対よ！」

石田さんはいきなり叫んだ。僕はそんな石田さんを見て、隅に追いつめられた野良猫が毛を逆立ててるところを連想した。

「い、言わないよもちろん」

訊いてもないのに喋ったのはそっちじゃないかと思ったけど、黙ってた。身体を反転させて校庭のほうを見ながら、必死に前向きな話題を探す。

「でも石田さん、恋人いたんだね。知らなかった」

「えっ？」

反応がおかしかった。なにか変なことを訊いてしまったかと思ったけど、他に訊きようもなかったから、

「だれとつき合ってるの。ここの生徒？」

と訊く。は？　という顔で、石田さんはますますぽかんとしている。

「石田さん？」

「……だれともつき合ってない」

「え」

今度はこっちがぽかんとする番だ。

「じゃ、じゃあ？」

「あたし恋人なんていない」

そう言った石田さんの虚ろな目が怖かった。前向きになんかなれない、ひたすら深刻で

いるしかないってことが判った。

僕は身体の向きをもとに戻す。石田さんと同じように、柵に背中をつけて相手の声に耳を傾けた。

▼石田符由美

但馬くんの表情に気がついた。気が触れた女でも見るような目。あたしは傷ついたけど、無理ないとも思った。自分のブレーキが壊れてしまったせいだ。

「相手の男、だれだかわからないの。夏の海で会った男」

口が勝手に喋り出してぜんぜん停まらない。

「……やり逃げされちゃった」

「そ……そういうことか」

但馬くんは傷ついたような顔をした。あたしよりもよっぽど。あたしは、その場に溶けて消えてしまいたかった。「やり逃げ」なんて言葉いま思いついた。ああやっぱそうだったんだ、と自分で確認して自分で傷ついた。

「あたし処女だったのに。すごく安く使っちゃったよ、自分の貞操《ていそう》」

あたしの口から出る言葉は軽すぎる。ヤケクソすぎて品がぜんぜんない。

「バカでしょう……ほんとバカ」

但馬くんがますます困るのはわかってたけど、どうしようもなかった。ぜんぶ喋りたい。聞いて欲しい、この人に。

「夜の浜辺に散歩に誘われて、ボートハウスに連れ込まれた。逃げようがなかった」

自分の言い方は卑怯だと思った。まるで自分に責任がないみたいだ。

あたしは賢い女だと思ってた。馬鹿な同級生たちとは違う、いつかだれよりも幸せになるんだ。そう信じて生きてきた気がする。後悔したり、馬鹿にされるような真似《まね》なんかするわけないと。なんてガキだったんだろう。あたしは気取って思い上がってただけの大バカ女。いま思うと、まるで自分で自分を侮辱《ぶじょく》したみたいだ。じゃなきゃあんなウカツなことするわけない！

優しそうな男だった。目がタレていつも笑ってるみたいな顔で、基本敬語を使って喋る。なれなれしい口をきかないから安心した。海で声かけてくる男にロクなやつはいないに決まってるのに、いちばんまともなやつに当たったんだ、あたしは運がいいんだと信じ込んだ。ああなんておめでたいやつ。しかもあんまり力があるように見えなかったから、もしも襲ってきたって突き飛ばして逃げればいい。酒や怪しい薬なんか、勧められても絶対やらないし。そう軽く考えてた。まさか、ニコニコしながらいきなり殴《なぐ》りつけてくるなんて思いもしなかった。

「気が遠くなって……抵抗なんかできなくなった。身体に力が入らなくって」

それが、夏休みが始まってすぐのこと。そして数日前に病院へ行った。もちろん、親に黙ってこっそりと。そこで恐れていた最悪の事態を知らされた。

それ以来、あたしの目に映る世界は悪夢に変わっている。

「そうか……」

「病院ではっきり言われたのに、なんか、信じられなくて。ていうか頭が納得してくれないの」

「そう……だろうね……」

但馬くんは神妙な顔で、あふれ出してくるあたしの言葉を聞いていた。ちゃんと聞いてくれてる。そのことがどうしようもなく嬉しかった。

「で、その……」

でも但馬くんはなんて言ったらいいか困ってる。

「……警察には？　言わないの」

あたしは黙って首を振る。

屋上は静かになった。その静かさが、あたしに「現実」を思い出させた。逃げ場なんかないんだ。わかってるのに、同級生にこんなこと言ったりして。ホントあたしどうしようもない。

「でもさ、石田さんて頭いいし」

但馬くんは言った。けっこう明るい声で。スイッチを切り替えたみたいだ。

「隙なさそうに見えるから。なんか意外だな」

「なにが？」

「男になんか騙《だま》されないって感じ」

「ほんとバカ。自分がマジ嫌いになった」

また自分の言葉の軽さがイヤになる。頭を何度か振ってから、

「ウソ」

あたしは吐き出した。

「嫌いになったんじゃなくて前から自分が嫌いだった」

「え？」

但馬くんが気の毒になってきた。これ以上翻弄《ほんろう》したくない。でも、この心配そうな顔。

このまま甘えたい。

「なんでそんな、嫌いなの」

但馬くんはしばらく考えてから訊いてきた。

「うん……」

あたしはうまく答えられない。

「なんていうの。学校のあたし、仮面だから？」

語尾が上がっちゃう。そのへんの軽い女みたいに。

「そうなんだ」

但馬くんは自然に受け止めてくれる。だから続けられる。

「自分でもヤなんだけどどうしようもないの。学校来ると顔が固まっちゃう。だから、夏休みの間くらいは変わりたかった。違う自分になりたかった」

「ふうん」

「ガリ勉とか、臆病《おくびょう》なのとかやめたかったの。どうしても」

「うん」

「でもね、それも無理だったのよね結局。違う仮面被《かぶ》るみたいな感じだった。気がついたらあたし何やってるの？　て感じ」

「ああ……判る気はする」

「そう？」

あたしの言葉はそこで尽きてしまった。

但馬くんも今度こそ困ってる。あたしの言うことなんか分かっちゃいないだろうなと思った。但馬くんが悪いって意味じゃなくて、あたしが自分で分かってないんだからって意味で。

文化祭のことなんか頭から完全に飛んじゃってた。身体中にじっとり汗が滲《にじ》んでる。九月なんてぜんぜん夏だ。たまに重たい風が吹いても、ちっとも涼しくなんかない。

「ねえ」

あたしは、但馬くんのシャツの半袖をつまんでひっぱった。

「但馬くんの隠し事も、教えてよ」

冗談めかしたつもりだった。勝手に喋ったのはあたしだ。喋りたくなかったら喋らなくていい。ほんとにそう思ってた。

「僕の隠し事は――石田さんに比べたら、大したことじゃないけどね」

でも、聞きっぱなしはフェアじゃないと思ったんだろう。彼は言い出した。穏やかな顔のままで。

「好きな人が、できたんだ」

「へー」

あたしはにっこり笑って見せた。

「いい話じゃん」

「ふふ。でも、ちょっと訳アリで」

「なに？」

「絶対に、相手に言えないんだ。好きだなんて」

「なんで？」

「うん……なんて言ったらいいのかな」

「この学校の人なの？」

バカみたいだけど、あたしのことが好きだと言い出すんじゃないかとドキドキした。

「ううん、ちがう」

但馬くんはあっさり首を振った。恥ずかしい。

「なあんだ、だれか女の先生かと思っちゃった。あ、まさか友達のお母さんとか？　熟女好きなの？　はは、まさかね」

「いや、そうじゃないけど」

但馬くんは黙ってしまう。あたしは急に緊張した。彼の顔は初めて見るぐらい真剣だったから。

「……男なんだ」

「え？」

一瞬、辛《つら》そうに顔が歪《ゆが》んだのが印象的だった。彼の顔はすぐ柔らかさを取り戻したんだけど。

「男の人を好きになったの？」

訊くと、彼ははっきり頷いた。

あたしは、へえ〜、と言った。

「男が好きなの？　前から？」

彼はそれには答えずに、一度あたしの目を見てから話し始めた。

「夏休みの間、バイトしてたんだ。引っ越し屋の」

「引っ越し屋さん？　夏に？　なんかきつそうだね……」

「うん。暑い日多かったしね。だけど運動部の連中が合宿とかで頑張ってること考えたらさ、身体動かしてお金もらってるだけで得な気分になったりして」

なるほどね、と言うと但馬くんは笑顔になった。

「すっごいいい先輩がいて。雄喜《ゆうき》さんって言って、ユウさんって呼ばれてる。面倒見がよくって頼りになって、身体もでっかくて、こういう人に包まれたい女の子なんていっぱいいるだろうなっていう人。もちろん彼女もいるんだって」

うん、とあたしは頷く。

「いつも面倒見てくれてたんだ。バイトでいちばんきつかったのは、ほら、深見町《ふかみちょう》の商業高校あるじゃない。あそこって今度廃校になるの知ってる？　もう新入生って入ってないから、いまの三年が卒業したら終わりなんだよ。あそこの、もう使われてないロッカーとか、下駄箱とか運び出す仕事。これがいちいち重たくてさ。でも校舎古いからエレベーターないじゃん、四階から下まで、鉄のロッカー二人がかりで下ろすの。キツいんだこれが。腕抜けるかと思った」

あたしはニヤニヤしながら聞いてしまった。女がやりたくてもやれない仕事の話を聞くのは、妙に愉しい。

「その先輩、僕とペアになってくれて、ずっと助けてくれたんだ。見るからになまっちろいガキだから心配してくれたんだろうね。実際、ロッカー運んでるとき我慢できなくて、途中で一回下ろしてもいいですかって頼んだりしてすげェ不甲斐《ふがい》なかったんだけど」

「あはは」

「ユウさんはずっと僕についていて、もっと頑張れって笑って励《はげ》ましてくれて、もうダメだってときは的確に休みを入れてくれて。ベテランのインストラクターみたいなんだ」

「いくつぐらいの人？」

「二十五くらいかな。いいパパになるよ、あの人」

「なるの？」

「結婚したら、いいパパになる」

「結婚するの？」

「知らないけど。彼女とつき合い長いみたいだから、そのうちするだろ」

「ふーん」

但馬くんの横顔はやっぱりどこか淋《さみ》しそうで、あたしはなんて言ったらいいのか分からなかった。

「その日の昼休みなんて、弁当喰《く》ったらもう地べたで爆睡《ばくすい》。寝ないと保《も》たないんだ」

「仕方ないよ。但馬くん、体力なさそうだもん」

「で、でも、ベテランの人もみんな寝てたよ」

と口を尖らせる但馬くんがかわいかった。

「ほんとにキツい仕事だったのね」

あたしはあわてて話を合わせた。ちょっと笑ってしまったけど。

「夏休みなのに、学校に来てた生徒もちょっとだけいた。部活で校庭走ってたけど、もう廃校になる学校の代表選手なんて淋しいもんだろうなって思ってさ。なんだか見てらんなかった。セーラー服着て校舎の中を歩いてる子も、一人見かけたな……あの子、忘れ物でも取りに来てたのかな。わかんない。なんにしても、僕たちが学校の物を運び出してるの見て、いい気持ちはしなかったと思うんだ。火事場泥棒じゃないけど、また新学期が始まったら物が減ってて、階によってはがらんとしてゴーストタウンみたいになってて、で卒業したらすぐ取り壊されるって決まってて。学校の、最後の卒業生って悲しいなあって思った」

「そうだね……」

あたしも、せいいっぱい頷いた。

屋上はまた静かになった。

でもその静けさはもう、さっきとは違ってた。

悪夢はそのまんま残ってる。だけど、痛み止めみたいなものもここにある。

▼但馬笙太

「で、そのユウさんて人を好きになったんだ。切ない夏の恋ってわけね」

石田さんの言葉にふふ、と僕は笑った。

「ああ。切ないよ。すっごく」

僕はあの日の、廃止寸前の学校の風景を思い出してた。校庭中から陽炎《かげろう》が立ってた。隅でスプリンクラーが回ってて、風に乗って水飛沫が飛んできた。顔にかかったとき、なんだか極楽を感じた。学校から運び出す荷物はとんでもない量で、作業は予定時間を過ぎてもぜんぜん終わらなくてついに日が暮れてしまった。物流会社の本部から応援が来るほどで、アルバイトはそこでお役ご免《めん》のはずだったけど、できれば残って、運び出しがぜんぶ終わるまで手伝ってくれないかと頼まれた。冗談じゃないと帰るアルバイトもいたけど、僕は残った。

もう夜。短い休憩時間が来て、僕は近くの自販機へ行ってスポーツ飲料の四本目のペットボトルを開けた。人間ってこんなに汗かいて、こんなに水分を身体に入れられるものなんだと感動した。運動の部活に所属したのは小学校が最後で、後はずっと絵を描く部にいたからそんなこと忘れてたのだ。帰る気はまったくなかった。すっかり突っ張った腕の筋肉をもみほぐす。

あの鉄製のロッカーの重さは、まだ夢に見る。そして……彼のことも。

「ごめんねキミ、予定通りいかなくて。残ってくれてありがとう」

ユウさんの親切な声が忘れられない。優しくて、男らしい低音。自分でも笑ってしまうくらい、ユウさんはしょっちゅう現れる。

「夢にまで出てきちゃうんだ……」

そう言う石田さんはなんだか嬉しそうだった。普通の女の子なんだな、と僕は思う。ついお腹のあたりに目をやってしまう。妊娠してるなんて信じられなかった。

「でも、顔は忘れそうだけどね。うまく思い浮かべられないんだ。なんか不思議なんだけど」

「あ、それってわかる。変に顔がはっきり浮かばない人っているよね。あたし、お母さんの顔が妙にぼやけちゃうの。お父さんはそんなことないのに。いっつも顔見てるのはお母さんのほうだっていうのにね。近すぎる人はかえってそうなっちゃうのかな？」

「ああ、そうかもね。夢に出てくるときも顔が見えなかったりするんだ。だけど、その人だって判る。あったかい感じがするから」

「あっ、わかるわかる！」

石田さんは僕の手を握り、楽しそうに上下に振った。仲のいい幼なじみみたいに。

石田さんってていい子だな、と僕は思った。ふだんはホントに仮面を被ってるんだな。

「で、そのユウさんと今度いつ会うの？」

「いや。またバイトしたら会えるだろうし、バイトの元締めに訊けば連絡先は判るだろうけどさ。そんなことしない。学校が始まっちゃったしね」

「え、じゃもう諦めたの？」

「初めから諦めてるよ。だって、つき合うなんて初めからあり得ないから」

石田さんはそうかなあ、と言ってくれたけど、現実は現実だ。僕は今更どうにかなるなんて毛筋ほども思ってない。もう会わないほうがいいんだ。つらくなるだけだから。

「自分の思い、伝えないんだ」

目の前の石田さんはあどけなく見える。いつもキツい顔した優等生とは思えない。やっぱり話してみないと人間って判らないものだ。こんなふうに話す機会が今までなかったのが残念だった。

「伝えない。できないよ」

「後悔しないの？」

「伝えても後悔する。だから、言わない」

「そう……」

「うん。忘れるしかないんだけど、なかなか吹っ切れなくて」

同情のこもった目で石田さんは見てくれてるけど、実は、自分で言うほどもうつらくはないと思う。だいいちこんなのには馴れている。だれかを好きになることは、僕の場合すなわち片想いだから。初めから失恋なんだから。

「但馬くんって……大変なのね」

僕はぷッと笑った。言いたいことは判る。顔を赤くして俯いた石田さんが可哀想《かわいそう》になって、明るく言った。

「大変だって思ったことないよ。片想いなんてありふれてるし」

「まね、そう言ったらそうだろうけど」

「それにね」

「それに？」

「どっかで信じてるんだ。いつか自分にぴったりのだれかが現れるって。馬鹿みたいだけどね」

「それって、男の人……よね」

「もちろん」

ふう、という溜め息は、さっきとは違った。僕は言う。

「笑っちゃうような話なんだけど、自分でも参ったなあって思うんだよね。しみじみ。あ、おれってゲイなんだ、っていうさ」

「ずっと前から自覚あったの？　子供のときから？」

「昔は、女の子が好きになったことも、あったような気がするんだけど。小学校の低学年の頃ね。四年生ぐらいからかなあ、男にドキドキするようになったのは」

「そういうもんなんだ……」

「わかんない。人それぞれだと思うよ。僕は遅いほうなんじゃないかな」

「じゃ初恋はいつ？　その、男の人に」

「わかんない。自分が性的に男が好きなんだって、もう否定できなくなったって意味では、ユウさんかも知れない。だから初恋って言えるのかもね」

「へえ……」

「いままで、恋自体あんまりしたことなかったし。人を好きになるのが怖かったのかもね。逃げてたんだ」

「意外に冷静に分析してるのね」

石田さんは笑った。そうだ、笑うところだと僕も思った。

「もっと狂おしいのかと思ったけど」

「狂おしい？」

「うん。なんていうの？　どうやっても相手を振り向かせてやる、惚《ほ》れさせてやる、みたいな」

「ははは。狂おしいよ。僕、彼の手を握っちゃったんだ。どさくさに紛れてさ」

「えっほんとに？」

「うん。いっしょにトランポリン運んでるとき。隣同士になって手が当たって、もう我慢できなくて、ユウさんの手ごと運んだんだ。離したくなくってさ。自分でもどうにもできなかった」

「そっか～……」

「ユウさんはなにも言わなかった。変だなとは思っただろうけど、手どけないでそのままでいてくれたんだ」

　すると石田さんは、僕より嬉しそうな顔をした。

▼石田符由美

　但馬くんはみるみる悲しそうな顔になった。

「ユウさんにはバレたね。だからなおさらもうバイトに顔出せない。避けられるよ。きっと目を合わしてくれない」

あたしはなにも言えなかった。そんなことないよ、と言おうとしたけど、やめた。あたしはユウさんを知らないし、ユウさんが但馬くんのことをどう思ってるのかなんて知りようもなかった。だから、

「ねえ、笙太くん」

あたしは勢い込んで但馬くんの下の名前を呼んだ。

「あたしと友達でいてくれるかな」

「えっ?」

笙太くんは目を円《まる》くした。きれいな目だった。

そして軽い頷きが返ってくる。

「いいよ。もちろん」

ありがと! と言ってから、自分が情けなくなった。物乞《ものご》いみたいな気分だ。

「あたし、なんかかっこ悪いね。友達なんて、頼んでなるもんじゃないよね。ほんと淋しい人間だわあたしって」

「そんなことないよ。こっちこそ、友達になってください。僕、友達少ないんだ。こんなこと話せる人、全然いないし」

「ほんと?」

笙太くんは頷いた。本当なんだろう。こんなにいい人なんだからもっと友達がいていいと思う。だけど、彼に限らない。友達のできない学校だった。醒めた空気が漂ってて、喜んだり落ち込んだり、そういう分かりやすい感情表現をみんな恥みたいに思ってる。どこか斜《しゃ》に構えて、校舎の窓から世の中を傍観してるみたいな。自分の将来なんかだいたい見えてるんだしドラマみたいな突飛《とっぴ》なことも華《はな》やかなこともないんだから、熱くなくクサくなく、訳知り顔で生きていくのがかっこいい。そう信じ切ってる顔ばっかり。

怖いだけじゃん。あたしはそういう同級生たちを可哀想だなあ、と素直に思う。で、それっていうのは、自分を可哀想だと思うのと同じことなんだけど。

「僕、変わり者だけど、これからもよろしく。石田さん」

笙太くんが親切に言ってくれる。

あたしはこちらこそよろしく、とぎこちなく頭を下げてから、

「ね、あなたがゲイだから興味もったとかいうんじゃないのよ」

とあわてて言った。

「あたし、前から笙太くんには興味あったもん」

「えッ、そう？」

「うん。なんか空気独特だから。自分を持ってるっていうか、そんな感じした」

笙太くんは顔を赤らめた。

「そんなこと言われたことない」

けっこう感激してくれた。だけどあたしはホントにそう思ってたのだ。だから、二人きりになった途端なんでもかんでも喋っちゃった。もう、あたしは彼のことを信用してた。

笙太くんは友達でいて欲しい人だ。だから、いま彼の表情のなかに融《と》けている悲しいものをなんとかしてあげたい。この人ホントはユウさんとすごく会いたいんだ。抱き合いたいんだろう。あたしはいま抱きしめたい人なんていないけど、笙太くんには好きな人を思いっきり抱きしめて欲しいと思った。

「ねえ、僕のことゲイだとか思ったことなかった？」

笙太くんはそう訊いてきた。あたしは素直に答える。

「ぜんぜん！　そんなこと思ったこともなかったよ。女の子に、なんていうの？　あんまりがっつかない人だなとは思ってたけど、そういう性格なのかなって思ってた」

「そっか。バレてないかなあ、だれにも」

「わかんないけど、あんまり疑ったりする人いないと思うけど？」

「うん。まあ、バレるってのも言い方おかしいけど。ほんとにゲイなんだからしょうがないし。でも、カミングアウトなんかするのもおかしいし、したってめんどくさいだけだし」

「そりゃそうよね」

「うん。別に仲間がほしいわけでもないし。学校には、好きな人もいないし。ふだんやりにくいこともないし、ぜんぜん不満もないいんだけどね」

「こんな学校だし。なんか、友達つくるとこじゃないよね……卒業したら、なんにもない三年間だったなあって思う気がする」

ははは、と彼が笑う。だけど、こんなふうに喋れる相手を見つけたんだ。見つけたからには離したくない。こんなひとがクラスにいてくれた。で、嬉しいことに筌太くんもそう思ってくれてる。

「ねえ」

あたしはふと言った。頭に浮かんだらもう、言わずにいられない。

「筌太くんのとなりの席の……」

「金山さん？」

「そう。幸枝ちゃん。たぶん、筌太くんのこと好きだし」

「！」

筌太くんは一瞬絶句した。

「わかるの？」

「わかるよ」

あたしはえらそうに言った。

「石田さんと金山さん、仲良かったんだ」

「別に仲良くないけど、ホラ、あの子だれにでもフレンドリーじゃん。こんなあたしでも、けっこう話したことあるの。で、あの子、みんな顔に出るから。笙太くんと話してるときがいちばんかわいい顔する」

「……そっか」

笙太くんは納得したみたいだった。薄々感じてたのかも知れない。すごく複雑な表情だ。女の子に好かれるってことは、ゲイとは思われてないってこと。だけど、ほんとに好きになられてるんだとしたら、気の毒っていうか申し訳ないっていうか、そういう気持ちなんだろう。この人は優しいから。

もしかすると、だましてゴメンなんて思ってるかも。そんなの、人が良すぎる。あなたはなんにも悪くないよ。

「でもホント、石田さんとこんなふうに話せてよかった」

笙太くんは気を取り直したように笑顔になった。

「石田さんとは、ちゃんと話せないで二年生も終わると思ってたから……」

あたしはなんだか言葉が出なくて、一生懸命頷いた。

きょうは学校に来るのがもの凄く憂鬱だったけど……来て良かった。

あたしが抱えてる厄介事が、解決するわけではぜんぜん、ないけれど。

「でも、石田さん」

笙太くんはあたしの気持ちを見透《みす》かすみたいに訊いてくる。

「……おなかの子供どうするの」

「やめて！　考えたくないの」

あたしは大きな声を出してしまう。

「わ、わかった。ごめん」

笙太くんの沈んだ顔を見て気の毒になった。

「あんな男の子供なんか産みたくない。絶対イヤ」

「そうだろうね……」

こっちを刺激しないように、それでもなにか言おうとしてる。だからあたしはまくしたてる。

「堕《お》ろすしかないんだけど、お金がないの。親に言ってお金出してもらわないと……それがほんとに、ユウウツでたまんない」

「手術代ってどれくらいかかるの」

「結構するの。ちょっとバイトしたぐらいじゃ足りない」

それ以前の問題だった。あたしはアルバイトもしたことがない。わりと裕福な家で、気ままにやってきた。いきなり人生の荒波に対処しろって言われても無理だ。やりなれないことをやって身体がおかしくなってもイヤだし。

「大変だね。手術って、怖いよね。危ないことはないんだろうけど……でも」

しばらく、黙った。お互いにぼんやりりした。

狭《せま》っ苦しい校庭では、この暑さの中で酔狂な運動部——たぶん、ハンドボールと陸上——が練習してた。でもほとんどの生徒がどんどん帰っていく。まるで夏休みに逃げ帰るように。ムダな抵抗だけど、始業式の日ってそういうもの。どうせみんなすぐ新しい日々に慣れていく。それが高校生の仕事だから。決まったことをやればいい。ただ、流されていれば。みんなそうなんだから。

そんなみんなをここから見てる。悪い気分じゃない。もの凄い不幸が、すぐ先に待ち構えてるようないやーな感覚が皮膚の裏っかわにくっついてるのは、変わらない。でもいまは心地よさが勝っている。

「お互い、しんどい秘密だよね。いや石田さんのほうがぜんぜん深刻だけど」

笙太くんが言った。あたしもその場では、そう思った。だけど後ですごく反省したのだった。深刻なのは笙太くんのほう。どうしてって、あたしは中絶手術が上手《うま》く行って、だれにもばれなかったらまあ解決なんだけど、笙太くんにとっては一生続く問題だから。男しか好きになれないという性分は。

彼は美術部で絵を描いている。どんな絵を描いているのか知らないけど、たぶん繊細《せんさい》な絵なんだろうと思う。ゲイには優れた芸術家が多いそうだ。たぶん、ふつうの人よりもいろんなことを感じて、いろんなことを考えるからだ。あたしは初めて、そんなふうに思った。悲しみの量も嬉しさの量も人より多いんじゃないか。

そろそろ帰ろうかと笙太くんが言った。あたしは頷いてから、思い出した。

「そういえば文化祭のことぜんぜん話してないね」

「あしたでいいよ」

笙太くんは笑った。あたしもつられて笑う。

「いいの？」

「もうそんな気分じゃなくなっちゃった。ねェ？　落合もいないし。あいつがいないと話し合いも二度手間だしね」

「あした落合くん、出てくるかなあ」

思わず言うと、笙太くんがあたしを見た。

「なんで？」

「なんか……おかしかった。ほら、あたし、あの人と席近いでしょう」

「ああ、うん」

「前からちょっと変だけど……きょうは輪をかけて変だった。夏休み前より明らかに変。動きが落ち着かないの。すごい心臓に悪いのよね、いっつも、ハッと思い出したみたいに急に立ち上がるんだもん」

「ははは。石田さん人のこと言えないよ。きょうおかしかったよ」

「あ、やっぱり？」

そうやって自分を笑う自分が新鮮だった。

「夏休みにそんなことがあったんじゃ、仕方ないけど」

「筐太くんだけは変じゃなかった。いつもといっしょね」

「あ、そうだった？」

「ねエ、どうしてそんなに自然体なの」

「え、僕が？」

「前からなんだか、大人びてるなあって思ってた」

「そんなことないよ。なにも考えてない」

筐太くんはまた少し赤くなった。かわいい。

あたしは朝の自分からしたら、信じられないほどいい気分だった。そのことを表現したかったけど、うまく言葉にできない。

「夏休みのあいだ、みんないろいろあったってことだね」

恐ろしく平凡な言葉に落ち着く。

「落合くんにも、なんかあったのかも」

「うん。みんなそれぞれ、なんかあったのかな。そういえばテルアキの奴あんなスカした髪型にしちゃって笑っちゃったよね、最初だれかと思った」

「ホントホント！　でもすごいのはヨシミよね。いきなりアイドルかと思った」

「うはははっ。そういえば」

筌太くんは思いきり笑ってくれた。うふふっとあたしもおっきな裏声で笑う。孕《はら》んだ娘が腹抱えて笑ってるよ、と思った。それでも笑いは萎まない。笑ってる場合じゃないのに、いますぐにでもどうにかしなきゃいけないのに、気が狂いそうに追いつめられてた自分がいなくなってる。

「ね、どっかに寄ってから帰ろうよ」

あたしは言った。

「うん。ちょっと憂《う》さ晴《ば》らししたいもんな」

筌太くんの笑顔にはウソがない。それが嬉しかった。

▼ゲームマスター

自分はまた庭に戻っている。

キャラクターから抜けたのだ。

庭に集《つど》う人たちは、いまはわずかだった。自分に話しかけてくる人もいない。だからゲームに集中していられた。だけど、そろそろ時間だ。ゲームは久しぶりなのだし、没頭しすぎるのは良くない。

だが……面白かった。まさに高校生の青春を味わえた。案外、高校生は大変だ。妊娠。同性愛。それぞれいろんな悩みを抱えてる。

それは自分も同じだ。深刻さでは負けていない。

ぼくは杖《つえ》をついて立ち上がる。

かろうじて自分の足で歩くと、廊下を進み、トイレに入る。

どうにか一人で用を足せるようになったのは最近のことだ。

手洗い場で手を洗い、鏡を見る。

鏡の中の自分は一見、怪我人《けがにん》には見えない。額《ひたい》や頬《ほお》の傷はもう目立たない。よく見ればうっすらと痕《あと》が見えるが、気になるほどではない。

だが足は思うように動かなかった。何カ所も骨が折れた。動かせないあいだにすっかり筋肉が落ちてしまった。歩ける距離は限られている。それにしても、医者が首を傾げるほどの回復の遅さだった。障害が残るかも知れないと言われた。ぼくは一言も返さなかった。いつかふつうに歩けるようになるのだろうか。このままリハビリを続けていて、本当にどうにかかなるものなのか。いつ退院して日常生活に戻れるか、見通しはまったく立っていない。

こんな生活にいつまでも耐《た》えられるものじゃない。

だからゲームを再開した。一度は、もう金輪際やらないと誓《ちか》ったゲームだが、いったいだれが責める？　ぼくは十六になったばかり。自分にだって高校生活を送る権利はあるはずだ。そう唱えることで罪悪感がやわらぐ。だいいちゲームを再開したと言っても、ぼくは特定の人間に同乗しているだけ。ただの傍観者だ。彼らの人生になんの影響も与えていない。迷惑などかけていない。だれも不幸になってはいない。

もう二度とキャラクターに干渉したり、押したりしない。

過去の過ちから学んだのだ。あんなことはもう起きない。

（計《けい》……）

それでも、浮かんでくる名前がある。

（計……お前は、いま）

面影が過《よ》ぎる。心が暗くなる。

ぼくは、子どもだったんだ……あまりにも未熟で、感情に支配されていた。あいつの挑発に乗って、自分を抑える術《すべ》を知らなかった。いまは違う。

自分のしたことの報《むく》いで、生死の境をさまよって、ギリギリで生還した。だが払った代償が大きすぎやしないか？　鏡から目を外し、トイレを出て、ぼくはぼくに与えられた部屋に戻る。気詰まりな四人部屋の病室だ。同室の患者たちとは口もきかない。

だがここで、一日中くすんだ色の壁を見つめているつもりはない。ぼくはぼくの力を使ってゲームをする。大ケガをしても、この力はいささかも衰《おとろ》えてはいない。そのことには感謝していた。

過ちは繰り返さない。だれも傷つけない無害なゲームだけを自分に許す。

でも——自分を信頼しきれるのか？　そんな声が頭の片隅で鳴っている。事故のあとは集中力が続かなくなった。気がついたら、ぼんやりしている自分を見つける。そんなことが日に何度もある。

ケガをする前も、ゲームの最中に神経が焼き切れたように視界が真っ暗になることがあった。ふいに気を失うようなものだ。ルールを破って、夢中になりすぎるとそうなってしまう。

だがいまはゲームの最中ではなく、ふつうに生活している最中に起こる。一日がいくつかにブツ切りにされるというか、隙間ができるというか。映画にたとえるなら、ブラックアウトがいくつも差し挟まれる。そんな感じだ。ほんの短い間ではあるけれど。

事故の後遺症だろうか。本当にぼくは大丈夫なのか？　事故の後ぼくの人格は、アイデンティティは、一定しているだろうか。常に意識は保たれているか？　そう自分に問いかける声がある。調子は切実だ。

でも結局、ぼくは「だいじょうぶ」と答える。一人なら危険はない。このゲームには、対戦相手がいるわけじゃないんだから。

計はもういない。少なくとも、ぼくのそばには。

必然的に破滅は回避される。

それに……ゲームの能力はむしろ上がっている。だれかに同乗している間、ぼくの意識は研ぎ澄まされて冴《さ》え冴《ざ》えとしている。不思議だった。

いや、事故で身体が思うように動かないからこそ、この能力が伸びたのかも知れない。飛べなくなった鳥は、その代わりに足が速くなったり、泳ぎが得意になるように進化するそうだ。それと同じじゃないか。

今回ぼくが選んだキャラクターたち。男子生徒は、ほのかな温かみがあってとても快適だった。女子生徒のほうはかなり奇妙だった。異様に視界がクリアで、かつてないほど意識がシンクロしているのが分かるのだ。めったにない特別な素材だと分かった。

ぼくはツイてる。

いや、実生活ではなに一つツイてない。だからこそ、せめてゲームの中だけは楽しくあってほしい。その願いは叶えられそうだった。

さあ、少し寝よう。同乗していることに疲れた。

眠りによってエネルギーを回復する。それが新しいゲームの力になる。

▼晴山旭

「それで？　あの戌井って教師が何をした？」

俺はソファに座るなり、メニューも見ずに訊いた。

流行《はや》ってなさそうなカフェを見つけるのが刑事は得意だ。客が少なければ人に聞かれずに捜査の話ができる。ここは明らかにうってつけだった。路地裏にある個人経営のカフェ、というより純喫茶。照明も暗い。

「点が線になったのは先週」

鷲尾千賀子はそう応じた。この本庁の女刑事は、さっき俺が会った教師のことを疑っている。

「女子高生や女子中学生をホテルに呼び出して、脅《おど》したり泣かしたりする男が、二年ぐらい前から出没してる。都内や、関東近郊に。すべての報告書を総合すると、明らかに同一人物」

そこで年寄りのマスターが注文を訊きに来たので口をつぐんだ。二人ともブレンドを頼む。マスターがカウンターの向こうに消えたのを確かめてから俺は訊いた。

「変態行為を繰り返してるのか？」

「いいえ。言葉だけ」

「あ？　何もしてないのか？　卑猥《ひわい》なことは」

「ええ。むしろ説教するの。こんなことはやめろ、心を入れ替えろって。たいていは、相手が泣くまでやる」

「ほう。それが犯罪か？」

　すると鷲尾は表情を怖くした。

「世直しだとでも言うの？　正義漢を気取ってるけど、タチの悪い変質者よ。若い女の子たちにトラウマを刻みこんで喜んでる自己満変態野郎」

「だけど、罪状は何だ」

「もちろん、児童買春。強制猥褻にも問える」

「言葉だけなんだろ？」

「言葉の暴力も立派な暴力。侮辱罪、名誉毀損《きそん》にも問えるしね」

「立証は難しいだろ、相当」

　俺の熱のなさが気に食わないのだろう。鷲尾は俺を睨みつけた。

「放っておけないの。分かりやすい犯罪者よりよほどタチが悪い」

　この女は退く気がなかった。独自の正義感に燃えている。生活安全部はこんな種類のホシにこだわるのか。所轄の俺が本庁の方針に口を出せるものでもないが。

いや、この女の独走かも知れない。俺は訊いた。

「どうやって戌井にたどり着いた?」

「捜査を始めた頃から、嫌な予感がしてた」

鷲尾はそんな説明の仕方をした。

「ちゃんと社会的地位のある人間だという気がしてならなかったから。普段はまともな社会人を装《よそお》ってる。分厚い仮面を被って、裏では全く違うことをやれる人間よ」

俺は頷かない。じっと聞いていると、鷲尾はようやく具体的なことを言い出した。

「似顔絵を作った。ぜんぶの証言から描き起こした絵をコンピューター解析で擦《す》り合わせたの。最も信頼性の高い顔を手に入れた。それがこれ」

鷲尾は取り出したファイルを開けて、その顔を見せてくれた。

妙に個性のない顔だった。日本人全部の平均でも取ったような顔だ。

だが確かに、戌井に似ている。

俺が頷くと鷲尾は続けた。

「あたしは自分の勘に従って、堅い仕事をしている人間のリストと照合した。公務員。議員。医師。教師。同じ警察官さえ、ね。やがてマッチした。それで、行くべき場所が決まったの。中崎高校に」

「それで探りを入れにきたら、俺が先に着いてたってわけか」

俺は頬の端を上げて見せたが、鷲尾はニコリともしない。

「ええ。同じヤマじゃなかったけど」

「こっちは容疑者ってわけじゃないしな。話を聞きに行っただけだから」

これは完全な嘘だった。俺は、落合鍵司が殺人者である可能性も考えている。

だがただの失踪事件の関係者だと思わせておく。未成年の親族殺人疑惑、さらに背後に銃器が絡《から》んでいると知ったら、この女は本庁に報告して大事《おおごと》にするだろう。俺のヤマではなくなってしまう。

「担任と生徒。同じクラスなのは、ただの偶然だな」

「ええ」

「じゃあ、どうする？」

俺は核心をつく。

「別のヤマなら、別々に当たるべきだ。こうやって一緒にいてもしょうがない」

「また別の刑事が来たとなったら警戒される」

鷲尾は言った。

「悪いけど、こっちの代わりに探りを入れてくれない？」

これが真意か。俺は舌打ちしそうになる。所轄署員をアゴで使う気だ。

「証拠を摑んでるんじゃないのか。しょっ引いて落とせばいいだろう」

「そう簡単じゃない」

鷲尾はもっともらしい説明を始めた。被害にあった女子生徒たちの証言によれば背格好も年齢も、顔形もほぼ戌井に一致する。ただし、決め手に欠けるのだという。どうやら犯行時に微妙な変装をしているらしい。かつらやメガネ程度でも人の印象は変わるものだ。鷲尾もまだ確信までには至っていない。だから。

「また戌井に会って。そこでさりげなく、夏休み中の戌井の行動を聞き出してちょうだい」

「しかし……」

なんで俺が。教師の淫行《いんこう》など俺の専門外だ。

「なんだったら、女子高校ホテトルの件をちらつかせて反応を見てもいい」

「だめだろ。さすがに警戒する」

俺は抵抗を試みるが、鷲尾は意に介さない。

「加減は任せるから。照会したけど、あんたは刑事として有能みたいだし」

俺は固まった。胸の底からどす黒い感情が湧いてくる。

「スランプは誰にでもある。慎重に探りを入れてみてよ。反応を見てくれるだけでいいから」

「……テメェ誰に聞いた」

　言ってから愚問だ、と気づいた。こいつは本庁のデータベースから情報を取り寄せたのだ。俺自身が査察の対象か。

「あなたが失敗続きだなんて、あなたの署じゃ全員知ってることでしょう。定例報告書に載ってたわよ！」

　悪趣味な冗談だった。俺は唇を噛《か》む。怒鳴りそうだったからだ。どうにか自分を抑えて、低い声で言う。

「責任は負えねえぞ。俺は、変態野郎は相手にしたことがねえ」

「あんたが学校に来るから、あたしが出て行きづらくなったんじゃない」

　もっともなところを突かれた。

「どうして生徒の家に行かなかったの？」

「俺なりの分析の結果だ」

　素直に説明した。落合鍵司の母親が厄介な人間である可能性について。すると鷲尾は、

「一理あるけど、結果としてこっちは困ってる。動くに動けなくなっちゃったんだから」

　俺のスランプは続いてるということか。

「国立署の人間がどうして、府中東署の管轄で勝手な捜査を許されてるの」

　鷲尾はさらに痛いところを突いてくる。

「こっちから、府中東署に確認してもいいけど」

脅しが入った。

「分かったよ。明日、もう一度戊井に会う」

観念して言った。

「今日じゃなんだから、明日連絡して、できりゃ朝にでも時間をもらう。無理なら昼休み。無理なら、放課後だ」

「明日ね……」

気に喰わなそうな表情。

「遅いって言うのか？　言っとくが、一日に二回も訪ねたら相手は警戒するだけだ」

ここは譲れなかった。

「今日は始業式でバタバタしてるし、明日からは授業が始まる。向こうは今めちゃくちゃ忙しいに違いない。会うのさえ渋《しぶ》るぞ」

「分かった」

鷲尾はようやく手を打った。

「あんたの腕に期待してる。地力があるのは知ってるの。栗林さんが選んだ男でしょ」

「……栗林さんを知ってるのか？」

鷲尾はニヤつくばかりで何も言わない。

やるせない怒りを感じた。俺の知らない栗林さんの過去を、こいつは知っている。

栗林さんはワケありの男だ。底知れないところがある。なんと言っても、かつて本庁の捜査一課に勤めていたのだ。有能だったに違いないと俺は思っていた。本人には詳しく訊けない。かといって他の署員や上官に根掘り葉掘り訊くようなこともできない。ただ、噂話には聞き耳を立ててきた。

栗林さんが国立署に来て四年目だが、この署の誰もが信じている話は、

「大きなヤマの責任を取らされた」

というもの。その事件は、迷宮入りした放火殺人だという人。いや、栗林さんの家族に共産《きょうさん》党の支持者がいて、公安部に睨まれたのだと馬鹿馬鹿しいことを言う人もいた。女性問題だろう、とやっかみまじりに言う人も。栗林さんが渋めのいい男だからだ。

だが俺は前から、湾岸エリアの倉庫街でまとまった数の銃器を発見し押収した際、組織犯罪対策部にシマ荒しだと糾弾され、刑事部と組対部のいがみ合いに発展した責任を一人で取ったのだという噂に、いちばんの信憑《しんぴょう》性を感じていた。

自分の勘を確かめさえした。去年の連続ひったくり事件解決の打ち上げの席で、酔った勢いで訊いてしまったのだ。

「すごい手柄を立てたのに、他の部からやっかまれて飛ばされたって噂、本当なんですか?」

と。日本酒のお猪口《ちょこ》を持った栗林さんは黙り込み、ふっと口を歪めて笑ったのだった。

「もう忘れたよ」

その顔は少しも酔っていなかった。かなり飲んだ後なのに。

それで俺は知った。自分の勘は正しいと。

「こっちは本部に戻って、戌井の周辺の人物について洗っておくから」

鷲尾は顎《あご》に指を当てて言った。

「あたしの班の連中、いいネタつかんで帰ってるかも」

「へえへえ、よほど使える連中が集まってるんだろうさ。さすが本部は違うね」

分かりやすい皮肉を言う。

「あなた、なんで一人で動いてるの?」

鷲尾は首を傾げて訊いてきた。細い首からふいに女っぽさが立ち上って俺は顔をしかめる。

「慢性《まんせい》的な人員不足」

肩をすくめてみせた。

「都下の署はみんなそうだ。分かってるだろ? 事件が多いとすぐこうだ。コンビで動くなんて贅沢《ぜいたく》。あんただって、一人じゃないか」

「あたしは主任だから」

お見それした。まだ三十そこそこだろうに、刑事としての出世街道をひた走ってる。さすがにキャリアであるはずはない、キャリアが現場の刑事と同じように捜査することはまずないからだ。だが同じノンキャリアでも、俺とは出来がまるで違うらしい。俺の場合どうにか巡査部長にはなったが、果たしてこの先警部補になんかなれるのか。試験勉強する意欲もない。

それにしても面倒なことになった。同じ場所——学校——で、二人の人間に別件の探りを入れる。失敗する可能性が高い。はまった。いまの俺は、転がり落ちてるだけだ。トラブルが雪だるま式に増えていく。厄日はいつまで続く？　ついてなさ過ぎる。どこに唾《つば》を吐いて誰に悪態をつけばいい？

「悪いようにはしないから」

仏心が出たのか、鷲尾はふいに言った。こっちがよほど浮かない顔をしていたのだろう。

俺は小さく頷いたが、何も期待すまいと思った。この女の班の刑事たちが有能で、戌井教師の件をさっさと解決してくれたら自分のヤマに専念できるかも知れない。だがどうせ思い通りにはならない。悪い予感しかしないのに、この場から逃げ出せない。クソックソックソッと拳《こぶし》を腿に押しつける。こんなささやかな自傷行為でも、しないよりマシだった。痛みはほんの少しだけ憂さを忘れさせてくれる。

▼但馬笙太

なんか不思議だな、と思った。

石田さんと初めてちゃんと喋った。ずいぶんたくさん、いろんなことを。

そして僕らは友達になった。自然と顔がゆるんでしまう。一緒に暑い屋上から逃れて、自分たちの教室に寄って荷物を取ってから昇降口を出た。

「どこ行こっか。ね、どうしようか」

そんな、石田さんの弾んだ声を聞きながら校門に向かう途中で、あれ？　と思った。

校門のそばにいる人に目を惹《ひ》きつけられたのだ。

痩《や》せた肩。制服のスカートから伸びる、ひどく細い足。

「……砂川《すながわ》さん」

「どうしたの？」

石田さんが怪訝《けげん》そうに見てくる。僕が立ちすくんでしまったからだ。

「砂川さん！」

思い切って僕は呼びかけた。ところが、細い足はゆっくりした歩みを止めなかった。そのまま歩いて学校を出ていってしまう。

僕はただ見送った。

「だれ？」

消えた人影のほうを見ながら石田さんが訊く。

「うん……美術部の先輩かな、と思ったんだけど。後ろ姿が、たぶん」

間違いないと思った。彼女の腕や足の細さには、会うたびに驚いてしまう。どこに筋肉がついてるんだろう、よくふつうに歩けるな、と思うくらい細い。だけど。

「いまの人、帽子かぶってたね」

そうなのだ。

黒いニット帽のようなもの。こんな暑い日に。

「まだ、ケガ……治ってないのかな」

僕は言った。

「ケガ？」

「事故。重傷負っちゃって、今年の冬に。だから長いこと学校休んでた。復帰できたのかな？」

「そうなんだ……そんな先輩いたんだね。知らなかった」

無理もない、と思った。事故に遭《あ》う前からしょっちゅう学校を休む人だった。同級生でもたぶん印象が薄い。ましてや後輩ともなれば、存在さえ知らない人が多いだろう。

でも僕は部活がいっしょだった。彼女は美術室にときどきしか顔を出さなかったが、絵を描いているところを見たことはある。目が悪いのか、キャンバスにひどく顔を近づけて、鼻が絵にくっつきそうな勢いで描いていた。僕は後ろからこっそり覗き込んだ。

一度見たら忘れられない絵だった。

色が何重にも塗り重ねられていた。全面が、暗くて濃かった。

シュールレアリスム？　明らかに写実的な絵じゃない、抽象絵画という感じだった。人の顔らしきもの、動物の身体らしきものも描かれてはいるが、ほとんどは得体の知れない物体とも流体ともつかないもの。アングラな匂いがプンプンした。とにかく独特すぎて、気持ち悪いと片づける人がほとんどだろう。高校生の絵とはだれも思わない。

でも僕はすごく惹きつけられた。なに描いてるんですか？　と訊きたかった。できなかったけど。勇気がなかった。描くのに夢中になっているところを邪魔したくなかったし、ほとんど喋ったことがなかったのだ。あいさつ程度、それも頭を下げるだけ。それが僕らの関係だった。

砂川さんはほとんど声を発さない。学校で笑っているところを見たことがない。人と喋ってるところも見たことがない。友達は、ほとんどいそうになかった。

今年の初めに事故で大ケガしたと聞いて、学校をやめてしまうんじゃないかと心配になった。彼女が高校に通う意味がそもそも判らなかった。僕が言うことじゃないかも知れないけど、楽しそうに見えたためしがない。彼女は生きづらそうだ。

彼女みたいな人間はどうやって生きたらいい？　この世のどこに居場所を見つけたらいいんだろう。大変だよな、と前から思っていた。しょせんは他人事《ひとごと》でしかないけど。

自分を投影していたのかも知れない。僕だって、砂川さんみたいになる可能性はあった。ただ僕はちょっとズルくて、自分の孤独感とか変人ぶりとかをうまく隠せる。僕は学校で笑っているし、友達らしき人もいないことはないし、ずっとうまくやれてる。人に言えない秘密があっても、それなりに楽しく生きている。砂川さんに比べたら。

だけど、校門から出てったのは本当に砂川さんだろうか？　だとしたら……よかった。二学期から学校に復帰するのかも知れない。今日は、職員室にあいさつに来たのかも。追いかけて走っていきたい。そんな衝動にかられた。だけどいまは……

「ね、ほんと、どこ行く？」

ウキウキした声で訊いてくる石田さんが横にいる。

ケアしたい。この人もケガ人だから。

この笑顔を曇《くも》らせたくなかった。せめて今日ぐらいは。

▼晴山旭

鷲尾が自分の車に乗って去った。

俺はぶつくさ言いながら自分の車に乗り込み、あてどなく走り出した。気づくとまた中崎高校の方へ戻っている。誰に会うことができるわけでもないのに。虚《むな》しい思いで、学校を取り囲む塀に沿ってインサイトを徐行させた。始業式はとうに終わったのだろう、のんびり帰っていく生徒たちがちらほら目に入る。また明日ここへ来て教師に探りを入れなくてはならない。どんな作戦で行こうか……

塀沿いの道路に、一人の男が立ち止まっているのが目に入った。

白いワイシャツに汗がシミを作っている。紺《こん》色の背広を腕に持ち、柵越しに校庭の方をじっと見つめていた。俺は注意を引かれ、車のスピードを更に下げた。ウィンドウ越しに男の顔を確かめようとする。

すると男は、気配に感づいてまともにこっちを見た。

「だれだあんた」

俺はウィンドウを開けて言った。誰何《すいか》する気はなかったが、目が合ってしまったのだ。

「なにを嗅ぎ回ってる？」

あからさまに威嚇《いかく》した。不審者を追い払うことは警察官の仕事の一つ。決して憂さ晴らしじゃない、と自己正当化する。

「あんた、刑事か？」

ところが平然とした声が返ってきた。

「そうだが」

面喰らいながら答えると、

「同業者だ」

相手は俺を見つめながら言った。内心あわてる。また刑事か？　そんなことがあるのか。この学校は刑事の寄合所か？　男は手に持った背広のポケットから取り出したものを開いて見せてくる。

「沖縄県警の比嘉《ひが》と申します」

丁寧に頭を下げる。警察手帳のＩＤに見入った。

「沖縄県警？」

意外すぎた。南の果ての県警の刑事に会うこと自体が初めて。東京にいれば、会うことはほぼない。確かにこの男は南方系の濃い顔立ちをしていた。眉《まゆ》が太く、顎もしっかりした丸顔。歳の頃は五十を超えている。ＩＤによれば、沖縄県警本部の刑事部所属だった。捜査一課。階級は巡査部長、名前は比嘉良彰《よしあき》。

沖縄で生まれて沖縄で凶悪犯を追いかける刑事か。同じ刑事だが、環境が違いすぎていまいちイメージできなかった。初めて会う遠い親戚のような感じだ。

「ちょっと、古い事件を追っかけていて」

比嘉のイントネーションにはそれほど違和感を覚えなかった。仕事柄、標準語に寄せて話すことは慣れているのか。ただし抑揚《よくよう》はゆったりしている。

「ここの生徒が、事件の遺族じゃないかと思って、やってきました」

「事件の遺族……じゃ、アポを取って面会に？」

俺が訊くと、

「いや。それはこれから」

と比嘉は答えた。

「これから？」

「今日は様子を見に。生徒の顔見られたらな、と思って」

俺は首を傾げた。だが、察するものはある。

学校に話を通せば警戒される。それを恐れているのだろう。気持ちは分かるが、学校の様子を塀の外から見てもらちが明かないだろう。会いたい人間がいるなら連絡を入れるしかない。やはり沖縄の人は、刑事までのんびりしているのだろうか。それとも他に理由があるのか？

「古い事件というのは、どういう？　俺にできることがありますか」

言ってみる。

「あ。いや」

比嘉は眉根を寄せた。だが俺はお構いなしに自分の手帳を取り出して見せる。

「俺は本部の人間じゃないです。この近隣の署の所属でもありません」

比嘉は俺のＩＤを確かめ、

「国立《こくりつ》？」

と訊いた。

「くにたち、と読みます。ここより西です。だから俺は、末端の刑事でしかないですが。本部に知ってる人間もいますよ。つなぐことはできます」

「あんたは？　この学校に用事が？」

比嘉の質問に、どう答えようか迷う。

「……ちょっと、行方が分からない人間がいて。行方を知ってる人間が、ここにいないかと思って訪ねたんです」

だいぶオブラートに包んだ。比嘉は軽く頷き、それ以上は詮索《せんさく》してこない。お互い様だ。それぞれが捜査機密を抱えているから具体的なことは話せない。同業者でありながら肝心なことは話せず、竦《すく》み合う状態になる。よくあること。

しかしこの学校は、パチンコなら馬鹿当たりの台だった。所属が全く違う刑事たちが三人揃って大フィーバー。こんなことがあるか？

「私にお気遣いは、無用です」

比嘉はやがて言った。

「こっちは、緊急じゃないので。なにせ、古い事件だから……」

「でも、そちらの本部が出張費を出すぐらいだ。けっこうなヤマじゃないですか」

微妙な探りを入れた。だが比嘉は乗ってこない。いやあ、と言いながら頭を掻いた。

「古いとは言っても、まあ、殺しだから」

それは予想通り。この男は捜査一課所属。ホシは強行犯だ。

だがそれ以上は語らない。となるとこっちも詮索できない。その辺はあうんの呼吸で察せねばならない。

「沖縄も暑いでしょうが、こっちも相当じゃないですか」

無難な気候の話を振った。

「いや、こっちの方が、堪《こた》えます」

比嘉は笑みを浮かべてくれた。額の汗を拭う仕草をする。

「道路の照り返しが、ね。都会の暑さは、格別なものがありますな」

「それは申し訳ない」

俺は頭を下げる。いやいや、と比嘉は笑みを深くしてくれた。その顔には性格の良さが滲み出ていると思った。

「出直しますが、今日のところは引き上げます」

少し迷ったが、俺はそう言った。車のハンドルに手をかける。だがアクセルを踏む直前に訊かれた。

「また、ここに来る？」

見ると比嘉の顔が陰っている。

「ええ」

俺は短く答え、ウィンドウを閉めようとした。

「気をつけたほうが」

比嘉はそう言い、すぐ口を噤《つぐ》む。

「……なんですか？」

俺は手を止めて訊く。気になった。相手が一瞬、恐ろしく思い詰めた目をしたのだ。

「いや」

沖縄の刑事の頬が引き攣《つ》っている。内心の揺れを隠せていない。

この男は嘘が苦手なのだと思った。この歳にしては痛々しいぐらい素直で、無防備なところがある。刑事に向いていないと思うほどだ。

「私は、次があるので」

比嘉は唐突に言って頭を下げてきた。

呆気《あっけ》にとられたが、どうにか頭を下げ返すと比嘉は俺に背を向けた。妙にゆったりした足取りで塀沿いを歩いてゆく。その背中に声をかけようかと最後まで迷ったが、道の先を曲がって消えてしまった。

あの沖縄の刑事は何しに来たのか。何を言おうとしてやめたのか。

栗林さんに訊くしかない、と思った。報告して知恵を借りよう。今の比嘉だけではない、もちろん鷲尾千賀子についてもだ。今日巡り会った奇妙な刑事たちのことを詳しく調べてもらわないと。一刻も早く！　俺は携帯電話を手に取った。

▼ゲームマスター

目を開けた。

ごく短い間だが、深く眠れた。

ぼくは今、上半身だけを起こして、ベッドに身体を横たえている。

この病室は気に食わない。それでも、自分のベッドが窓際にあることには感謝していた。

窓から高校の校舎が見える。ぼくのゲームの舞台。始業式はとっくに終わって、校庭で部活をやっていた生徒でさえ帰り支度《じたく》をしている。やがて、ぼくが今回選んだキャラクターたちも校門から出てくるだろう。

ぼくはなぜゲームをするようになったのか。

こういうふうに生まれついたからだ、としか言いようがない。性《さが》だ。

馬が野を駆けずにいられるだろうか？

鷹《たか》が、翼を広げて空を翔《か》けずにいられるか？

蜘蛛《くも》が網を広げて獲物を捕らずにいられる？

それと同じことだ。ぼくはゲームに舞い戻る。短い睡眠のおかげでエネルギーが補充された。狙いを定めたキャラクターには一瞬で戻れる。マーカーを付けておいたようなものだ。

まぶたを閉じる。ぼくは目を、キャラクターの視界――外ではなく内に向けた。

そして深く、深く潜るイメージを思い浮かべる。このゲームは、さっきとは別の試みだ。リアルタイムで彼らのそばにいるのではなく、彼らの記憶に入り込む。つまり過去へのタイムトラベルのようなもの。

映画で言うなら回想シーンだ。しかも、重要な。

記憶を再生するのは簡単ではない。いつもうまくできるとは限らない。人間の記憶とは曖昧で、本人が思い出そうとしなければ意識にものぼってこないものだからだ。だがキャラクターに接しているうちにどうしても再生したくなった。このゲームに必要だ。そう確信した。

そして、いまのぼくにはこなせる。

強い力が漲《みなぎ》っている。今まで溜め込んでいた力が一気に解放されていた。でもルールは絶対破らない。ゲームの規則を守る。そうしている限り安全だ。恐れることは何もない。

ぼくは深く沈んでゆく。

順調だった。キャラクターを作っている膨大なメモリを読み込む。その中から、今の彼らを作る上で最も大切な記憶を探す。そしてスクリーンに映す。

始まった。さあ、楽しもう。

それは——夏の真ん中の記憶だった。

しかし真理の特定の部分を発見するには、悪人や不幸な人々のほうが有利な立場にあること、それを発見できる確率が高いことは、疑問の余地がない。

——『善悪《ぜんあく》の彼岸《ひがん》』

八月一日（土）　夏の真ん中――月の紐《ひも》 ☯

▼石田符由美

一人きりで放り出された。

ボートハウスの中はムードなどというものからは縁遠かった。古いボートやオールや、わけの分からない道具が積み重なった殺風景。そして、饐《す》えたような潮の香り。あたしはのろのろと、ボートとボートの間から顔を出した。

男はとっくにいない。逃げるように行ってしまった。

あたしはただの器だ、と思った。男は動物、で女はただの器。

男はあっという間におとなしくなった。すぐ果ててしまったらしい。そんなに興奮したのか、あたしの身体で。少しも嬉しくなかった。勝手に興奮して一人で終わってしまった。あたしはただネタにされただけだ、と思った。女ってなんなんだろう。男が存在する限り、女は死ぬまで幸せになれない。今夜わかったことはそれだけだ。

いや、「男」を見くびっていたのはお前だ。そう責められたらあたしはぐうの音も出ない。

人気《ひとけ》のない場所に誘われても、いきなり最後まで行くとは思わなかった。いや、思わなかったことはなかったけど、拒《こば》めば止《や》めてくれるだろうと軽く考えていた。あんなところで二人きりになったんだからOKってことだろ？　向こうの言い分はそうに決まってた。責めるだけムダ。

女としての自分の力を試してみたかった気持ちもあった。男たちは、あたしがちょっと見つめるだけで顔色を変えたり落ち着かなくなる。自分でも美人だと思った。だけど学校の男子たちは言い寄っては来ない。トゲのある態度を取って、近寄りにくくしてる自分が悪いんだとわかっていた。

でも、夏の海なら。あたしのことをだれも知らない土地だったら違う自分を演じられる。変わりたかった。学校での自分が、あたしは気に入らなかった。飽き飽きしてた、窒《ちっ》息《そく》しそうだったのだ。

だけど、ここまで自分を落とすつもりなんかなかった。股《また》の間のヒリつく痛みが恐怖に変わる。殴られた口許《くちもと》も切れて血が出てる。こんな、女を殴るような男が気を遣えるはずもない。果てるまであたしの中にいた……どうしよう。

いい勉強になった？——ホントに馬鹿。妊娠する危険まで冒《おか》してする勉強ってなに？

手術代だけは出して欲しかった。でもものの見事に逃げられた。もう見つからない。連絡がつかない。結局どうしようもないんだ。信じられない泥沼《どろぬま》。

あたしは使い捨てられたティッシュだった。なんの価値もない要済みの汚物。このボートハウスに置き去られたゴミ。

将来、もし自分のことを好きになってくれる男がいたとして、こんな目に遭ったあたしを知ったらどう思うだろう。どこの馬の骨かも分からないような男に身体を許して、子供を孕むようなあたしのことを。自分を大事にしろよと怒られるならまだいい。軽蔑《けいべつ》される。こんな馬鹿女お呼びじゃないと切り捨てられる。それが関の山。

あたしは、真っ暗な夜のなかに一人きりだった。痛みをこらえて立ち上がって、重い引き戸をどうにか開けてボートハウスの外へ出ると、満月が目に痛かった。非情なほどの眩《まぶ》しさだった。瞬《まばた》きを繰り返しているうちに、涙が滲んだ。

あの、夜空に浮かぶ雲みたいにあたしは淋しい――と思った。たった一切れ、ぽっかりと空に浮かんでいて、風に流されていく。暗くてちっぽけでだれにも気づかれず、目に留めてもらうこともなく遠くへ、遠くへ流されていって何処《どこ》とも知れない辺境で消えてしまう。消えたことさえだれも知らない、そんなちっぽけな雲の切れはし。

この世で、素《す》っ裸の女ぐらい弱い存在はない。冗談じゃない、もう、どんな男の前でだって裸になるもんか。あたしは誓った。ぜんぶ曝《さら》したらなんにもなくなっちゃう。勝負できるカードが残ってないんだもん。力もなくって、なんにも抵抗できなくって、されるがまま。裸になる前になんとか勝たないと。でもそれって、どうやったらいいの？　女って最低。すぐに歳取って見た目が衰えるし、子供が生まれたら面倒見なくちゃいけないし、ああもう信じられない。つくづく損だ。

男に生まれたかった。男なんかみんなお気楽、なんにも考えていない。世間体《てい》とか気にしないで好きなように生きていけるし、独身でも職がなくてもたいして後ろ指も差されないし、女を使い捨てにしても平気だし。

月から紐《ひも》がぶら下がっていた。

しつこくまばたきを繰り返す。でも消えずにそこにある。なんだろう……微かな白い筋が、月の縁から垂れ下がってる。長さは月の直径と同じくらいで、ふわっと撓《たわ》むような、優しい曲線を描いている。

いま月は、手を離してしまった風船みたいだ。

しばらくぽかんと夜空を見上げていた。こんなにひどい目に遭ってるのに、ボロ雑巾みたいな気分なのに、純粋に不思議を感じている自分がおかしかった。

ここに来なければ見られなかったんだ。こんな目に遭わなければ、月をまじまじと見上げることもなかった。そう自分を慰《なぐさ》める。

慰めになってない。そう思って、ちょっと笑った。

▼**但馬笙太**

ユウさんの背中が消えるのを見ていた。

僕は校舎の壁に凭《もた》れている。まもなく廃校になって、やがて跡形もなく壊される壁に。ボーナスみたいな休憩の中で、自動販売機で買ったスポーツ飲料のペットボトルをぐっと飲み干すと、真上に月が見えた。

目を凝《こ》らす。あれ……なんだろう、あの月。

なんかくっついてる。

まばたきした。でも目の錯覚じゃない。

見たこともないものが空にある。僕にはそれが、月が吹く息に見えた。先の方が細くなって消えている。

まさか、月になにかぶつかったのだろうか。あれは煙？　月で事故が起きてる、と思った。今世紀最大の天体ショー、宇宙的なイベントじゃないのか。いま、世界中の科学者が大騒ぎしてるかも。

だれかに言おうとして辺りを見たけど、近くにはいない。

少し離れた場所に、固まって地べたに座って休んでる人たち。僕と同じアルバイトや、物流会社の作業員。みんな疲労困憊《こんぱい》していて、空を見上げてる人なんかいなかった。

僕はもう一度見上げた。

幻《まぼろし》じゃない。でも、白い筋は消えかけている。残念だ……雲の具合だったのかな？隕石が月にぶつかったとか、そういう派手な事故じゃなかったみたいだ。

筋はまだ微かに残っている。でも、もう、消えてしまう——

僕は目を閉じた。真夏の微風を、肌で感じる。

かすかな幸福感が湧いてくる。ユウさんと同じ現場にいる。ただそれだけで。

僕の世界はいつだって、薄い悲しみの色に覆《おお》われている。自分が求めるものを手に入れられないという予感というか、事実というか、そういう感覚が自分を包んでる気がする。

でもそんなときでさえ世界は美しい。いや、悲しみがより、世界の色を深くしているような時さえある気がするのだった。

恋。

よりによってなんで自分が同性を愛するように生まれついたのか。家族や先祖にそういう傾向の人がいたなんて聞いたこともないのに。でも、たとえば曾《ひい》お祖父《じい》さんが同性愛者だったとして、当時の時代状況からしてカミングアウトできるはずがない。自分独《ひと》りの胸に秘めてだれにも口外しなかっただろう。同じ悩みを持った一族がいたかどうかさえ判らない。

相談相手も、慰めてくれる相手も見つけられない今の僕は、可哀想なのかも知れない。

だけどこんな自分が嫌いじゃないし、むしろ人と違っていることはときどき心地よくもあったりする。

湿った風がまた、頰を撫《な》でる。

今夜の作業はまだ残っている。本部と連絡を取りに行ってるユウさんが、まもなく戻ってくる。

また触れることができるかも。

そう思うだけで少し、震えが走る。

月を見上げた。そしてあっ、と声を出してしまう。

さっきと違った。月にかかる白い筋は、むしろはっきりしていた。月の表面からホースで水を撒《ま》いたみたいに、夜空に薄く広がっている。

綺麗だった。

▼晴山旭
顔を見たのは久しぶりだった。

つらさが深まっただけだった。

非番を利用して長野に向かった。みどりの実家だ。長野市のさらに北、新潟にもほど近い飯山《いいやま》市というところ。峠《とうげ》や高原が連なり、避暑地としては申し分のない土地柄だった。

だが一泊しただけで、俺はもう戻る途中だ。酷暑の東京へ。

在来線で南下して長野駅で乗り換えた。新幹線に乗り込むと窓際のシートに深く身を沈める。疲れた……下手《へた》な捜査よりもよっぽど。力なく、車窓に目をやる。

夏の陽光にギラつくビルのガラスや民家の屋根に目を細めた。いったいどこが休暇だったのか。刑事が長期休暇など取れるはずもない。そのことを愚痴《ぐち》り続けてきた人生だったが、今日はむしろ感謝していた。そんな自分が悲しかった。

みどりのご家族が苦手なのではない。とても穏やかで優しい人たちだ。それでも、一泊が限界だった。

一度もみどりの笑顔を見ることができなかった。

女房はまるで抜け出せていなかった。深くて暗い沼のような場所から。それが心の平穏のためになると信じて、みどりは仕事を休んで東京を離れたのに。実家の田園も、優しいご両親も、みどりを癒《いや》す気配がない。

分かっていたことだった。日々のメールの反応で。というより、反応らしい反応がないことで。電話はしなかった。どうせみどりには話す気力がないから。

だがそれは、俺に声を聞く勇気がないからかも知れない。

ただしメールは欠かしたことがなかった。返事はなくてもいいのだ。俺がみどりを気にかけていることが伝われば。

これほど反応がないのはさすがに予想外だったが。返事をくれたのは実家に帰ってすぐの数日間だけで、後は一切なし。最近では、相手の無言がだんだんと、自分を責める声に感じられていた。メールを出せば出すほど駄目を出され、軽蔑されているような気分になった。

東京都下で介護士をしていたみどりは、仕事に戻れるだろうか？　この調子では無理だ。自分は子供を持てなかったのに、年寄りの世話をしなくてはならないなんて。

「つらいならいつまでだって休めばいい」

ゆうべ、俺はそう言った。

みどりは答えなかった。反応さえしなかった。

俺のことを恨んでいる。このところすっかり、そう信じるようになっていた。たしかに俺は出産にも立ち会えなかった。それどころか、出産前の精神的に不安定な時期にほとんど傍《そば》にいてやれなかったのだ。郊外の戸建てを狙う中国人窃盗団のヤマを抱えていた。所轄署同士の垣根を越えた大がかりな合同捜査だったから、近隣署に泊まり込んだり、交替で夜通し張り込みしたりで、家に帰るどころか寝る時間を作るのも一苦労だった。東京での出産を決めていたみどりに、それはあまりに酷《こく》だった。詫《わ》びるしかない。

だが、女房の出産を理由に仕事を投げ出すことはどうしてもできなかった。みどりの妊娠前から俺のスランプは始まっていたのだ。ミスを取り返すのに躍起《やっき》だった。このままだと左遷されかねないと焦《あせ》っていた。

指名手配中の連続強盗犯を、せっかく確保したのに連行中に取り逃がしたことが悪い流れの始まりだった。その翌日から遺産相続がらみの傷害致死事件の取り調べを担当したのだが、供述調書の不備で検察に説明に行っている間に被疑者に高飛びされた。被疑者が老齢だからと高をくっていたことが仇《あだ》になった。しかも、俺の責任において保管していたはずの証拠品が行方不明になった。なぜ保管所から消えたのか理由が全く分からず、訴追を断念せざるを得なくなった。

やることなすこと裏目で、自信と余裕を失ったまま中国人窃盗団の捜査本部に加わった俺は、夜中の張り込みの引き継ぎが粗くなってマークしていた連中に気づかれてしまった。後日、隣の署の組対課に取り囲まれて小突かれた。テメエ素人か？　と。思い返すだに情けない話だ。

そんなただ中の六月、みどりが流産した。さすがに気力が萎《な》えた。どうにか身体を引きずって出勤したが、事情聴取の日取りを間違えたり、捜査会議をすっぽかしたりという新人でもやらないようなミスを連発した。おまけに、剣道場で本気の突きをかまして若い巡査を入院させて治療費を払う羽目になった。

誰が見ても俺はドツボにはまっていた。この最悪の日々に、上司の栗林係長は怒鳴りこそしないが、さすがに表情が険《けわ》しかった。

「お前、どこまで足を引っ張るんだ⁉」

刑事課長の小峰《こみね》さんはもっと分かりやすかった。この署に来た頃は優しくて、お前は優秀だな、エース候補だ、期待してるぞ、なんて言葉を毎日のようにかけてくれたのに。うまくいかなくなると評価が真逆になった。汚れた雑巾でも見るような目つきで罵声を浴びせてくる。

「これ以上ウチの評判を下げたら、どうなるか分かってるな」

「交番勤務に空きがある。異動願を出せばいつでも受理するぞ」

「しばらく内勤やるか？　外に出なきゃミスもしないだろ」

吐く言葉のどれ一つとして、温情のかけらも感じなかった。小峰さんには偏狭《へんきょう》なところがあって一度評価を定めると決して変えない。もう逆転は無理。どうやっても信頼は取り戻せない。そう、いつしか心が折れていた。東京へと戻る道すがら、俺は正直消え入りたかった。いま精神科にかかれば鬱か何か、とにかく病気と診断されるに決まっていた。

あううう｜、という幼い声が耳に入る。

俺の乗る新幹線の車両の端の方から聞こえた。一歳か二歳ぐらいだろう。

思わず舌打ちする自分がいた。無事に生まれてくることができた命。その元気が、俺を苛立たせた。

人が生まれてくるのは当たり前のことだと思っていた。そうではなかった。恵まれたことなのだ。俺は、知らなかった。自分は得られず、他人が得た命。それを妬《ねた》んでいる自分の小ささ。何もかもが嫌だった。気づくと両手で頭を抱えてシートの中に丸くなっていた。

もう無理だ。こんな生活は。こんな仕事は。

警察官になって初めて、辞めることを自分は真剣に考えている。だが……転職するのか、本当に。俺に何ができる？　サラリーマンなんか無理だ。サラリーマンは何のために働く。会社のため。生活のため。つまりは、金のためだ。そんな生き方できるか？　できるわけがない。警察官はもっと大きなもののために働ける。だからこそ志《こころざ》した。俺は一つの会社のためでもなく、金のためでもなく、大勢の人々のために働きたいのだ。善良な市民を守りたい。悪の芽を摘《つ》みたい。

そんな青臭い志は消えてなくなりつつあった。家庭を犠牲にしてここまで仕事に打ち込んでも報われないのだ。警察への幻滅も日に日に増していた。言い出せばきりがないが、組織を守るための理不尽な仕組みやルールがまかり通っている。大多数のノンキャリアは数少ないキャリアの奴隷であり、ゴマすり連中や命令に従うだけのロボットのような連中がいい目を見る。対して本物の男たち、曲がったことが嫌いな真っ当な人たちほど冷遇される仕組みになっている。正義を守るはずの警察がこれ。

最低の夏だ、と思った。行き場がない。

警察を辞めると言ったらみどりはどんな顔をするだろう？　分からない。

初めてみどりと出会った頃のことを思い出す。当時俺が赴任していた東小金井署の、世話好きの警務課長が独身署員を放っておかなかった。年齢順に上から声をかけては縁談を持ってくる。ついに俺にもお鉢《はち》が回ってきた。断りたいが、警務課長の顔をつぶすわけにいかないので会ってからうまいこと断ろうと思った。

だが、警務課長の奥さんに伴われてホテルのレストランに現れたみどりをひと目見るなり俺は気を惹かれたのだった。華やかな美人ではない。控えめな佇まいが、日陰でひっそり咲く可憐《かれん》な花に見えた。気乗りしない、少し強張った表情なのも良かった。こっちと同じ気持ちでやってきたのが分かったのだ。

俺の気持ちは来る前とは一八〇度変わっていた。みどりに頑張って話しかけた。纏っている硬い殻《から》の向こう側に声が届くことを願いながら。みどりの兄も刑事だと知ってからは、自分の仕事に誇《ほこ》りを抱いていることを熱を込めて伝えた。みどりの表情は少しずつ変わっていった。刑事は一生の仕事だと思ってます。自分の仕事が、少しでも世の中を明るくできてるといいんですけど。などと恥ずかしげもなく語った。

あとは若い人だけで、というドラマでしか聞いたことのない台詞《せりふ》を残して去った警務課長夫妻の存在は、すぐ忘れた。俺は言っていた。

「また会ってください」

　みどりは拒まなかった。

　当時も休みはほとんどなかったが、関係なかった。俺は読んだこともない情報誌を買ってデートプランを立てた。むろん仕事をしっかりこなしてから、徹夜明けでデートに行った。疲れは感じなかった。みどりの笑顔を見ると眠気が飛んだ。口数が多い方ではないみどりの前で、俺はのべつまくなしに喋っていた気がする。

　ただ、ふっと気を抜くと寝入ってしまう。ディズニーシーのヴェネツィアン・ゴンドラは無理だった。漕《こ》ぎ手の朗々たるカンツォーネはまるで子守唄。俺はゆりかごの赤ん坊のように寝てしまって、気がついたらもうゴールだった。

　だが目を開けるとみどりは微笑んでいた。気を遣ってそっとしておいてくれたのだと分かった。

　あんな幸せな日々もあった……信じられない。感慨に浸《ひた》っていると、長野新幹線がドンと揺れた。何度目か分からないトンネルに入ったのだ。

　またウィンドウに自分の顔が映っている。ひたすらにくたびれていた。よくこんな男と結婚する気になってくれたものだと思う。

　みどりのお兄さん、久志さんのおかげに違いなかった。長野県警の盗犯係の刑事。だからみどりも刑事と結婚することに抵抗が少なかったのだ。とはいえ、久志さんは県の中でも飯山市とは逆の木曾《きそ》の方に赴任しているから、実家に戻ってこられるのは年に二回ほどらしい。刑事課のどの係も忙しいのは変わらないが、強行犯係に比べて盗犯係は人の命に直結しない。殺しのヤマは精神的に堪える。心が荒《すさ》む。殺人事件を追うことが憧れだったとはいえ、いまはドロ刑の仕事が羨《うらや》ましかった。

昨夜久しぶりに会った久志さんは、相変わらず俺に優しかった。義理の弟が飯山に来ると聞いてわざわざ実家に戻ってくれたのだ。だが泊まりがけではなく、夕飯を一緒に食べるとすぐ木曾に戻るという強行軍。俺は頭が上がらなかった。心遣いが痛かった。

久志さんは俺より二つ年上。口数が多い方ではない。だから食卓の場は盛り上がったわけではなく、むしろ沈黙が際立った。心苦しくて料理の味も分からなかったが、

「まあ、男の人生も、女の人生も、大変だ」

そんな内容の台詞を何度か口にした。いま久志さんが送れる精一杯のエールなのだと伝わってきた。俺はその度に黙って頷き返した。みどりの顔をちらちら見ながら。

みどりは返事さえしなかった。

そのことに、久志さんも、ご両親も何も言わない。それがつらかった。

無理矢理にでも場の空気を変えるべきだったのか。自分が抱えてる事件のことや、最近のスランプぶりを面白おかしく話して場を盛り上げれば良かった。だが厳密には規律違反だし、真面目な久志さんは眉をひそめるに違いなかった。結局、雑談もろくにできないま

ま食事が終わると、久志さんはすぐ木曾へ向けて発《た》った。

彼の期待に添えないことがつらくてならなかった。久志さん自身は世話女房と仲良く暮らし、すでに二人の子供をもうけている。何から何まで逆。みどりは兄の人生と自分を引き比べて、ますます落ち込んだのかも知れなかった。兄が来たことに腹さえ立てていたかも知れない。

だがむろん、いちばん腹を立てているのは、俺に対してだ。

みどりは出会った頃に見せた微笑みを浮かべてはくれない。あまりに長いこと見ていないから記憶から薄れかけている。みどりが笑えた、ということすらもはや信じられない。

誰よりも大切な女房が苦しんでいるのに、俺は何もしてやれない。

列車の距離と共に心が離れていく。東京に近づくにつれ、みどりを失う。そんな気がしてならなかった。奥歯を噛み締め、窓ガラスに映った自分の顔から目をそらした。シートに深くもたれかかる。

車両がトンネルを出た。暮れ切った空に、月がかかっているのが見えた。

違和感を覚える。思わず目を凝らすと、月の輪郭《りんかく》がブレていた。なんだ？

望遠鏡がほしかった。あんな月は見たことがないぞ……車両のウィンドウの歪みのせいか？　と疑ったが、新幹線だから窓を開けて確かめることができない。

毛羽立っている。そう思った。あの月は、生まれたての梟《ふくろう》のように見える。まるで震えているみたいだ。そして一本、白い筋が……風に靡《なび》く尾羽のようなものが夜空に揺れている。たしかに。こんなことがあるのか？

バン、という風圧とともに、新幹線はまたトンネルに入った。

▼落合鍵司

奥多摩の森からの帰り道。真っ暗な中を、道を見失わないようにしながら沢を抜けていく。ふと、空を見上げた。

月がしょんべんをしていた。

思わず笑う。おれにはそう見えた。まんまるの月の縁から筋が出ている。一本の白い筋は、月から離れるに従って拡散して夜の闇《やみ》に溶けている。こんなの見たことがない。

これは……啓示ってやつか？

世界が変わったしるし。おれの成し遂げたことが、空に映ってるんだ。

そうだおれは生まれ変わった。ついさっき。同時に世界も生まれ変わったのだ。

泰兄《やすしにい》は悲鳴ひとつ上げなかった。羊みたいにおとなしく死んだ。あっけなかった。

自分が集めた武器で殺《や》られるのはどんな気分だっただろう。悪い気分じゃなかったんじゃないか。おれは、両手に持った形の違う二つの異物をしげしげと眺《なが》めた。だが山道を進む足は止めない。

不思議なほど、気がとがめなかった。実際に殺るまではためらいがあったのに。

正直な話、おれは手を下せるとは思っていなかった。うまいこと言って山奥に誘導して、だれにも見つからないところまで二人きりで行けても、いとこを殺すことはできない。たとえ勇気を出せたとしても絶対に失敗すると思っていた。

いちばん驚いてるのはやっぱり、自分が決断したことだ。

だが決断の瞬間、迷いは完璧に消えた。やっぱりどう考えても、こいつは生きてても、しょうがない。そう確信できたからだ。

あの瞬間に一線を越えた。大げさに言えば、おれは別の生き物になったのだ。家畜から野生種になった、とでも言おうか。

おれの中でいったいなにが起こり、どうして勇気ある一歩を踏み出せたのか。それは分からない。まるでなにかが背中を押してくれたかのように、踏み切れた。おれの指はなめらかに動いた。ほとんど芸術的とも言える瞬間だった。

泰兄を葬《ほうむ》るのは実際、一瞬で充分だった。

山奥の、小さな谷に転げ落ちたいとこはまず見つからない。むろん見つかることもあり得る。あんな男を捜そうとする人間がいるとは思えないが、もしいたら、泰兄の勝ちだ。

そしておれは捕まるだろう。それでいい。これも勝負だ。

泰兄の運かおれの運か。

たとえおれの負けだとしても、わずかでも時間は残されている。

最後の行動を起こす時間が。

どのみち、おれがやるべきことは一つだ。邪魔する奴はただじゃおかない。泰兄と同じ運命だ。

さすがに歩き疲れてきた。ずいぶん奥まで来たから、まだ山を抜けられない。駅まではなおさら時間がかかる。

空を見た。何度見上げても、月はしょんべんを続けていた。

おれのことを祝ってくれるんだ。しょんべんパーティーだ。

自分の笑顔が痛い。顔に刺さるような感じがする。

おれは笑うのが苦手なんだな、と思った。いったい何日ぶりだろう。

だが明日から毎日笑ってやる。生まれ変わったんだから。

「うおうおうおるるるる」

月に向かって吠《ほ》えてみた。

そして、頬をつり上げて笑った。今度は痛くなかった。

▼戊井鈴太郎

夏休みに羽目を外すのは生徒だけではないのかも知れない。教師も時には羽を伸ばす。だが、長い休みのあいだも、自分が教師であることを忘れることは一瞬たりともない。自分の仕事を聖職とまでは思わないが、英雄的な仕事だとは感じている。

夏が来るたびに私は同じことをする。これも仕事だろうか？　と自問することもあるが、やめることは到底できない。

ホテルへ行ってできるだけ若い女の子を呼ぶ。簡単だ。町中にあふれるいかがわしいチラシの中から選別して、電話をかけるだけだ。経験から、どのチラシがどういう類の仲介業者か解る。

そして狙い通り、たいてい女子高生が来る。中学生の時さえある。

だがここからが私の英雄たる所以《ゆえん》なのだ。性行為はしない。そんなつまらないことは。私は専《もっぱ》ら、やってきた女の子を泣くまで責めるのだ。

「こんなことをして、親や学校にばれたらどうするんだ？　友達に知れたら、好きな男に知られたらどうする？　きみの人生はどん底にたたき落とされるんだぞ、後悔しても遅いんだ、こんなこと万引きや薬物よりタチが悪い、金で自分を売るなんて尊厳のかけらもない最低の人間がやることだ、悔《く》い改めなさい、二度としないと誓いなさい、解ったか？

本当に分かるまでは帰してやらないぞ、さあ答えなさい！」

どの女の子も、たいていはむくれるか、要領を得ない言い訳をする。そしてますます私に責められる。一切容赦しない。強情な子は悔悛《かいしゅん》の涙を流すまで、すぐに嘘泣きをする甘ったれた子はなおさら厳しく責めさいなむ。自分の罪深さに気づき、いかに破滅の淵《ふち》に近づいていたか自覚するまで許さない。私に会えたことが生涯最大の幸運であったと気づくまで解放しない。

これは絶対的な善行だ。私のストレス解消のためなどではない。断じて。

「こらっ！　ごまかすな」

重苦しい雰囲気をごまかそうと、ホテルに備え付けのコンポで音楽をかけようとした女の子を私は容赦なく叱った。冗談ではない、今流行りのＪ－ＰＯＰなど騒々しいだけだ。私はふだん音楽を聴かない。クラシックや現代音楽ならまだともかく、ほとんどのポピュラー音楽を忌《い》み嫌っている。

私には五七五七七のリズムさえあればいい。音階など要らぬ。古来日本人が伝えてきた、簡潔にして美しい拍子があればよいのだ。例えば――

夏の夜は　まだよひながら　明けぬるを　雲のいづこに　月やどるらむ

ああ見事。なんとシンプルでいて、なんと情緒にあふれていることか。自分がどう
「さあ、言いなさい、どうして私が怒っているか分かったんだろう？　自分がどう道を踏道を踏み外したか分かったと言ったじゃないか、もう一回最初から！」

女の子は泣き出すが、私は表情一つ変えない。こうした指導中、気をつけなければならないのは、自分のことを「先生」と呼ばないようにすることだ。私は骨の髄《ずい》まで教師に違いないし、女の子たちの中には私が教師かも知れないと疑う者も、あるかも知れない。噂になっては面倒だ。説教先生に気をつけろ、などと。

だが決定的な証拠を与えることはない。私はその度ごとに注意深く場所を変えている。先週は東京北部、ほぼ埼玉という地域。今週は港湾地区のホテルに来ている。

女の子はうずくまって黙ってしまった。ぶるぶる肩を震わせている。

「どうして黙ってるんだ、誰も助けてくれないぞ、こんなふうに自分を安売りする女に誰が味方してくれるんだ」

業《ごう》を煮やした私はズボンを下げた。いつもではないが、物わかりの悪い子の前では男がどんな生き物であるか見せるために性器を見せてやることもある。煌々《こうこう》と明るい部屋の中で、怒張した醜《みにく》い怪物のような私の局部を正視できる者は少ない。それでも解らないようなら、自慰《じい》行為をさえしてみせる。

だが決して手伝わせたりはしない。そんな権利は子供にはないからだ。

生徒のためにここまで身を挺《てい》す。教師とは本当に大変な仕事なのだ。繰り返すが、決して私自身の快楽のためではない。

女の子は完全に降伏した。私が言うことを一字一句間違えずに復唱した。十回も同じ反省の文句を言わせてから追い返した。泣き崩れながら部屋を出ていった女の子の足音が遠ざかる。私は、深い満足の溜め息をつく。

さて——ゆっくりしてはいられない。苦情を聞いて元締めが、ポン引き連中が飛んでくるかも知れない。早くこのホテルを出た方がいい。だが、あの子を信じたい気持ちは強い。

「ごめんなさい。もうしません。ぜったいに」

と私にはっきり言ったのだ。きっと解ってくれた。私は、良い気分だった。

悪くない夏だ。ホテルの窓から見える月が美しかった。今すぐ立ち去るべきだが、もう一分だけ見ていよう。

たちまち、鴨 長明《かものちようめい》の詠んだ歌が口をついて出てくる。

ながむれば　千々《ちぢ》にもの思ふ　月にまた　わが身ひとつの　峰《みね》の松風

満月が茶目《ちやめ》っ気《け》たっぷりに舌を出していた。

私は目を凝らして見た……不思議なこともあるものだ。こんなものは生まれて初めて見た。気分がますます昂揚《こうよう》する。これはなにかを暗示しているのか？

見ていると、月はだんだんと、たったいま追い返した女の子の顔に見えてきた。やはりあの子は悔悛などしてはいない。ポン引きに告げ口をして私を捕まえ、懲《こ》らしめるつもりだ。そう確信したがなかなか目を離せない。

ずっと見つめていると月は変容した。

一瞬で、割れた卵に変わったのだ。

それは——私の人生そのものだった。遥か遠い記憶の中の、割れた卵から中身があふれ出してくる。私ははっきりと憶《おぼ》えている。

この窓から飛び出したくなった。月をこの手につかみたい。

窓枠に手をかけたところで、思い留まった。あわててズボンを上げて身支度《みじたく》をする。

▼ゲームマスター

行け。荒れ果てた野を突っ走れ。お前たちは英雄だ。不作の畑を焦土と化して突き進めるのはお前たちのような人間だけ。ゲームのスタープレイヤー。聖戦の兵士。テスカトリポカの末裔《まつえい》。**しかし、君たちの立てたもろもろの価値の内部から、いっそう強い暴力と新**

しい克服が育ってくる。それによって卵と卵の殻はくだける。そして響き渡るのはかの人、一九〇〇年に没した超人が放ったあの高らかな声だ。**支配欲。だが、高きにある者がその力をたずさえて下方へさがろうとするとき、どうしてそれを欲と呼ぶことができよう。まことに、こういう欲求と下降には、卑《いや》しいところ、うしろめたいところは少しもないのだ。**その通り。だからぼくわ支配せねばならぬ。そのためのゲームマスターである。生まれながらの支配者だ。**わたしが闘争、生成、目的、そして目的と目的との矛盾葛藤《むじゅんかっとう》であらざるをえないということ。わたしが何を創ろうと、そしてそれをどんなに愛そうと、――すぐにわたしは、それにたいして、またそれへのわたしの愛にたいして敵対者とならねばならない。およそ生があるところにだけ、意志もある。しかし、それは生への意志ではなくて――力への意志である。**ああ、自己超克《ちょうこく》。ああ、マスターのマペットたるプレイヤーたち。ああ超人の祖よ、百年以上を経《へ》てあなたのヴィジョンは地上に顕現《けんげん》する。極東の島国からそれは始まる。かつてない壮大にして深遠なゲームが始まる。そしてぼくわ今度こそ勝つ。彼らを使って空前絶後の大勝利を引きよせる。〝ゲーム〟の本質、最終目的を知っている唯一の人間はぼくであるから。またどんな邪魔が入ろうとも、最後に勝利を手にするのはぼく以外にあり得ない。この勝利で、取り澄ました行儀のいい仮面が剝《は》がれることになる。そして世界の真の姿が立ち現れる、それを正視できるか？　人間よ覚悟して待て。その刻は近い。まもなくだ。

明日だ。

生きようと望むものは、したがって戦わねばならぬ、この永遠の格闘の世界で、
争うことを望まないものは生きるに値しない。

――『わが闘争』

九月二日（水）　夏刈り――ドゥームズデイ　☹

▼落合鍵司

いつのまにか時計の針《はり》が進んでいる。

あと数時間で日付が変わる。九月二日。決行の日が来る。

そしておれの命は終わる――その日のうちに、おそらく。

昼間、学校に刑事が来たのは本当に驚いた。解放されると脇目もふらず家に帰った。ただいまも言わず自分の部屋に駆け込んだ。

早く潰さなきゃならない。久しぶりに学校へ行ったが、おれのその意志は変わらなかった。刑事が来ようが来まいが結論は同じだ。教師にも生徒にも、見当たらなかった。おれの考えを変えられるヤツはだれも。

期待していたわけではない。初めから分かってた、あそこが腐り切ってることなんか。すぐやるべきだったのに、なんで一日だけ様子を見ようなんて考えたのか。やはりどいつもこいつもケージに押し込められて脂肪太りするエサばかり与えられても食い続けるしかないさもしい情けない生き物だった。おれには見える、気の狂ったどす黒い装置が。学校に限った話じゃない、この国が社会そのものがどうしようもなく腐り切ってる。刑事だって同じだ。上から言われた仕事をやってるだけ。まともな人間なら泰兄《やすしにい》など気にも留めない。いなくていい人間のことは放っておくはずなのだ。

やはり壊さなくてはならない。無謀《むぼう》だってことは百も承知だがだれかがやらなきゃならない。こんな世界にダラダラ生きてたって意味はない！　未練なんかない。これからおれがすることによって、だれもかれもがおれを殺そうとするだろう。死刑、それとも隔離か。自分が高校生だってことがどう影響するのかは知らない、だが変に優しく扱われたりしたらおれはかえって逆上するだろう。どうやっても、世界を破壊しようとするだろう。

いつかきっとだれかが解ってくれる。おれが正しかったんだと。その確信は揺らがない、まるで……信仰のように。おれに続く奴も出てくる。てめえらみんなななにも考えてねえクセに生きてて当然だってツラしやがって虫唾《むしず》が走る甘ったれたクソどもめ。おまえらは存在してる資格がない。今すぐ消滅するべきだ。

行動だけで充分だと思いたい。だけど、だれもかれも呆《あき》れるほど愚鈍だからおれの行動の価値がまったく理解されないのも悔《くや》しい。だから声明文を作った。泰兄を殺したあと書き始めて、夏休み中をかけてようやく完成した。我ながら完璧に近い出来だ。あまりに豪快で正しすぎて、読んだ人間はだれであろうと確実に感動する。この声明に、断固たる行動で応えようとする者が確実に出る。もしかするとそれが積み重なって、最終的にはこの世界にとどめを刺すのだ。おいおい、おれは歴史に残るかも知れないな？　自分のニヤニヤ笑いに気づいて、少しのびをする。高校入学と同時に新しくしたベッドに寝転がっている。一年半しか必要じゃなかった、この立派な鉄製の寝台。ここに寝転がって、マンガや雑誌やCDが散乱した床を見ながらおれは考え続けてきた。こんな部屋でも慣れれば悪くない。おれの砦《とりで》。作戦本部だ。ここですべての思想が育った。世界を見張りながら、今回の行動計画を立案し、実行に移す。

ふいにきつい臭いが鼻を突いた。

この臭いこそが、二度と後戻りできないということをおれに教える。もう作戦は始まってる……数日前に、口火は切られた。絶対に見事に完遂する必要がある。

それにしても、こんなに臭いがきついとは思わなかった。生き物は厄介だ……だから存在してる価値なんかないというんだ。死んだあとでさえおれに嫌がらせをする。だがおれだけが英雄なんだ、おれだけが正しい。それは自分でよく知ってる。この臭いは無視する。どうせ朝までの我慢だ。鼻は慣れてしまった。

夢を見た。ゆうべか。いやさっきだっただろうか。

暗かった。その闇は青かった気がする。だれかが土に埋められている。地中から電話線が伸びてた。細いケーブルを辿《たど》っていくと……受話器が転がってる。これは冥界《めいかい》と繫がってる、話せるんだ……死んだ奴らと。だが受話器を取ったら捕まってしまう、呪いの言葉が耳に突き刺さって罪状を告げるのだ、その瞬間おれの罪は確定し、この世の中に広がっておれの罪がぜんぶバレてしまう。だからおれは、絶対に受話器を取らない。後ずさる。埋まっている場所から逃げる。二度とここへは来ないと心に誓いながら。

夢から覚めても、夢と同じように、おれが絶対に行かない場所がある。

台所だ。飯は必ず外か、自分の部屋で喰う。手を洗うのは風呂場。絶対に、台所は使わない。特に冷蔵庫は見るのも嫌だから、夜コンビニで買ってくる冷たい飲み物も自分の部屋に置く。朝にはアホみたいにぬるくなっている。それでも、台所には行かない。

ほんとはこの家にも帰ってきたくない。

だからおれは、あしたを最後の日に決めたのかも知れない。

おれは跳ね起きてクローゼットの抽出《ひきだし》に飛びつくと、開けた。中から取り出して手に持つ。しっかりと。

手に馴染む。心の頼りはこれだけだ……この重量感、黒光りがおれに安らぎをくれる。自信と使命感を呼び起こす。明日これの封印を解く。火を噴《ふ》く。大いなる破壊が巻き起こる。ああ、待ちきれない――バラ色の未来だ。未来はないはずなのに夢みたいに甘い未来が広がっている。そこにおれ自身がいるかどうかは問題じゃない。

▼ゲームマスター

世界観は不寛容たるべし。かの人は言った。あの、世界中を敵に回して闘った人類史上最高のカリスマの言葉だ。ぼくわそれに同意する。そしてかの人のように叫ぶのだ、「**われわれは再び武器を望む！　主よ、われらの闘争を祝福し給《たま》え！**」と。連なる超人の列。かの人に先んじること半世紀、いとしき哲人もこう叫んだ。**最大の人間もあまりに小さい。――これが人間にたいするわたしの倦怠《けんたい》だった。そして最小のものも永遠に回帰すること――これが生存にたいするわたしの倦怠だった。ああ、嘔気《はきけ》、嘔気、嘔気。**だからぼくわ支配せねばならぬ。**弱者が強者に仕えるのは、自分は、自分より弱い者の主人になろうという弱者の意志があるからだ。主人となることの喜びだけは、生あるものであるかぎり、捨てることができないのだ。**主人となることの喜び。それを味わうためにこそこの力は与えられた。しかもぼくわ弱者に気づかれずに主人となることができる。それこそがゲームマスター。ぼくわこの力を駆使してゲームをとことんまで遂行する。その果てに現れるのは？　決まっている。約束の地だ。

若者よ、超人たれ。

その武器がそれを可能にする。

邪魔するものは許さない。排除あるのみ。

▼晴山旭

ずいぶん明かりの少ない家だ。

落合鍵司の自宅を張りながら、俺は首を傾げた。父親が長期出張中で、母と息子二人きりとはいえ、こんなに気配がないものか。

俺は迷っていた。車の運転席で何度も身を捩《よじ》って考えていた。

どうする。あそこに落としたい奴がいる。

普段なら、どんな相手だろうと正面からぶつかることを考える。だが今回の相手は高校生。どうしても神経質になる。もう失敗は許されないというプレッシャーがなおさら俺を縮《ちぢ》こまらせる。おまけに、昼間に会った少年のあの目。固く閉ざされた心。

昼間のうちに栗林さんに連絡をした。妙な刑事たちに会ったことを報告し、彼らのことを調べてもらうためだ。だが栗林さんは、昨日管内で発生した通り魔事件――何人もの学生に変な薬品をかける男が現れ、一人が大火傷《おおやけど》を負った――にかかりきりだった。初動のうちに容疑者を確保できるかどうかは一両日中の勝負だ。

「すぐ署に戻りますよ！」

俺は勇《いさ》んで言ったが、

『こっちの人手は足りてるから心配するな』

あっさりそう返された。

『本店の言うことは、猫をかぶって聞いておけ。こっちのヤマが片づいたらできるだけ早く連絡する』

今の栗林さんがくれるアドバイスはそれが精一杯。なんというタイミングの悪さだ。

俺は切り替えて、デスク担当の椿ちゃんを頼った。椿ちゃんとて通り魔事件の余波で忙しいのだが、合間に調べてもらうよう頼む。

『え～、本店さんは難しいなあ』

とぼやかれるのはもっともで、所轄の下っ端が警視庁本部に探りなど入れられない。だから生活安全部の鷲尾千賀子の方は致し方ないが、

「沖縄の方だけでも、頼みますよ」

とねじ込んだ。沖縄県警なら話を回しやすいはず。距離の遠さ、互いに知り合いがほとんどいないことが幸いする。通常の身分照会だけなら角も立たない。

図に当たった。ついさっき、椿ちゃんは情報収集の成果を披露してくれたのだ。

『比嘉巡査部長は、たしかに沖縄県警にいたわ』

電話をくれた椿ちゃんは妙に淡々と報告してきたから、初めは意味が分からなかった。

ふいに声を上げてしまう。

「いた？」

よく聞けば不穏当《ふおんとう》な内容だ。

『うん。先月依願退職してる。地元の名護《なご》市に帰ってのんびりしてるはずだって。それ以上のことは教えてもらえなかった』

「だが……警察手帳を持ってた」

言いながら、方法はいくらでもあると自分に突っ込んだ。警察官は退職時に手帳を返納するが、いわゆる〝偽造屋〟に頼んで精巧な複製を作っておくケースが意外にある。むろん犯罪だ。有印公文書偽造。実際、何年かに一度はそれで逮捕者が出る。極端なケースだと、オーダーメイドで偽造して売り捌《さば》いていた現役の警察官が存在した。それで何百万も荒稼ぎしていたのだ。どこの県警の仕様かや、認証番号の桁まで揃えてくれるほどの精巧さだった。警察官にあるまじき所業だが、気持ちは少しだけ分かる。それぐらい警察の威光は強力だということ。一度警察官としての身分を味わうと、手帳を持たない一般市民に戻るのが怖くなるのだ。

しかし、あの比嘉も同じ穴の狢《むじな》だというのか？　そんなチンケな輩《やから》には見えなかった。紛れもない刑事としての年季と、意志の強さを感じた。

だが、定年まであと少しなのにどうして辞めた？　そして東京へ。何の用で？

ただ事ではない。そう思えた。警察官の身分を捨ててまで来なくてはならなかった。それだけ大事な何かが東京に、いや、あの学校にあるのだ。名刺を交換しておくべきだったと臍《ほぞ》を噛んだ。だがあの場ではIDを見せ合うだけで充分だった。もし交換しようと言ったら拒否されただろう。比嘉はもう警察官ではなかった。ちょうど切らしているとかなんとか言い抜けて、自分の連絡先を知られないようにしたに違いない。

あの男が平気で嘘を言ったのかと思うと、暗澹《あんたん》たる思いだった。なぜ見抜けなかった？　だが向こうもベテランだ。顔色一つ変えず嘘を言えなければ、取り調べで被疑者を落とすことはできない。いつまで経っても顔芸が苦手な俺とはやはり、重ねた年輪が違う。

『その比嘉って人、どうするの？』

電話の向こうから椿ちゃんが訊いてきて、俺は詰まった。

犯罪者として追及するのか。方々に連絡して事件化するかどうか訊いているのだ。

「いや。ちょっと待ってくれ」

急いで言った。どうすべきか強烈に迷う。いま栗林さんにこれ以上厄介事を持ち込んで煩わせたくない。それもあるが、どうしてか、俺は比嘉という男に悪意を持つことができなかった。真面目で一本気な男であることは間違いないと思えた。自分の勘を信じるなら、悪人ではない。話を聞きたかった。もし何か悩んでいるなら力を貸してやりたいとさえ思う。

だが今や、彼と話す方法はない。

「ま、もう少し探してみます。比嘉さんは、悪い人とは思えなかったから」

『あ、そう』

「ちょっと、栗林さんには黙っててくれる？　通り魔の件が一段落ついたら、俺から相談するんで」

『分かった』

椿ちゃんは物わかりがいい。かつて実際に現場に立っていた者として、刑事という仕事を知り尽くしている。時に法のギリギリのラインを走る刑事の心の機微を理解しているから、手は差し伸べても余計なことはしない。口も堅い。だから評判がいいのだ。おかげで俺も、誰かに情報が漏れる心配をせず自分のヤマに集中できる。

いまは妙な刑事たちのことではない。挙動不審な高校生のことだけを考える。

あの落合鍵司を落とすための材料を見つけなくては。こうして自宅を張っていて不審な点や異常を嗅ぎつけられたらいいが、そう簡単にいくわけもない。必要なのは忍耐。

これが仕事とはいえ、時に報われない気分に呑み込まれる。どうせ空振り、何も手にできないという諦めで力が抜けてゆく。インサイトの運転席で顔をしかめて唸っていると、視界に何かが引っかかった。なんだ？　夜道の先に目を凝らす。

ひらめくスカートの裾《すそ》を見つけて俺は目を疑った。棒のような足が、道の先に消えていくところだった。少しぎこちない歩調。その足の細さが、目に残像として貼《は》りついた。

いつからいた。何をしていた？　塾帰りの女子学生だろうか。俺は首をひねる。この辺りは高級住宅地。特に治安の悪い地域でもないから、女子学生が一人で歩いていることは珍しくもない。だが俺は腹が立った。変な薬品をかけられてもしょうがないぞ、こんな時間に出歩くな！　イライラと腕時計を確認する。

午後十時を過ぎたところ。社会常識として、一般家庭を訪ねるにはそろそろ迷惑な時間だ。俺は常識を守るのか。あえて破り、この時間に訪問する。それもまた手だ。そうやって圧力をかけるべきかどうか？

ぶつかってみたい。ここで落合鍵司から得るものを得られたら、明日学校に行く必要はなくなる。つまり、戌井教師に会う必要もなくなる。鷲尾の要請を無にすることになるのだ。文句を言われるだろう、自分のことしか考えていないの？　と。それはこっちの台詞だ。本庁の威光を笠に着て俺をパシらせるような真似をするからだ。

よし――行ってやる。俺はドアを開けて外に出た。明日を待つ理由はなくなった。いますぐあの少年から真実を引き出す！　落合泰失踪の手掛かりは、あの暗い目をした少年が必ず持っている。

お前のいとこはどこにいる⁉　そう怒鳴りつけてやろうか。学校ではできなかった。では、母親の前でできるか。母親次第だ。強引なやり方をすれば問題にされる、落合智絵はクレームのエキスパートだ。きっとギャラの高い弁護士と契約していて、いつだって誰だって訴える準備がある。だがそのリスクを負ってでも、俺は落合鍵司の反応を目に焼きつけたかった。いろんなことが分かるはず。いや、白状させてしまえばこっちのものだ……自分を奮い立たせる。あと少しで、落合家の玄関に辿りつこうというとき。

おい、という声が聞こえた。

威嚇するごろつきのような。だが声は近くない。どこだ？　と俺は辺りを見回す。道の先の闇を見通しても、何も見えない。空耳か。

いや！　何か迫ってくる。がに股で走ってくるシルエットを視認して俺は身構えた。街灯の光に照らされて夜道に浮かび上がった顔は、赤い。興奮した獣を思わせた。二十代前半ぐらいの男だ、見覚えはない。なぜ俺に向かってくる？

迎え討つために腰を落とした。両手を上げて拳を固める。ところが、男は俺を無視した。あっさり横を通過する。なに、と目で追うと、別の男が出現していた。道の反対側から走ってきたらしい。穏やかでないのは手に角材を持っていること。それを使って向かってきた男に対抗した。歳格好は同じくらい、興奮で顔が紅潮し、目がイッているのも同じだ。この二人は知り合いか？　ホワッ、つおと喚《わめ》きながら不格好な攻撃を繰り出し合う男たちを、俺はジャンキーかと疑う。新種のハーブでもきめたか？　その疑いは確信に変わっていく。武器なしの方が相手の角材を握って放さなくなってからは、綱引きのような間抜けな光景が続いた。こいつらは威勢だけはいいが、格闘の経験はゼロに等しいようだ。

「なにやってんだ！　やめろ」

割って入ったが、二人に変化はなかった。俺の声が聞こえないのだ、姿さえ目に入っていない。不毛な綱引きを続けるだけ。俺は二人の目を見てぞくりとした。あるのはお互いへの憎《にく》しみのみだ。絶対に相手を殺る……だがいかんせん、殺し方を知らない。まるで子供の喧嘩《けんか》。

俺は仕方なく、車に戻って警視庁の通信指令本部に連絡を入れた。地元署に連絡してもらい、近所の交番から応援を出してもらう。ものの十分でパトカーがサイレンをがなりたてながら到着した。だがやはり二人の男は注意を向けさえしない。飽きもせず角材を引っ張り合っていることに呆れながら、制服警官に状況を説明した。二人の警官が男たちを羽交い締めにして引き離し、そのままパトカーに押し込んだ。一人は助手席へ、一人は後部座席に。見かねて俺は申し出た。

「一緒の車だと危ない。一人はこっちへ」

初めに手ぶらで現れた男の方を引き取った。車を連ねて調布西署に連れていき、無事に留置場にぶち込む。だが、運んでいるあいだ男たちは嘘のように静かだった。俺が運んだ男など、グーといびきをかいて寝だした。やはりおかしなクスリをきめ、その効果が唐突に切れたに違いなかった。

「尿を採《と》って薬物反応を見た方がいい。じゃあ、俺はこれで」

やっとのことで厄介払いができたかと思いきや、

「どういうことだ？」

調布西署の刑事課長が俺を捕まえた。

「なんの用で、この辺に出張ってきた」

「いや、たいしたことじゃないんですが」

穏便《おんびん》に済ませなくてはならない。こっちの管内で強盗を繰り返した男がこの付近に潜《ひそ》んでいるという情報をつかんだ、という話をでっちあげた。

「ただ、まだ確証がなくて。報告が遅れてすみません」

栗林さんと早く口裏を合わせる必要がある。だが栗林さんなら、たとえ抜き打ちに連絡を入れられても機転をきかせてうまく対応してくれるはずだ。

ショバを荒らす気はない、ということは分かってもらえたようだった。だが刑事課長はしつこかった。

「そっちの署の鳥山《とりやま》さんは元気か？　今は総務課だったか」

刑事課長は生え際《は》がかなり後ろまで後退した、刑事よりは町工場の職人といった雰囲気の男だった。縄張り意識をごり押しする意図はない。ただの話し好きのようだ。知っている名前を次々あげては元気かどうか訊いてくる。暇な主婦並みにウザイ男だなと思った。時間は無為《むい》に過ぎていき、真夜中を越えた。落合家に突撃するチャンスは完全に潰《つい》えた。絵に描いたような災難だった。

出直さなくてはならない。結局、明日だ。鷲尾の思惑通りになってしまった。

「泊まっていくか？　仮眠室が空いているが」

俺の失望に気づいた様子もなく、刑事課長は上機嫌で言った。

「いいえ。大丈夫です」

イラつきを表に出さないように気をつけながら、俺は署を出た。ようやく解放された……車に戻って街を流す。落ち着けそうなところを探した。

中崎高校の最寄り駅のそばにネットカフェを見つけた。よくあるチェーン店だ。財布から会員証を選んで取り出し、受付に行ってシートを倒せる部屋を選んだ。俺にとってネットカフェは定宿のようなものだ。経費もろくに使えない下っ端にとっては便利な場所。狭いスペースに身体を収めると、携帯のメール画面を開いた。

——チンピラのケンカを仲裁してたら朝になっちまった！　これから寝る

相手はみどり。夜間は電源を落としているはずだから、何時にメールしてもいいのだ。

翌朝メールを受け取って、ほんのちょっとでも笑ってくれたら本望だった。

でも女房は、昼間も電源を入れないかも知れないが。

続いて、簡単なレポートを作って栗林係長に送った。たった五行の、馬鹿馬鹿しい災難をショートショートのように書いた。これで栗林さんも察してくれる。もしあの刑事課長が確認の連絡を入れてもうまく躱《かわ》してくれるに違いない。そもそも、通り魔事件で忙しくて対応できないかも知れないが。

推敲《すいこう》もせずメールを送り終えると、シートをフラットに倒して仮眠に入った。

これが刑事の生活。自宅の布団《ふとん》なんか天国みたいなもんだ。

「クソったれが」

あの素《す》っ頓狂《とんきょう》なジャンキーどもを罵《ののし》る。どう考えても間が悪すぎた。どさくさに紛れて一発ぐらい殴っとけばよかった。

そんなぼやきも、眠気に搦《から》めとられて薄れていった。

▼落合鍵司

——もう朝方か？

おれは飽きもせずずっと握っていた。そのまま寝てしまったのだ。

寝ぼけて引き金を弾いたりしなかった……いや、安全装置はかけてある。

身を起こして、重い瞼《まぶた》を上下させた。重さは消えない。

やかましいサイレンの音が聞こえた気がした。たぶんパトカーだが、確信がない。夢だったのかも知れない。怯えているから悪夢を見る。いつ捕まってもおかしくないという恐怖が忌々しい。どうしても、明日までは身の自由が必要だ。

手の中にある重量感に意識を戻す。

ふいに、ベッドに投げ出すように置いた。

真っ黒の鉄の塊。これを調達してくれた男のことはよく憶えている。ベトつく汗をシーツになすりつけながら、おれは思った。忘れてしまおうと思ってもできない。

実のいとこの、落合泰。どうしようもないゴミ。

いとこのところへ行ったのは、もう一ヶ月も前。奥多摩の町外れ、半《なか》ば森の中みたいな場所に居を構えている落合泰は、おれと似た人間なのかも知れない、と期待したこともあった。人づき合いを嫌っていて、信用してるのは自分だけだった。だが実際に話せばがっかりすることばかりで、結局はちっぽけな奴だとおれは見限った。

ただ、この男がかき集めているモノのことは見過ごせなかった。

「大地震か核戦争か、とにかく社会秩序がなくなったらどうやって身を守る？　鍵司くん、オレはその時に備えてるだけなんだ。オレは他人に殺されたり命令されるのは真っ平《まぴら》だ。自分の尊厳を守りたいだけなんだよ」

たかが中古車のセールスマンでふだんは客にぺこぺこしてるクセによく言うぜ、と思った。気に食わない客が来るたびに想像の中で銃をぶっぱなしてるに違いない。気持ちはよく分かった。大抵の人間は、脳内妄想で憂さを晴らして終わり。だが実際に銃を手に入れてコレクションしているとなったら話は別。どうしようもない病んだマニア野郎だ。

初めて見せられたのはおれが中三のときだった。その頃はまだ拳銃が三丁にライフルが一丁だけで、ヒマさえあれば磨《みが》いてるらしくてツヤツヤに光っていて、おれは触ることができなかった。怖かったのだ。

「いいでしょ?」

泰兄《やすしにい》はニコニコしながら自慢した。まるでコインか鉄道模型のコレクションでも見せびらかすみたいに。おれは声も出なかった。ビクついてることをバカにされたくなくて、無理やり手を伸ばした。触っただけで勃起してしまって自分でも面食らった。恐ろしく卑猥な感じがして、目がかすんでまともに見えさえしない。顔に出さないように必死になったが、手の震えはどうしようもなかった。

「夜中や週末に、山奥まで入って撃ちまくるんだよ。特に狩りの時季だったら猟銃の音だと思われて、危険なことはなんにもない。だれにも迷惑はかけちゃいないよ。狙うのは山鳥とかコウモリとかリスとか、タヌキぐらいなもんだから。めったに当たりゃしないし」

ウソだ。泰兄に射撃のセンスがないとしても（いかにもなさそうだ）、嫌というほど撃ってるはずだし、銃を持ったら何かを殺したくなる。それが当然だろ？

初めて撃たせてもらったときは時間を忘れるくらい興奮して、生き物を捜して山の中へどんどん入って迷子になりかけた。生き物は鳥しか見かけなかった。遠目だし当たるもんじゃない。もし当たったとしても、当たったかどうか分からないぐらいの手応えしかない。狙ったって木の幹にさえロクに当たらないのだ。林の奥に入ったおれを捜しに来た泰兄の気配に驚いて、おれは危うく撃ちそうになった。

とはいえ、引き金を弾けば弾が飛び出して、どこかへ当たる。その実感が中学生のおれの手に、脳髄《のうずい》に残った。それはあとになってじわじわと浸透してきて、また撃ちたくてたまらなくなった。翌年、高一になったおれが泰兄の家に来ると銃器の種類が増えていた。見るからに最新式の、異様に洗練されたデザインの銃が隠し地下室の壁に並べられていて、よくこんなものが手に入るもんだと感心しきりだった。どうしても詳しいことは教えてくれなかったが、

「潜水艦乗りが回してくれる」

と口走ったことがあった。潜水艦乗り——今なら分かる。それはアメリカ人だったたと。最近ニュースやワイドショーを賑《にぎ》わせている米軍の武器流出疑惑に、泰兄は間違いなく噛んでいた。しかも、疑惑が明るみに出るずっと前から。

その年おれが撃ったのは森の木だとか、河原の石だとか、当たると弾けて吹っ飛ぶものだった。新しい銃の破壊力は目眩がするほど凄かった。飽きもせず撃ち続けるおれを見て、泰兄はどう思っただろう。いつもの薄笑いが顔に貼りついてるだけなので、分からなかった。

むろん今年の夏休みも、夜中に沢に降りてバンバン撃ちまくった。その最中におれは確信した。

これは自分のためにある。泰兄はおれのために、これらをかき集めた。

なんでこんなヤツがおれのいとことして生まれついたかって、運命だからだ。それ以外に考えようがない。

おれの脳内で河原の石はクラスの連中の顔に置き換わった。奴らの顔が驚きや恐怖に歪むのが見たかった。いつもおれに触れてこない、おれをどうでもいいように扱う連中に、おれがどんなふうに感じていたか伝えてやりたい。

この苦しみは本物だ。

おれはこの世界に向いていない。噛み合う人間さえいない。どこへ行っても冷たい無視。いつだってスルー、おれはいないもおんなじだ。別に生まれてきたくなかったのに生まれてみればこんなにつらい。

おれは正しい。こんなに苦しいのはおれのせいじゃなくてみんなのせいだ。だからおれを生んでおきながらおれを無視するこの世界を破壊する。何度考えてもおれの方が正しい。その証拠に、親に「なんでおれなんか産んだんだよ？」と訊いても、答えなかった。答えられなかったのだ、答えなんかねえから。なんにも考えないで生んだ。仕方ないから、育てた。それだけだ。子供ができたからには人様に恥ずかしくないように、せめて普通の人間に育てなきゃいけない。そんな見栄と世間体以外に理由はない。

そもそも、なんで子供を増やして人間が繁栄しなきゃならない？　バカバカしい。テレビで生物学者も言ってたぞ、「進化に目的はない」と。「人間は特別な生き物ではない。たまたま進化の果てにこうなっただけだ」と。ほれ見ろ。答えなんかないんだとおれは喜んだ。

人間には生きる理由がない。なのに自分たちだけの楽しい世界を作って、さも理由がある、生きる価値があるみたいに見せかけやがって。どいつもこいつも何も知らないなら知らないなりにおとなしくしてろ分かったような顔したりおれを憐《あわ》れんだ目で見るな、おれに何か教えられると思ってんのか？　テメエらに教わることなんか何一つねえ！

「また考えなしに子供生んで、仕方ないから育てて、それでどうしようもない人間ばっかりでこの世は続いていくんだぞ？　もうおまえらはダメだ。生きてても死んでるのとおんなじだ。クソッタレ！　おれが銃を持ったのはテメエらのためなんだよ」

おれは毒づいた。

だれもいないおれの部屋で。だれもいないおれの家で。

父親はだいぶ前から家を空けている。母親は数日前にいなくなった。

おれの親たちはどうしようもなくちっぽけだ。子供を育てる資格なんか、絶対になかった。くそったれボケくたばれ、とおれは唸る。

唸り続けている冷蔵庫が脳裏に浮かんだ。

台所にあるのは高性能の特大サイズだが、限界はある。冷凍庫じゃないんだから……やがて染み出して溶け出してどうにもならなくなることぐらいおれにもわかっている。

くそったれボケ死ね。

死んだ。

夏休み、母親を殺してしまった。

もう生きる資格がない。おれは終わりだ。

だから終わりの儀式を始める。これを撃ちまくる。おれはベッドの上に転がってる相棒を見つめる。そのためにこれがおれのものになった。手を伸ばす。

これを触っている間だけおれは安心する。

震え。めまい。汗。

窓の外が白んできた。

▼石田符由美

新しい朝が来た。

明け方の光は希望に似ているなんてだれが言ったのか。

あたしにとり憑《つ》いてる悪夢は消えてない。相変わらず同じ場所にある。

あたしのお腹の中に。

それでも、きょうは、きのうとは違う。


どこにい～けばいいんですか～、君を信じていいんですか～

愛して～くれるんですか～、あたしは～だれなんですか～！


頭の中で椎名林檎《しいなりんご》の「アイデンティティ」を流しながら、ときどき鼻でふんふん唄いながら、自分でも呆れるほど軽い気持ちで登校できた。お腹に爆弾を抱えているような感じは変わらないけど、今朝はあんまり気にならない。

自分の席に着く。後ろのほうの席にはもう但馬笙太くんが座っていた。目が合うと軽く頷いてくれる。

あたしは笑顔を浮かべて見せた。教室のなかでは笑ったことのないあたしが。

クラスのだれかに見られるのが怖かったけど、すぐ、構うもんかと思った。

今朝は起きた瞬間からなにか違った。自分が。昔の自分と夏休みの自分といまの自分を、落ち着いて見比べている自分がいる。

きのう笙太くんは、僕にできることがあったら言ってよ、と言ってくれた。校門を出たときだった。学校の斜向《はすむ》かいにある大きな病院の前であたしは立ち止まった。ちょっと泣きそうな自分に驚いた。

「……ありがと。笙太くん」

どうにか言った。顔をそむけたけど、笙太くんはこっちの様子に気づいたみたいだ。あたしは大あわてで体勢を立て直す。

「ほんと、どこ行こっか。これから」

できるだけ明るく言った。笙太くんの後ろにある病院の窓に顔が見えた。三階ぐらい。小さな顔。男の子がこっちを見てる。入院患者かな。小学生かと思ったけど、よく見るとそんなに幼くない。もしかしたらあたしたちと同い年ぐらいかも知れない。あたしが見上げてもじっとしてる。眼差しに、迷いがない感じがした。さっきからずっと見られてたのかな?

ふっ――と顔が消える。奥に引っ込んだ。

笙太くんがあたしの視線に気づいて振り返ったけど、もう窓に顔はない。

ちょっと首を傾げながらあたしを見返す。

「渋谷《しぶや》まで出ない？」

あたしは言った。笙太くんは、いいよ行こう、と言ってくれた。いっしょに駅に向かう。歩いて十分ぐらいだ。

駅までもう少し、というところで思わず言った。

「知ってる？　ここであった事件」

あたしが指差したのは中学校の校舎だった。ここを通るたびにしげしげと眺めてしまう。壁の汚れや、窓の奥の陰が気になって仕方ない。笙太くんはいったん首を傾げてから、

「ああ、うん」

曖昧に頷いた。知ってはいるみたいだ。

でもこんな煮え切らない反応もしょうがないよな、と思った。この町の人間はここであったことを思い出したがらない。

数年前、殺人事件が起きた中学校だった。

しかもただの殺人事件じゃない。殺し合いだ。

あるクラスで、対立していたグループ同士が乱闘したのだ。学校にあるものを使って。鉄の定規やカッターナイフやハサミやコンパスや彫刻刀を振り回した。勉強道具で同級生

を襲った。

「詳しくは知らない」

　と笙太くんが言うから、駅の手前で立ち止まって、あたしは知ってることを説明した。

笙太くんの顔がどんどん曇ってったけど、やめられなかった。

「授業中だったって……しかも、先生まで対立に関わっていたらしいの。どっちかのグループに肩入れしてて、生徒といっしょになって戦ったっていうんだよ。ナイフとか用意してた生徒もいたらしいし」

初めて聞いたときは本当の話だと思えなかった。でも新聞に載って、テレビでも報道されて、ああほんとなんだと思うしかなくなった。あまりにメチャクチャな話だから、一時期はマスコミも殺到したし、いろんなジャーナリストがいまも事件を調べたり、当時の生徒に取材してドキュメント本を出したりしてる。あたしも何冊か読んだ。読めば読むほど信じられなくなる。出来の悪いマンガでも読まされてるような気分になるのだ。世も末だねえ、っておばさんみたいな口調で言うしかない。

「そうか……すごいね」

「なんか、信じられないよね。知れば知るほどウソっぽく思えるんだけど」

あたしたちは思わず中学校のほうを振り返ったけど、もう他の建物の陰に隠れて見えなかった。あたしも笙太くんも、たまたまあの中学出身じゃない。でも学区としてはすぐ近くで、下手したらあそこに行ってた。あたしたちが中学二年の時の事件で、惨劇が起きたのもまさに中二のクラスだったから、あたしたちが当事者になってた可能性もあったわけだ。

その場に自分がいたらどうなってただろう。あたしは何度もそう想像した。クラスで殺し合い。クラスメートたちが、武器を手に持って相手を睨んで、うわーと喚きながら襲いかかる。いったいどんな気分だろう。

死んだのが二人だけだったのは、それで済んだと喜ぶべきなのかどうか。ケガをして入院する生徒もたくさん出た。でも、いちばん多かったのは精神科にかかる生徒だったらしい。心の傷がいちばん深かったんだ。

いったい、どうやったら同級生をそんなに、殺したいほど憎むことができるんだろ？それがほんとに不思議でならなかった。でもこんなことをいつまでも考えてても仕方ない。笙太くんも黙っちゃうだけだし、駅が見えてくるとあたしは気分を切り替えた。電車に乗り込んで四十五分ほどで渋谷に着くとスクランブル交差点の人混みを抜けて、１０９やスペイン坂をぶらぶらした。それからセンター街のゲームセンターに入った。こんなとこ初めて入った、優等生が入る場所じゃないと思ってたから。笙太くん曰《いわ》く「僕もゲームはあんまやんないけど」。でもお互いに、ふだん入らない場所に入りたい気分だったのだ。さっそくいくつかやってみた。ＵＦＯキャッチャーとか、バカみたいなやつ。もちろんなんにも取れなかった。あとはクイズゲーム、やりこんでなくてもできる単純なもの。案外長く楽しめて、時間を忘れた。それから二人で対戦型の格闘ゲームに挑戦。やったことがないからお互いにトンチンカンな闘いぶりで、でたらめにボタン押してたら必殺技が飛び出してあたしが勝ってしまった。

「うおー、すごいね石田さん」

「あたし、なんで勝ったかわかんない！」

二人で腹を押さえて笑った。馬鹿馬鹿しいけど、こういうのもたまにはいいと思った。あとはマックでシェイクを飲んだだけ。暗くなる前に帰った。いま考えるとちょっとデートみたいだなと思う。きのう、初めてちゃんと話した人同士とは思えないくらいいっぱい喋って、いっしょに歩いた。

あたしには友達がいない。小学校や中学時代の友達ともいまは微妙だし、高校では口を利く相手はいるけど、友達ってほどじゃない。

でも友達といっしょだったらなにをやっても楽しい。そんなことに初めて気づいた気分。帰る頃にはあたしはすっかり図々《ずうずう》しくなって、〝母親に会ってもらう作戦〟まで飛び出してしまった。笙太くんに、「符由美さんとつき合っています。自分が父親です」とウソを言ってもらうのだ。お腹の子どもの父親が「どこの男かわからない」とは、どうしても言える気がしなかったから。

「いいよ、それでも。僕でもいいんだったら」

　笙太くんがいやな顔一つしなかったのは驚異としか言いようがないし、但馬笙太くんという人に、会えただけでよかった。あたしは素直にそう思った。今朝になったらなおさらそう思う。

「でも、悪いウワサが立ったら笙太くんに迷惑がかかるよ」

「いいよ別に。それで怒る恋人がいるわけじゃないし」

　サラッと言う笙太くんがカッコいい。なんというのか、どこかで人生を諦めるということは、カッコいいことなんだと思った。

「もしそうなってもあたしのお母さん、怒って怒鳴り込むようなことはしないと思うけど。お父さんも。でも、どうかなあ。うーん……」

「なんとかなるさ」

　笙太くんの笑顔が眩しかった。いままで、たいして仲も良くなかった同級生にここまでしてくれるなんて。あたしは思わず訊く。

「ね、笙太くんの親って仕事なに？」

「フツーだよ。サラリーマン」

「ふうん。あたしのところもそう。あんまりうるさくないの？」

「そうだね。高校に入ってからはあんまり怒られなくなった。好きなようにやれ、でも手助けはしないぞって思ってるんだろうな」

「でも、同級生と子どもつくったらさすがに怒るよね」

「はは。そうだね」

やっぱり迷惑はかけられない、と思った。一人でなんとかしたい。

教室の中で、自分の机に頬杖をついて考え始めた。

あたしはどうするのか。一日でも早く決めなくちゃいけない。

▼但馬笙太

今朝の石田さんの顔は少し明るかった。よかった。

自分の席に着いて後ろから見ていると、石田さんは頬杖をついてじっとしている。悩んでいる。当然だった。

手術代は親に借りるしかないけど、言えない頼めない。そのジレンマが石田さんを追いつめている。ほんとは夏休み中に片づけてしまいたかったんだろうし、ウワサになったり学校をやめさせられたらどうしよう、優等生なんて見せかけで実はただのふしだら娘、とか言われて後ろ指差されたらどうしよう、って怖がってる。悪い想像ばかり膨らんで参っちゃってる。ドツボに塡った気分ならよく判るつもりだ。僕にだって、人生が悪夢だった時代があるから。

中学二年の頃だ。思い出のＢＧＭは、決まってCocco。「樹海《じゅかい》の糸《いと》」や「焼け野《やの》が原《はら》」、それに「Raining」。あの頃よく聴いてた曲だ。だから、いま聴くことはめったにない。自動的にあの頃を思い出してしまうから。

自殺する人の気分が初めて判ったのがあの歳。人生でいちばん大切だと思っていた親友を、失った歳。自分には恋は御法度《ごはっと》だ、と肝に銘《めい》じた歳でもある。僕の生き方は決まった。あれから僕はいまの僕になり、そのあと少しも変わらないまま時間をやり過ごしている。多くを望まないよう自分に命令しながら。今はまずまずうまくいっている。あの頃とは比べものにならないほど、穏やかな気持ちで過ごせていると思う。たまにだけど、自分を誉めたくなる。

アイツとは小学校から馬が合った。周りからも息のあったコンビと見られてた。だけどあの晩以来、コンビは解消したまま。口さえろくにきかないで中学を卒業してしまった。

謝りたかったのに。いやな気持ちになったんだったら、本当にごめんと言いたかった。

あの晩、林間学校で逗子《ずし》のペンションにみんなで泊まって、寝場所が隣同士になったのはほんとに偶然だったんだ。君と喋ってるうちに僕はすごく幸せな気分になった。あのまま眠りに落ちた。ぜんぶ甘い夢だったらどんなに良かっただろう……後悔してる。手を伸ばしちゃいけなかった。なんであんなふうに、君に触れてしまったんだろう。でも、触れただけだ。背中に手を当ててじっとしてただけ。ぼくは……手を動かしてしまっただろうか。撫でただろうか、君の背中を。君の身体の……下のほうを？　憶えてない。

君はなにも言わなかった。僕も、なにも言わなかった。なにか言ったほうがよかったんだろうか。でも、自分でもよく判らない思いを、伝えようなんて思ったのが間違いだったんだろう。あの時の自分を殺したいぐらいだ……

死んだほうがいいかな、君の目の前から消えてしまったほうが？　何度もそう訊こうとした。だけど、近くへ行っても君は目を逸らして離れるだけ。その度に僕は壊れた。少しずつ死んだ。

あのつらい季節のおかげだろう。もう、あんなことはなくなった。どうしようもなく、死にたくなるようなことは。壊れて壊れて、その後に残ったのがいまの自分だ。もう壊れるところなんか残ってない。

どんなに欲しくても自分のものにならないものがある。僕は完璧にそれを悟《さと》った。

石田さんの真似をするように、いつの間にか僕も頬杖をついていた。ふいに視界を横切るのは中年男性。担任が教室に入ってきたのだ。

二学期の授業が、まもなく始まる。

▼ゲームマスター

冬から春へ。病院でひたすら呆然《ぼうぜん》としていたぼくわひたすら時間を無駄にしてしまった。ケンセーの目論見《もくろみ》通りに。だがこの夏目覚めたぼくわさっそくゲームに戻った。ケンセーが戻ってくる前にすべての準備を整えねばならなかった。

フォン・ノイマンとモルゲンシュテルンが創始し、ナッシュらによって発展させられてきたゲーム理論に基づき、ぼくわ情報を集め段階を設定し、諸主体の利害関係を探り戦略を整備、偶然の因子《いんし》まで含めて合理的なアルゴリズムを定式化した。すべてはそれに基づき想定内に進行している。前提は限定的な協力ゲームだが、非協力ゲームとしても成立するし、たとい敵対的な主体・プレイヤーが現れたとしても即座に断固として排除する指令を盛り込んである。そしてこのゲームに均衡点《きんこうてん》は存在しない。妥協の余地はない。徹底的な完全な勝利のみをゴールとする。

ぼくわ生涯最大のゲームを前に喜悦《きえつ》で震えていた。ぼく自ら病院を抜け出し立ち会うこととした。ドゥームズデイが待ち遠しくてならなかった。

そして今日。ついにその日を迎えた。

進め我が見習い超人。放て美しき黒い武器。まもなくすべてが表面に噴出しすべてが結実しすべてが収束する。高らかに鐘が鳴り世界に広がる。革命。

▼晴山旭

俺は列車で移動していた。

ボックス席に一人きり。車窓の外は雨で、景色が霞《かす》んでいる。都会ではなく緑あふれる平野を進んでいるが、どこの地方かも分からない。

そして俺は刑事ではなかった。犯罪者を追い回すという任務から解放されている。ただの旅行者だった。どこへ行こうと自由だった。なのに俺は、少しも嬉しくなかった。

なぜなら一人旅だから。どうしてみどりを置いてきてしまったんだと後悔している。一方で、一人きりであることにホッとしている自分がいる。

自分が夢を見ていることは心の奥底で分かっていた。それが、みどりに対する罪悪感の反映だということすら分かっていた。最近の夢に、みどりとの幸せな場面は全く出てこない。みどりと出会ってから初めの一年はひどく幸せだったのに。嫌な思い出は全くない。

つき合い始めた早い段階で結婚を考えた。一年と経たずに俺はプロポーズしたのだった。みどりは微笑みながら頷いてくれた。あの時のみどりの涙ほど綺麗なものは見たことがない、と今でも思う。

だが……あの頃の美しい思い出は残らず車窓の遥か後方に消えた。もう思い出せない。

ただただ、一人きりで運ばれていく。どことも知れない場所へ。

電話の呼び出し音が聞こえた。

俺は即座に夢を振り払った。浅い眠りを吹き飛ばしたのだ、これも刑事の性。瞬時に現実に戻る習性が身についている。頭の横に置いておいた携帯電話をつかんで番号を確かめた。栗林さんだろうと思ったが、違う。

まずい――俺は焦った。最悪だ、シカトしたい。だがそんな子供じみた逃げは打てない。自分に強《し》いて通話ボタンを押した。

『晴山。お前何やってるんだ』

小峰刑事課長。朝っぱらから直でかけてきた。一瞬、国立署の管轄で新たな大事件が勃《ぼっ》発《ぱつ》したのかと思ったが、

『松《まつ》葉《ば》課長から連絡もらったが、連続強盗を追っかけて調布まで出張ったって？　何考えてる』

と言われて腑《ふ》に落ちた。調布西署の刑事課長だ。あのおしゃべり野郎……わざわざ小峰課長相手に連絡を入れやがった！　だが考えが甘かったのは俺。どんな適当な嘘を言って場を切り抜けようとも、連絡を受けたのが栗林さんなら話を合わせてくれる。だがいま栗林さんは忙しい。だからあのおしゃべりは小峰課長と直接話したのだ。

『お前のヤマは聞いてないぞ！　勝手なことをするな。こっちは通り魔で大わらわなんだ』

「しかし……栗林さんは……」

許可をくれました、と言いかけて、責任をかぶせることになると気づいて口を閉ざす。

『栗林はお前を甘やかしすぎだ』

手遅れだった。小峰課長は吐き捨てる。

『過保護なんだよ。昨日はお前を呼び戻すかと思ったら、やめておくと言う。ま、お前が来ても戦力にならん。どうせまたやらかすだけだから、正しい判断だと思って俺も呑んだが。他のシマを荒らして面倒を起こすんなら話は別だ！　帰ってこい』

「いや……いまは無理です」

俺は虚しい抵抗を試みる。

「栗林さんと、話をしてから」

『うるさい！　逆らう気か』

課長はいわゆるプッツン状態だった。こっちの言い分など耳に入らない。

『栗林はヒラのデカみたいに、寝ないで聞き込みに走り回ってるんだ。お前あいつをなんだと思ってる？　上司にそんなことをやらせて、何様だ？』

「いや……」

殴られたような衝撃で目が眩《くら》んだ。小峰課長の言うとおりだ、俺は尊敬する上司の足を引っ張ってばかりだ。あの人に守られる資格はない。いま抱えてる妙なヤマなんか捨てて、栗林さんのために動くべきだった。

『あいつがいなかったら、お前なんかとっくに飛ばしてる』

言い捨てて小峰課長は電話を切った。

ネットカフェの狭い個室で頭を抱える。俺が国立署刑事課のお荷物でしかないことは今や歴然とした。潔く身を退くのが男か……異動願を出す。あるいは辞表。いずれにしても、これ以上仲間の足を引っ張らないためにできることを、真剣に考える時が来た。

いや待て。さすがに後ろ向きすぎる。刑事として見込みがないなら、栗林さんはとっくに俺を見限ってる。それとなくでも伝えてくれただろう。刑事以外の仕事を考えろと。だがあの人は俺に対して期待を口にし続けた。その時々に相応《ふさわ》しい、必要と考える仕事を与えてくれた。

あの人を信じるなら、俺はいま抱えてるヤマに専念すべきだ。小峰課長が何を言おうとも。わずかに奮い立つ気分になったが、すべてを投げ出して逃げたい。そんな気持ちも思い切り膨らんでいる。くそう、と呻《うめ》いたところでまた電話が鳴った。怒り足りない小峰課長がまたかけてきたのかと思ったが、表示を見ると見慣れない電話番号だ。出てみると、

『晴山さんの携帯で間違いない？』

女の声。あっと言いそうになる。

本庁の刑事、鷲尾だ。

「なんだ、こんな朝から……まだ学校には」

言いながら腕時計を見て、しまったと青くなる。もう七時半を過ぎてる。

こいつの要請に渋々応じ、朝一で中崎高校へ行って戌井教師に訪問の算段をつけようと思っていたが、やっちまった――ホームルームが始まるまで間がない。

だが寝坊したなんて言ったら責任問題になりかねない。こっちにはこっちの事情があると開き直ることにする。昨夜は本当に大変だったし、たったいま直属の上司に脅されたばかり。暗に退職を促《うなが》されて心傷ストレスに参っているのだ。

『どんな喧嘩だった？』

ところが鷲尾はそう訊いてきた。

「は？」

俺はほとんど思考停止に陥った。質問が急角度過ぎる。

「どんなって……」

努めて頭を冷やした。いったいなぜ知ってる？　昨夜の奇妙な騒ぎのことを。喧嘩と言えばそれ以外に思い当たらない。だがあのおしゃべり課長が、わざわざ本庁にまで俺のことをチクった？　どうも現実味がない。喧嘩騒ぎがそのまま報告されただけか。

「別に」

俺は大急ぎで冷静を装う。事実は事実として報告するしかなかった。

「喧嘩慣れしてねえ無様な奴らが、執念だけは深くてさ。ちょっと面倒だっただけだ」

『本当に？』

なんだ、何を疑ってる。頭のいかれた若造どもがなんで気になる？

『話がある』

鷲尾はぶっきらぼうに言った。

『パークホテルのラウンジまで来て。大至急で』

パークホテル。昨日話した喫茶店のそばにあるホテルだ。

「なに？　ちょっと待て」

電話は切れた。

鷲尾は焦っている。なんでだ？　さっぱり分からなかった。

学校に向かっていないことを咎められる危険がなくなったのは、不幸中の幸いか。いきなり呼びつけられるのは腹が立つし、ろくでもない予感しかしない。だが本庁の刑事の要請を無視することはできない。俺は軋《きし》む身体に鞭《むち》打って、首をコキコキ鳴らしながらシャワー室へ向かった。せめて頭をはっきりさせたい。シャワーの数分ぐらい寄越せ！　文句は言わせない。

▼落合鍵司

「……そういうことだから、休み気分を引きずらないように。今日から気を引き締めて頑張ろう」

担任が訓示を垂れていた。これだけで殺すに値するとおれは思う。なんと象徴的な名前だろうか、イヌイ・リンタロー。体制の犬。おまけに首に鈴までついてる。こんな鳥カゴに押し込んで人間から魂を抜き取るのを仕事にしている。おれには容認できない、こんな人間になるぐらいなら生まれてこないほうが良かったのだ。絶対的に。

今、おれの身体の周りにある光景が夢ではないことを自分に確かめた。朝のホームルームに、どうやら辿り着いたようだ。結局、夜が明けてからおれはまた寝た。ところが学校に間に合う時間きっかりに目が醒めた。おれの身体は悲しいほど飼い慣らされている。だがこの身体ともおさらばだ、信頼できる武器だけをカバンに詰め込んでノコノコと教室まで来て座ってる。ちっぽけな、この学校でのおれの唯一の陣地に。

このホームルームだけは普通に受けたかった。まるでふつうの一日が始まるように思わせておいて――粉砕《ふんさい》。それが最高だろ。

生徒たちは今日も大人しく席についてじっとしている。どうしてこんな日々を受け入れられる？　やっぱりゴミだ、こいつらは生きてない。一〇〇〇回の確信に、いま一〇〇一回目が加わった。生きてるならおれみたいに拒絶反応を起こす。我慢できなくなるはずだ、こめかみと目の裏の痛みに。異常な熱に。日本人全員の魂が眠ってる。それに気づいたおれが、命を懸《か》けて思い知らせてやるのだ。それが英雄の仕事。

「赤城《あかぎ》。石田。宇野……落合」

名を呼ばれた。おれはｉＰｏｄのイヤホンを耳に突っ込んだままだった。おれの名前はブルータル・トゥルースのブレントのギターのファズに被って、微かに聞こえた。おれは声を返さない。だが、ちょっと目を上げて反応してしまった。

担任はおれのほうを見もしない。昨日の無断下校も咎めない。ふと、何度目かの弱気が兆《きざ》す。昨日みたいにおれは何もしないでしまうんじゃないか。このまま何もしなかったらどうなる。冷蔵庫に隠した母親はまだだれにも見つかっていない。永遠に見つからないままなんじゃないか。そうしたらおれはこのまま、見かけは普通の生活を続けていける。そんな幻想にふらっと引き寄せられそうになる――バカな。いずれ父親もサウジアラビアから帰ってくる。帰国はまだ先だと思うが、忘れた。正確なことは。世界中に拠点を持つグローバル企業の重役である父親が一年のうち家にいるのは、ぜんぶ足しても三ヶ月に満たない。

泰兄《やすしにい》にしてもそうだ。死んだのにまだ見つかっていない。ようやく警察が嗅ぎつけて、昨日話を聞きに来たが、もう一ヶ月も経っているのだ。やはりだれにも気にも留められない情けない奴だった。だが、あいつも一応は会社に通って仕事をしていた「社会人」

だった。職場の同僚は不審に思ってあの山奥の家まで行ったはずで、どこにもいない、消息不明となったら、警察や知り合いたちは山狩りぐらいするはずだろう。なのに見つかっていない。

もしや、生きてるのか？

おれが撃った弾は当たらなかった。いとこは死んだふりして姿を隠し、おれへの復讐《ふくしゅう》の機会を待っているのか。あれから一ヶ月も経つのに？　だがどうしても、泰兄のところに電話をかけたり、家や林まで行って確かめる勇気はない。

罪状が確定してしまうから。

おれは、地の底からの受話器は取らない、絶対に。

ただブッ放すだけだ。壊せるものはぜんぶ壊す。それしか考えない。結末は決まってるんだ。

同志はいないだろうか？

おれと同じように、夏休みにだれかを殺してからここへ来てる奴は？　クソったれのなにも考えちゃいない無責任な親とかを？　だが教室を何回見回しても、失望しかない。眠ったような顔ばかり。まともな奴はそもそも高校なんかに来ないんだろうか？　どうしておれには仲間がいない？　いいや弱気のせいだ、何かに縋りたいと思うなんて恥を知れ、いいや恥も何もないただぶっ潰すだけだ。ちゃんと仕事をしろ。おれは選ばれたんだ。おれのほかにだれにできる？

　おれはｉＰｏｄのボリュームを上げる。出欠をとる声がまったく消えた。鳴り渡るアンセム。おれはゆっくり、立ち上がった。

　ついにやった。始まったのだ。耳からイヤホンが外れた。おれはｉＰｏｄを席に置き去りにする。カバンから抜き出したグロック・ロングスライドはしっくり手に馴染んでる。いとこが集めたものの中でもピカいちにクールな一挺《いっちょう》。何度見ても、現実的じゃないくらいに美しい。

　イヌイが、近づいてくるおれに気づいた。すぐおれの持ち物に目を奪われるのもまったく致し方ないことだ。おれではなくグロックばかり見ている。ではじっくりと近くで見せてやろうじゃないか。銃口を向けながらゆっくり迫った。

▼晴山旭

「遅いじゃない」

　ホテルのラウンジに現れた俺を見るなり、鷲尾は不機嫌そうに言った。

「遅いったって、まだ朝の八時じゃねえか！　朝っぱらから呼びつけやがって」

　俺は悪びれずに、鷲尾の正面に腰を下ろす。

「学校へは?」

「これから行こうとしてた。おかげで遅刻だ」

ごまかしが通用するかどうか内心ビクビクした。ところが鷲尾は予想もしなかったことを言い出した。

「状況が変わった。学校は行かないで」

「なに?」

俺はぽかんと口を開けてしまう。

「なんでだ。状況が変わった? どういう意味だ」

「……説明が難しいのよ」

鷲尾はグッと口を結んだ。悩んでいる。値踏みするように俺を見てしばらく考えた後、ようやく喋り出した。

「あたしが追ってるのは変態教師なんかじゃない」

俺は混乱した。問いを発するのに少しかかった。

「戌井は……猥褻犯じゃないってことか?」

「いいえ。あいつがサディスティックなロリコン野郎なのは間違いないけど」

乾いた声で断言する。

「あんなのとは比べものにならないほど、でっかいヤマを追ってたってこと」

「どんなヤマだ？」

するとは、思いを決めたように俺を見据えた。

「あたしがこれから言うのは、掛け値なしの事実。あなたは信じられなくて馬鹿にするに決まってるけど、あなたがどう思おうと、事実は事実。それを忘れないで」

「ふん。勿体《もったい》ぶるねえ。聞いてから決めるさ」

俺は顔を歪めてみせる。

鷲尾は肩をすくめ、眉をひそめながら語り出した。

「あたしが追ってるのはただの犯罪者じゃない」

首を傾げるしかなかった。すると鷲尾は、少し顔を寄せてきた。

「栗田西《くりたにし》中学の事件を知ってるわよね」

思いっきり戸惑った。ついていけない。こいつは大丈夫か？　不安になってきた。

だが、少し経つと……〝栗田西〟という響きが脳の中に浸透してきた。ああ、あの事件か。あの中学での惨劇を知らない警察関係者はいない。だがただの悪夢だった、と心のどこかで信じ込んでいる者も多いと思う。それぐらい、あってはならない事件だった。

子供同士のいさかいではない。明らかに、周到に準備された殺し合いだった。

次の瞬間俺は青ざめた。栗田西中は……中崎高校に近い。同じ学区に属している。

「あの中学の事件がどうしたんだ」

俺の声は掠《かす》れていた。

「生き残りの一人が、興味深い証言をした」

鷲尾は勿体つけるように、ゆっくり言った。

「自分は、押された」

「押された？」

また頭が混乱する。

「どういう意味だ？」

「誰かに背中を押された」

鷲尾はこともなげに言う。

「つまり、操られたって意味よ」

「操られた？」

全く納得がいかない。鷲尾の話も、俺自身の上ずった声も。

「表現がおかしくないか？　背中を押された……どうやって。そそのかされた？　脅された？」

疑問符を連発する俺に、鷲尾は哀れむような目を向ける。

「理解しようと思わないで。ただ、受け入れて」

一瞬、鷲尾がカリスマ教祖みたいに見えて俺は顔をしかめた。

だが鷲尾はこっちの反応もわきまえていた。

「あなたの反応は当然よ。でもそういう、常識を超えた事態もあるの。栗田西の事件はまさにそうだったでしょ。誰も理解なんてできない。起きたことを受け入れるしかない」

「しかし……操ったって言ったって」

言っている自分がウスノロに思えた。

「いったい誰が、背後に……」

「常識を超えた事件には、常識を超えた原因がある。いろんな人がいろんなこと言った。的外れのものがほとんどだけど……当たってるものもある」

「お前」

急激に胡散臭《うさん》さを感じた。事件の直後、ネットや三流週刊誌にしきりに載っていたバカ話を思い出したのだ。

「……取り憑かれたってのか、悪霊かなんかに？　バカな」

あの事件に関わる怪談話が山ほど流布《るふ》した。学校の敷地は江戸時代に処刑場だったとか、鬼や天狗《てんぐ》が封じられた禁断の場所だったとか。鼻で笑うしかない馬鹿馬鹿しさだ。

だが鷲尾の表情はむしろ引き締まった。俺は、呆気にとられた。

もしこの女が本気なら、こいつは警察官ではない。

「悪霊じゃない」

恐れは現実となった。鷲尾は言ったのだ。

「でも、似たようなものかも」

「ハッ」

俺は即座に鼻を鳴らしてしまう。

「本気かよ、あんた。信じられん」

「繰り返すけど、あなたの反応は当然。でも表に出てない事実を聞いたら、考えを変える」

「なんだと？」

「誰かが自分の中に入ってきて、押した。そう証言した子が四人もいる」

「ストレスとショックで頭がいかれて、幻覚を見たんだろ」

遮るように言うと、鷲尾は黙った。

「あるいは、大嘘だ。無意識の自衛本能だ」

「そうかも知れない」

鷲尾はあっさり言った。それで俺は、かえって胸につかえたのだった。鷲尾に揺らぎは全くない。俺の反応はすべて予想通りなのだ。

「過去にそっくりな事件があったとしたら？」

鷲尾は目を細めて言い出した。

「……あ？」

きた、と思った。恐るべきことに、この女は終始完全に理性的だった。

つまり何かしっかりした根拠を示すつもりだ。

「沖縄での話。中学じゃなくて、高校の話だけど」

「…………」

沖縄だと？

内心の衝撃を顔に出したくない。それどころか、俺は馬鹿にして聞いていないフリをしたい。

「たくさん死傷者が出て、それがきっかけでその高校、閉校になったくらい」

だが相手の声は耳に入ってくる。高校……殺し合い。栗田西中と同じような？　そんな馬鹿な。

俺の顔に浮かんでいるのは冷笑か、それともただ頬が痙攣してるだけか。いずれにしても見るに堪えない顔に違いなかった。

「沖縄が日本に返還される直前の話だから、あまり知られてないけど」

「なに？」

思わず訊いてしまう。

「てことは……」

「四十年ほど前」

比嘉刑事は五十を超えている。彼が、子供の頃の事件なのだ。当事者か？　だが、高校で起きた事件だとすると……自分が在学していたわけではない。それでは、知り合い。それともまさか、兄か姉か？

訊くことはできない。比嘉の連絡先を知らないことを、今度こそ痛切に後悔した。あの男は過去の惨劇との繋がりを求めて上京してきたのか？

「そんな昔の事件と、今の東京の事件が、そっくりだっていうのか」

俺の口はかろうじて、皮肉っぽい言葉を吐くことに成功した。

「そんなの……ただの偶然だろう。で？　中崎高校はどう関わる？」

大事なのはそれだ。栗田西中の事件も重大だが、中崎高校では何も起きていない。なのになぜこの女は近辺でコソコソやってるのか。

「他にも、類似の事件は何件か起きてる」

鷲尾はまともに答えるということがない。自分の言いたいことばかりゴリ押ししてくる。女としては最悪だ。

「たとえば……十年ほど前、雑居ビルや、個室ビデオ店で放火事件が相次いだのは覚えてる？　なぜか全国の都市部で、同時多発的に起きたでしょ」

いやいや頷いた。俺が交番巡査時代の話だからうろ覚えだが、日本各地で流行りのように立て続けに起きたことは印象に強い。当時の箱長からも、担当地域のパトロールを強化しろと命令された。

「その犯人のほとんどが、精神鑑定を受けることになった。動機がはっきりしなくて、供述も意味不明な人間が多かったから。で、そのほとんどが――好きでやったんじゃない。命令された。そう言った」

「そんなの言い逃れだ」

　俺は当然の指摘をする。

「ちょっと頭のおかしなヤツには、ありふれた言い訳だろ」

「もっと踏み込んだ供述もあった」

　鷲尾は次の台詞を用意していた。

「命令されたというより、押された。そういう男が多かったの」

「…………」

　栗田西中の当事者も使っていた表現。偶然だ、とわざわざ言うのも馬鹿らしかった。

「精神疾患《しっかん》の容疑者には配慮しなくちゃならないから、そこまで詳しい供述は表沙汰《おもてざた》になってないけど。みんながみんな同じことを言った。その重なり具合は異常としか言いようがなかった」いや、と口を挟みたかったが、鷲尾の勢いが勝った。

「本部では特別対策室を作って分析を重ねたぐらいよ。どうやってこの流れを止めるか懸命に考えた。ところが、放火事件自体が翌年には、ぱったり止んだ。まるで麻疹《はしか》かインフルエンザみたいにね。だからそれ以上追及する人間はいなかった。積極的に関わりたいなんて思うはずないわよね。まともに捜査しても報われない可能性が高いから」

頷いてしまう。警察官であれば共有できる実感だった。どうして同じタイプの犯罪が特定の時期に重なる。なぜ流行る？　そんなことは解明できない。警察ではなく社会学者、あるいは占い師の仕事だろう。

「平和って言われてる日本だけど、何年かに一度は、目を覆いたくなるような大量殺人事件が起こる。国民感情としては、原因を薬物による錯乱《さくらん》か精神疾患にしてしまいたい。だからいつもその方向で世論が動いて、事件を処理する側もそれに乗っかって、容疑者の内面を隠してしまう。容疑者自身の訴えは、誰にも伝わらない」

鷲尾は社会批判したいのか。それとも警察の自己批判か？　いずれにしても、聞きたくない類の話だ。解決しようがない問題だから。

「そんな顔したくなるのは分かるけど。ちゃんと受けとめて」

こっちのうろんな表情が気に喰わない鷲尾は、語気を強めた。

「いくつかの小学校襲撃事件だってそう。家族乗っ取り事件で、家族同士を殺し合わせるケースも続いたでしょ。よくよく調べると不審な点だらけよ。被害者たちは、どうして逃げ出せるチャンスがあるのに逃げ出さないのか？」

「そりゃお前」

俺が割り込んでも、鷲尾は話の主役を譲らない。

「逃げることを思いつかない疑いがある」

俺は何度か口をパクパクやってから、ようやく声らしきものを出した。

「思いつかない、って……」

「恐怖に縛《しば》られてるせい。精神的な視野狭窄《きょうさく》。そう言いたいんでしょ？　人は追い詰められると簡単な判断さえできなくなる。たしかにもっともらしい説明だけど、どうして死ぬ、殺し合わされると分かっていて逃げないの？　本能が働けば逃げ出すのが自然でしょう。強制力が働いてるの」

俺の動揺にはお構いなく、鷲尾は滔々《とうとう》と語り続けた。

「不可解な大量殺人の系譜は絶えることなく続いてきた。古くは、津山《つやま》三十人殺しの事件から考慮するべき。事件として目立っているもの以外にも目を向ける必要がある。人がたくさん死んでようやくニュースになるけど、被害者が数人で収まった異常な事件なんか無数にあるんだから」

「ちょっと待てよ……」

切りがない。この女はどこまで不安を煽《あお》れば気が済むのか？

「個々の事件だけ見ても、ただの点と点。でも、分かる人間が見れば線になる。明らかに、同じ仕組みが隠れてる。それが人間たちを支配したの」

同じ仕組み。それ。

俺はなぜか、無性に比嘉刑事に会いたかった。辞めてからも不法に警察手帳を保持しているあの男の方が、目の前のこの女よりよほど信頼できる気がしてならなかった。あんたが東京までやってきた理由を知りたい……ここで何かが起きつつある。あんたはそれを予測していたんじゃないのか？　会って、真剣に訊けば教えてくれる。きっと知恵を貸してくれる。

だが比嘉のことはこの女に伝えたくない。だからおくびにも出さなかった。視線を外して溜め息をついてみせる。

「人を操れる人間がいる」

こっちがどんな様子だろうと、この女はまるでめげない。

「そして時に殺し合いをさせる。それを、あたしたちは事実と考えている」

ついに言った。決定的なことを。だが、あたしたち？　警視庁生活安全部が、同じ認識のもとに動いているというのか？　この常識外れの認識を共有してる？

「あんたが言ってることが、本当だとして」

俺はひきつった笑みを顔に貼りつけながら訊いた。演技の必要はなかった。

「……そんなの、警察が関わる事件か？」

鷲尾は何も言わない。かすかに首を傾げるだけ。

「物好きの大学の先生か、ナンパな雑誌記者か、テレビ局にでも任せておけばいいだろ。そんなの証明のしようがないんだから」

「いいえ」

鷲尾は依怙地《いこじ》な調子で言い切った。

「ゲームマスターは存在する。それはもう証明済み」

「ゲームマスター？」

「いかがわしく聞こえるのは分かってるけど。自分たちがそう自称してるんだから、しょうがないの」

「お前、正気か？」

俺は完全に見下げた調子で言ってしまう。

「正気よ。誰よりも正気」

そんなことを言うヤツに正気なのはいない。そう言いそうになったが、鷲尾は頑として言い終えた。

「あたしの任務は、ゲームマスターを捕らえること」

「わかった。じゃ、そのゲームマスターが、本当にいるとして」

俺は切り替えた。冗談として応じる。

「そんなもの捕らえてどうやって裁く。人の心を操った？　嘘っぱちに決まってるが、事実だとして……何の罪だ。殺人罪が適用されるか？　無理だろ。物証がないんだから」

俺は自分の正しさに有頂天《うちょうてん》になった。絶対にこの女を論破できる。

「精神科医を呼んでこい。いや、霊媒師《れいばいし》か、いかがわしい超能力研究家でも」

「警察がやらなくて、誰がやるの」

鷲尾は薄く笑った。どうやらこいつの方が、俺を馬鹿にしているつもりらしい。

「これほど明白に、人命にかかわる事態はない。この国の治安に直結する」

ボディーに重い一発を食らったような気分になった。脳裏によぎるのは、不毛な戦いをやめなかったあの二人の男のことだ。あれは……

「昨夜の喧嘩騒ぎ」

俺の心を読んだかのように鷲尾は言った。

「調布西署に照会した。男たちから薬物反応は一切出なかった」

あの連中はドラッグで錯乱していたのではない。

「じゃあ、なんだ」

言ってから、なんと間抜けな台詞だと思った。この女の真意は明らかだ。

「誰かに押されたいか……誰かに押されたい……そう言いたいのか」

鷲尾はクスリともしない。

「近づいてる。そばにいるの」

糞《くそ》真面目な顔で凄んでくる。

「ゲームマスターが、今この街のどこかにいることは間違いない。そしてゲームを開始してる」

「あんた、本当に生活安全部か？」

直感の命じるままに訊いた。

「国の基盤を揺るがすような脅威を未然に摘み取る。それも警察の務めでしょう」

鷲尾の答えに、俺は思わず唾を呑み込む。

「まさか……公安か？」

鷲尾はわずかに目を伏せた。否定しない。

俺は動揺を隠す。肌が粟立《あわだ》っていたが、せめて表情は変えないよう必死になる。

公安は同じ警察官からも恐れられ、忌み嫌われる秘密主義部隊だ。ほとんど治外法権とさえ言える特権を持つ彼らは、桁外れの予算と人員を駆使してあらゆる方面に手を伸ばす。外部だけでなく内部にも。所轄署員など、睨まれたらどんな目にあうか分かったものじゃない。たちまち僻地の駐在所に飛ばされかねない。

「……なんだかもう、訳がわからん」

俺は大急ぎで、頭の鈍《にぶ》い使えない刑事になりきろうとする。

「ゲームマスターとやらが、あそこの生徒や教師を、操ってるっつうのか。戌井を変態教師にしたり、か？……こんがらがってきた。話をわざわざめんどくさくしてないか？」

「その辺は調べる余地ありよ」

鷲尾は寛大さを見せた。

「戌井だけじゃない。あなたが話を訊こうとしてる、落合鍵司のいとこの失踪も不審な出来事の一つ。それだけじゃない。あそこの生徒が大怪我して入院してるの。この半年の間に異常な事件が中崎高校に集中してる」

「怪しい奴は、普通にパクればいいだろ……その背後に、何がいるかなんて」

声が震えた。臆病者の演技。いや、ありのままの俺か。

「で、俺にどうしろと？」

鷲尾は黙った。じっとこっちを見る。品定めする目で。

「利用されるのはまっぴらだ！」

俺は機先を制して言った。両手を上げてみせる。

「自分でやれよ。俺の手には負えねえみてえだから」

鷲尾は眼差しを鋭くした。

「勝手にやってくれ。手を引く。自分のシマに帰る！」

俺は恥じ入ったように顔を伏せた。

「誰にも言わねえよ、あんたのことは」

「本当に？」

鷲尾はなおもこっちの目を見ようとする。俺は、逃げに徹した。

「本当だ。この辺には寄らねえよ。落合のことも、忘れる」

「そう」

鷲尾はニヤリとした。

内心息をつく。どうやら俺は正しく対応したらしい。

「物わかりが良くてよかった。諦めの悪い性格だって聞いてたから、わざわざ直接説明してあげたのよ」

偉そうに言った。一瞬殺意が生じたが、絶対に顔には出さない。

「あんたがゴネたら、強硬手段をとるしかなかったから」

強硬手段？　だが俺は賢くも、何も訊かなかった。

早くこの女から解放されたい。この土地から逃げ出したい。

この女の目には、そう見えるはずだ。

▼ゲームマスター

ぼくが生まれながらに持っているこの能力はいったいなんなのか？　ときどき考える。

ぼくの能力がいわゆる〝憑依《ひょうい》〟ならば、ぼくは〝生き霊〟ということになるのだろうか。そうかもしれない。だから、いわゆる〝霊視〟ができる人間がいるとしたら、ぼくが人に〝憑いている〟のが見えるのかも知れない。悪霊と間違われてお祓《はら》いされたり、するのかも知れない。そんなことは今までなかったけど。

ぼくの姓は、いまは変わってしまったけど、元々は「大城《おおしろ》」だったらしい。沖縄に多い名前だ。沖縄にはユタという霊媒がいる。ぼくが持っているのはユタの能力なのだろうか？　図書館やネットで調べたことがある。ユタは神と人間の橋渡しをしてくれる存在で、「神人《かみんちゅ》」と呼ばれることもある。その呼び方は、なにかしっくり来ると思った。ぼくも時には、自分を神のように感じてしまうことがあるのだ。だれかに宿って、その人の目で世界を見る。それを何人もの人間に移り変わってやっていると、あまるで自分は神だと思ってしまう。危ないことだと分かってはいるけど。その感覚に酔ってしまうと、必ず恐ろしいことになるけど。

沖縄では、憑依は「ターリ」とか「カカイ」とか呼ばれるらしい。生まれつき霊能力が強い人間はサーダカ、サーダカウマリなどと呼ばれるそうだが、もしかするとぼくはまさにそれなのかもしれない。いわゆるシャーマン、巫《かんなぎ》、巫女《みこ》。あるいは、恐山《おそれざん》のイタコに近い能力なのかも知れない。

ただ、ぼくには死者が見えたことはない。ぼくに見えて、関われるのは生きた人間に限られる。

そしてぼくのゲームとは、ぼくになにかが降りてくるのではない。ぼく自身がだれかに降りるのだ。常に。だから幽体離脱、アストラル投射とか言われる能力なのかも知れない。「外在化」とか「バイロケーション」という用語もあるらしい。肉体と魂が紐でつながってるという話もよく聞くけど、そんな紐見たことはないし、紐が切れて戻れなくなるんじゃないか、なんて恐怖には囚《とら》われたことがない。自分は確かにゲームマスターで、ゲームと現実を自由に行き来できる。そんな揺るぎない自信だけがある。翼を持って生まれた鷹や梟が、自分が飛べないかもしれないなんて疑うことがあるだろうか？　それと同じだ。ぼくが人の中に入れるのは、当然のこと。本能なのだと思う。

実際にどういう感触なのかというと、自分の感覚だけが独立して他人と重なる感じだ。自分の身体から、幽体とかがふわふわ抜け出してだれかにスルッと入るというのじゃなく、ぼくの目と耳と鼻がダイレクトにつながる感じ。スイッチ一つで精巧なヴァーチャルリアリティの世界に切り替わるというか。だからぼくはこれをゲームと呼ぶ。オカルトっぽい呼び名は、ふさわしくない感じがするのだ。

人によっては別の呼び方をするのだろう。超能力。テレパシーに近いものだろうか。あるいは千里眼《せんりがん》、と呼ばれる能力かも知れない。精神医学的には、脱魂《だつこん》、離魂病《りこんびょう》という病気と説明されるかも知れない。江戸時代には生き霊のことを「影わずらい」という病気だと考えていたという。だから、昔からあったのだ。これだけの用語や実例がある。必ずしも珍しいことじゃないのだ。ぼくのような〝ゲームマスター〟は一人じゃない。他にもいる。たぶん世界中にいる。ぼくがあまり出会ってないだけで。

　その中にはたぶん、タチの悪いやつらもいる。そいつらがだれかを押して凶悪な犯罪を起こさせているというのも、充分ありうることだと思う。自分でも理解できない衝動のままにだれかを刺してしまう通り魔とか、夜ごと火をつけずにはいられない放火魔とか。駄目だと分かっているのに万引きや痴漢《ちかん》を繰り返してしまう人とか。ああいう人たちはもともと押されやすい。精神が不安定だから、簡単に言いなりになる。ゲームマスターにとっては恰好《かっこう》のおもちゃだ。

　だが押された本人は、自分が自分の意志でやったとしか思わない。悪魔にとり憑かれた、と訴える人もいるだろうが、だれも取り合ってはくれない。狂気を疑われるだけ。

　いわば完全犯罪者だ。ゲームマスターというのは。

　そう考えると、自分の持っている力が恐ろしくはなる。ぼくが初めてだれかの意識に入ったのがいつだったかちゃんと覚えてはいない。物心ついた頃にはもう、できたのだ。面白がってやらずにはいられなかった。幼稚園の頃にはもう、ひんぱんに同級生に同乗していた。ぼくだけじゃない、だれにでもできることだと思っていたのだ。

　でも小学校に上がる頃には、自分が他の人間と違うと気づいていた。ぼくは自分の力について口をつぐみ、友達や、まわりにいる大人たちの目からこっそり世界を見ていた。もしぼくの内面が、同年代の連中に比べて大人びているとしたら、その影響だと思う。だれかに同乗すればするほど、その人間の性格もこっちに浸《し》みてくるのだ。だからぼくは、ぼくであると同時に、他人の寄せ集めから成り立っている。多くの人間の性格を直接吸って、いろんな色が染みついているイメージがある。それは好き嫌いを超えた事実だ。真っさらな自分に戻ることはもはやできない。

そう思いきってしまえば、楽しいことではある。一時期よくやっていたのは、いまぼくを育ててくれている養父母の目と耳を借りることだ。そして時に、ぼくは彼らの記憶を探った。過去のメモリを読み込む感覚だ。ふだん一緒に暮らしているだけあって、ぼくにとっては彼らの記憶がいちばん読みやすかった。じっくり時間をかけて、彼らの思い出を自分のものにしていった。何よりぼくは自分の本当の両親のことを知りたかったのだ。顔もろくに知らないのだから、知りたいと思って当たり前じゃないだろうか。

だがなんと、養父母も、大城夫妻がどんな人間だったかよく知らなかった。実に不可解な話だ。養子縁組みを仲介した男がいたようだが、その男は完全に行方をくらましていた。すべての事情を知っていた可能性が高いが、養父母が行方を知らないのではぼくも捜しようがない。

だからぼくも、自分の力の正体は分からないし、なぜぼくが持つことになったかも分からない。

ただ一つ言えるのは、ぼくはだれかを操ったりはしないということ。もう二度と。

あんなことはもう御免《ごめん》だから。

▼晴山旭

パークホテルのラウンジを出て、正面玄関の自動ドアも出てしばらく歩いた後、俺は走り出した。もう完全に鷲尾の視界から消えただろう、俺は誰よりも早く着かなくては。あの高校へ。

鷲尾は俺が自分のシマに帰ると信じている。疑われる前に動かなくては。ヤツに負けられない、服従したくないという意地が迸《ほとばし》っている。同時に禍々《まがまが》しい予感が膨らんで止めどがなくなっている……腕時計を確かめると八時半。朝のホームルームの頃か。

終わったタイミングで再び、あの担任教師を介して落合鍵司を呼び出せばいい。今度は放課後までなど待っていられない、すぐに呼び出させる。そして相手の焦りを誘い、隙を見つける。一気に自白まで持ち込む。

甘いか。だがやるだけやってやる。

俺のヤマを、頭のいかれたあの公安女に荒らされる前に。誰が手を引くものか！

▼戊井鈴太郎

私は信じがたい思いで、教壇に近づいてくる生徒を見つめた。

手には黒くて大きな拳銃のようなものを持っており、引きつったような表情がただ事ではないことを知らせていた。はっきりと、私自身の生命の危機を察知した。私の身体は緊張し目は相手に集中した。舌は固まり、言うべき言葉を持たなかった。だがその一方で――

（ついに来たのかこの時が！）

あたかも勝ちどきの声が聞こえたような気がしたのであった。

相手――それは落合鍵司という名を持つ私の生徒だった――が銃口をぴたりと私に当てたとき、銃が本物であることを確信した。

これぞ、私が夢見てきた状況であった。（いつからであろう？　思い出せない――）

凶暴な賊が学校に侵入してきて、愛する生徒たちの命を危険に曝す。

そして私は賊と正面から対峙《たいじ》する。

詳細は当の私にも解らない。とにかく私は、生徒たちを死の危険から見事に救う。更には、心に響く説教をすることによって賊をも改心させ、学校中を感動で包み込むのだ。この最大の喜び、教師として考え得る限りで最高の英雄的行為によって私は、教師となるべくして生まれてきた人間であるということを広く知られることとなる。朝礼があるたびに何度夢想してきたことだろう、いまここに凶悪犯が飛び込んできて生徒たちに悲鳴を上げさせてくれないものかと。そうして初めて、私の英雄的価値が発動する。ただの教師ではない、教師の中の教師なのだということを、世に広く知らしめることができるのだ。

ついにその時が訪れた、だが私は、なんとも忸怩《じくじ》たる思いだが、目の前のことを信じられずに固まってしまったのであった。やっと現れた賊が自分のクラスの生徒とは思いもよらなかったせいでもある。私は今、たちまち撃ち殺されそうな哀れな教師でしかなかった。なんたることだ。

「落合。な、なんだそれは」

私の慌てたような声音に、相手は、担任がただ愕然《がくぜん》として怯えていると受け取ってくれたようだった。そう思わせておこう。相手の不興を買って撃ち殺されてしまっては、私の夢は泡と消えてしまう。目の前の事態に集中するのだ。私の真の人生はここから始まるのだから。

「落ち着け、落合。撃つんじゃない」

落合鍵司は、私がそれをモデルガンだろうとも問わずに、即座に本物と受け入れたことを一瞬だけ不審に思ったようだ。だが、自分の気迫が真実を伝えたのだろうと満足した様子であった。銃を握り直して口の端を上げる。落合鍵司は、自分が思いきった行動に出られたことに満足し、安堵《あんど》している。私にはそれが我が事のように解った。

「は、話をしよう。話せば解る。なにが目的なんだ？」

私は声を震わせ、瞬きを繰り返してみせた。思惑通り、落合鍵司はいたく満足した様子であった。重いのであろうか、銃口はふらふらと宙を揺れている。危ない。誰か生徒を死傷させてしまったら、私の夢に傷が付く。そんなことは許されない。

「どうしたいんだ。いったい、お前はなんのためにこんなことを」

「……目を覚ましてやるためさ」

落合鍵司の声は思ったよりも落ち着いていた。相当に考え抜いた末の行動なのだろう。

頑張れ、と思った。

▼落合鍵司

調子が狂うのを感じた。イヌイの様子がおかしい。一瞬だが笑ったように見えたのだ。まるで、おれがこうすることを知っていたように。瞬間的に莫大《ばくだい》な恐怖が生まれた。大掛かりなサギに引っかかってるんじゃないか？　という悪夢がおれを摑んで握る。もしやこいつはおれの母親とできてたんじゃないか？　だからこっちが何をするか予測がついたのだ。そんな妄想をバカなと笑いながら、恐怖は確実におれを揺さぶった。

「落ち着きなさい。こんなことをして何になるというんだ」

この芝居がかった言い草。イヌイとはこういう奴だ。まるで生きた人間に見えない、ロボットだ。血管じゃなくて電線で動いている。その証拠にコイツには表情がない。いや、あるのだがパターンが決まっていていつも同じ顔になるのだ。イヌイはいま、そのびっくりした顔がどれだけウソ臭く見えるか知らないし、思いやりのあるフリをしたその声がどれほど空々しく響いてるか気づいてない。やはりおれがこの偽《いつわ》りの学舎をブッ潰すのはとんでもなく正しい‼

前へ出ると、イヌイは頼んでもいないのに、肩ぐらいまで上げていた両手を更に上げて完全にホールドアップした。打ち合わせしてたみたいじゃねえか、まるで安物の芝居だと感じて苛ついた。こんなはずじゃねえ、おれが踏み出した道はもっと厳粛《げんしゆく》で悲壮なんだ……コイツが悪い。おれはますますイヌイに近づいた。

最初の的はこの男だ。

決まった瞬間から、それ以外の奴らが気になりだした。この教室の同い年の連中が。おれは、自分のためにやるのと同じくらいこいつらのためにやるんだ。何か感じて欲しいんだ強烈に、目を覚ますチャンスをやるぞ目を開けてよく見てやがれ、おれの同志になって欲しいんだ、いますぐには無理でもいつかあとに続いて欲しい。

そんな奴、一人だって出やしない。分かってる、だがおれは期待せずにいられない。連中の顔を確かめようとするが、驚いたことに首が動かないのだった。興奮で身体が強張っていて振り向き方がわからない。静かなことだけは確かだ。みんな固唾《かたず》を呑んで見守ってる。だれも勝手に動き出さないのは感心だ、変な動きをする奴がいたら撃ってしまう。

イヌイは一歩後じさり、反抗の意志がないことを知らせてきた。

気に食わない。こいつは自分が死にそうだってことをほんとに理解してるのか？　撃とう。この場の全員が思い知るだろう。

だが、その前に！　おれは自分を抑えた。なにか言う必要がある。親愛なるクソッタレ同級生一同に気の利いた開戦の辞を聞かせてやりたい。決意表明を、どうしておれがこんなことをしなければならなかったかを。声明文は学校へ来る途中で投函《とうかん》してきたが、こいつらの目に触れるという絶対の保証はない。

言葉がまとまりかけたと思ったとき、霧《きり》のように儚《はかな》く散った。だれかが立ち上がる気配がしたのだ。いま、おれが立っているすぐ横の席だった。

おれは仕方なく、銃口をイヌイに向けたままそいつのほうを見た。

――こいつの名前はなんだっけ？　身体がでかくて無口なこの男。ほとんど喋ったこともない。だれだっけ？

▼但馬笙太

山繁規之《やましげのりゆき》が立ち上がったとき、僕は危うく声を上げるところだった。

山繁はいい奴だ。寡黙《かもく》で、体格に恵まれているわりには運動が苦手で（生物部所属だ）、成績もいいほうではない。でも穏やかで、親切な男だった。その山繁が、落合鍵司に正面から向き合ったのだ。

「やめろよ、落合」

いつもの親身な声音だった。友達と世間話でもするような調子で、山繁は相手に声をかけた。そこには、相手を馬鹿にする響きなどカケラもなかった。

「そんなおもちゃ下ろせよ。先生びっくりしてる――」

そう言いながら、手を伸ばした。銃に向かって。

▼ゲームマスター

ぼくは動転してしまった……

キャラクターの目に映る光景が信じられなかったのだ。

でもこれは悪夢ではなく現実。新学期のありふれた日常が一瞬にして修羅場に変わっている。ゲームだ。これこそゲームだ！　鳴り渡る叫び声。懐かしくさえ感じる。ぼくはなにを見逃していたのか？　ぼく一人の、たいした目的のない、牧歌的なＲＰＧだったはずだ。いつのまに対戦型の血腥《ちなまぐさ》いものにすり替わったんだ?

だがゲームはゲームを呼ぶ。ゲームマスターはゲームマスターを呼ぶのだ。

そしてぼくが、ぼく以外に知るゲームマスターは――ただ一人。

まさか……計。

おまえか?

▼但馬笙太

山繁の伸ばした手が銃に触れそうになる。

本当におもちゃだと信じて伸ばしたのだろうか。ちょっとでも、疑ってはいなかったか。信じたくなかったのかも知れない。たとえ本物だとしても撃ったりしない、と信じていたのかも知れない。銃口が自分に向いていないからあまり怖くなかったのかもしれない。もう、山繁がどう考えてたかなんてだれにも判らない。

落合は銃口を山繁に向けた。

銃が火を噴いた。

鼓膜《こまく》が破れたと思った、それは銃声というより僕には爆発に聞こえた――山繁規之の大きな身体は直ちに床に落ちた。どすん、と。本当に落ちたという感じに、真下に。突然重力が勝って山繁の身体を床に打ちつけた。

びっくりして目を閉じた落合鍵司が、やがて目を半分だけ開けて、身体をふらふらと揺らした。夢遊病者のように。その様子は教室中のだれからも見えたはずだ、だけどだれも身動きしない。麻痺《まひ》していた。恐怖、というよりは気絶に近い状態だ。

落合はゆっくり、両手で銃把《じゅうは》を摑み、胸の前に抱えるようにした、銃口が天井に向く。先からカゲロウが立ちのぼって落合の顔が微かに揺らめいた。本物だ、あの銃はやっぱり本物だ……ふと目に入る。

落合のすぐそばに石田符由美さんがいる。

いま倒れた、山繁規之の隣の席が石田さんなのだ。

彼女は微動だにしない。それは正しい態度だ、と思った。危険地帯の真ん中だ、動かないに限る。まるでその場にいないように。

落合は次第に目を開けて、教室中を見回す。口を閉じたり開いたりしている。喋ろうとしている。なにかを、僕らに聞かせようとしてる。

「………たって、ダメだ」

掠れた声が聞き取れない。

▼晴山旭

中崎高校の代表番号にかけると、電話に出たのは事務員らしき中年女性だった。

やはり、今はホームルームの最中で教師たちは職員室から出払っている。戻ってきたら電話します、そう約束してくれた。

ホームルームはすぐ終わる。だから俺はおとなしく待っている。校舎の裏の駐車場にインサイトを乗り入れて。すぐにでも落合に会いたい、鷲尾のマークXがいつここに入ってくるかと気が気でない。焦るな……あと数分で電話がかかってくる。

心待ちにした着信音が鳴る前に、異様な音が聞こえた。

ドン、というくぐもった爆音。

俺はあわててウィンドウから顔を出した。校舎の方を見つめる。

聞き違えようがない――銃声だ。

俺は悟った。遅すぎた、と。圧倒的な後悔とパニックだった、最悪の事態がいま勃発した。この校舎の中のどこかで。

だれも日本で起こるとは思わなかったこと。校内における銃器使用。

車を飛び出す。溺れているような気持ちで校舎に近づく。間に合おうが間に合うまいが、行かなくてはならない。俺は警察官だ――

▼落合鍵司

生きてるフリなんかしたってダメだ。

見ろ、弾が当たったら紐が切れたマリオネットみたいに地べたに潰れる。いままでだれが紐を吊《つ》ってたのか知らないが切れたらもう用なしだ、忘れていいんだ。いちいち泣いてどうなる？　まったく低脳ばかりだ、もとから要らなかったなんて思いもしない。悲しいとかはどうせ一瞬のことで、すぐ忘れちまう。初めから要らなかったことの証明だ。自分がいなくなったとき泣かれたいから、せめて必要だったってフリだけでもして欲しいから泣く、てめぇらそれだけだろう？　ったくヘドが出る。

それでも、おれの中に躊躇《ためら》いが残っていることが意外だった。この教室中に並んでる表情が嫌だ、なんというか……生きてるフリをしてるその顔が。まるで生きてる意味なんかないクセに、この世に必要なんかないクセに、それでも自分は生きてるべきだって顔しやがって。だから撃つ瞬間に相手の顔は見ない。最後に恨みや非難の顔をされたらやっぱり面白くない。

おれが弱いんじゃない、ただの精神衛生上の問題だ、自分のコンディションを良くしておきたいだけだ、それでもこいつら……銃を向けると死ぬのは怖いってフリしやがる。恐怖のあまり泣き出しそうなヤツ、アゴが外れそうなくらいに口開けてるヤツ、ふだんはしないクセに必死な顔してやがるどいつもこいつも、こんなときだけ生きてるフリしやがってクソどもが!!

▼但馬笙太

　クラスメートたちは森のように静かだった。

　戌井先生が両手を宙に上げたまま、落合の背中をじっと見つめているが僕にはその顔がすごく気持ち悪かった。目がギョロッとしていて見たこともない表情だった。一瞬でこの場にいる人たちが別の人間に変わったみたいだ、クラスメートたちは石になってしまい山繁は死んだ（たぶん）。だけどだれも動かない。この場を変える力がない。

　ところが、次の瞬間動いた人がいる。すごいスピードで。

　僕は動転して目を瞑《つむ》ってしまったので、決定的な瞬間を見逃している。気がついたらパン、という銃声とは違う音が響いて、なのに撃たれたみたいに落合は後ろにひっくり返っていた。

　そして、落合の代わりにその場に立っている人物。

　石田符由美さん。

　僕はぽかんと口を開けた。彼女の手になにか握られている。見覚えがある、あれは彼女のペンケース。黒いアルミ製の、それほど大きくも頑丈でもないただの文房具。だけど、落合を倒すのに使われたのはそれだけだった。それで充分だった。

　僕は立ち上がった。正確に言うと、自分が立ち上がったことに気がついた。

▼晴山旭

駐車場の車の間を走り抜けて通用口にたどり着く。その間も俺はずっと考えていた、やはり落合だいとこの処から持ち出したのだ、そしてあの暗い目が顔が完全に狂気に移行したついに弾けたのだ、身近に迫っていながら俺は……どうして防げなかった。校舎の中で起こっている光景をイメージする。そこに希望は無い。血と破壊。

ハッとしてポケットに手を突っ込んだ。携帯を取り出す、栗林さんに知らせなくては……応援を呼ぶんだ……この学校を包囲しなくては、職員用の下駄箱に手をかけながら俺は携帯を耳に押しつけ、相手が出るのを待った。

栗林さんは出なかった。留守電になっている。俺は叫んだ。

「中崎高校で事件勃発、誰かが銃を発砲しています……応援をお願いします！」

▼石田符由美

馬鹿みたいだけど、ここのところよく練習してた。

手首のスナップを利かせて、男の横っ面を思い切り叩くのだ。なにか固い物で。

雑誌に書いてあったとっさの護身術。夏休みのボートハウスみたいに、また男にのしかかられてももう絶対おとなしくしてない。一撃で相手を昏倒させる技を身につけておこうと思った。身近にある手頃で固い物といったら筆入れぐらいなもの。ほんとに通用するかどうか心許なかったけど、練習には身が入った。ボートハウスのことを思い出すたびに振る腕に力が入った。右腕の筋肉痛なんて最近じゃ当たり前。

でも教室で実践するなんて夢にも思わなかったし、落合くんがとんでもないことを始めたと分かっても、自分がどうにかできるなんて考えもしなかった。なのに、身体が動いた。

「……なんなのよ？」

だれに向かって言ったのか自分でも分からなかった。あたしの繰り出した筆入れは落合くんの頬から鼻にかけてきれいに入った。当たった瞬間に、彼の目の前に散った火花さえ見えた気がした。

足許に落合くんがぶっ倒れてる。自分でやったこととは思えない。だけど山繁くんが撃たれた瞬間もうあたしは筆入れをつかんでた。要するに、メチャクチャ腹が立ったのだ。ぶっ飛ばさないなんてあり得なかった。危ないとか怖いとか思うヒマもなかった。

いまになって、あたしの足がガタガタ震え出す。落合くんが持っていた拳銃が床に転ってるのが見えたからだ。こんな長い銃身、現実味のないフォルム。幼稚なハリウッド映画の見すぎに決まってる。自分がヒーローだとかアンチヒーローだとかカン違いしない限りこんなもの持とうと思わない。前から感じてたけど落合くん、あなたのセンスはやっぱりダメよ……

戌井先生が、屈《かが》んで銃に手を伸ばした。真っ先に凶器を確保して安全を図るつもりだろう。さすがに手が震えてる。だけどこれで一安心。

「あたしはあなたが苦手だった」

ぶっ倒れた落合くんに向かってあたしは言っていた。

落合くんは、目玉を微かに動かしただけだった。虚ろに宙を睨み続けている。

「もう手遅れなの？　あなたとは話ができないのかしら。キレちゃったの？　言葉通じないの？」

喋ることは、いまあたしにとって考えることとまったく同じだった。止められない。

「クスリでもやってるの？　それとも病気？」

「石田さん」

気遣わしげな声が聞こえてあたしは振り返った。彼を捜す。但馬笙太くんを。

後ろのほうの席で腰を浮かせていた。目をまんまるに見開いて素っ頓狂な顔をしてた。

あたしはこんな時なのに、ちょっと笑っちゃった。ガッツポーズしようかな、と思ったけど腕がうまく上がらなくて、ただあいさつしたみたいになって、バカみたいだった。

笙太くんはまったく笑ってくれない。ちょっとヘコんだ。そりゃそうだ山繁くんはたぶん死んじゃった、血は見えないけど、彼の身体はいま物凄く、静かだったから。動く気配がない。

「気をつけて！……」

笙太くんの声の調子が変だ。身体が反応して瞬時に警戒モードになる。なにかが起きようとしている。凄い静けさを感じた、時間が停まってしまったような。

あたしは戌井先生の顔を見た。

▼但馬笙太
そして、僕は見ることになった。

見たくなかった光景を。悪夢そのもののような場面を。

担任の戌井先生は拳銃を床から回収して、我を失ったような顔でしばし眺めた。危険だからどこか安全なところまで持っていって隠すに違いなかった。

なのに彼は、事もあろうに、そばにいる生徒に向かって銃を向けた。

つまり――石田符由美さんに向かって。

▼戌井鈴太郎
……………………これは私のものではないか？

そうだ。そうだったのだ。

▼ゲームマスター

スイッチ。切り替え。引き継ぎ。若者からその指導者へ。

簡単なことだった。「押す」だけ。力一杯。今まで何人押してきたと思っているのだ？

これが真の支配。プレイヤーたちすなわち弱者たちは支配されたがっている。支配されることでより弱き者たちを支配しようとする。移行は滑《なめ》らかに行われゲームはつつがなく続行する。

ぼくぬプランはパーフェクト。

▼戌井鈴太郎

そう。これは私のだ。

何度確認しても間違いはなかった。

この引き金を弾けばいい。好きなだけ。思うがまま。

それが私の望んでいることだった。

▼但馬笙太

なんてことだ、なんてことだ、なんてことだ……………思考力が根こそぎ吹っ飛ぶようなパニックが脳内を回り腰が抜けたみたいになって自分の席に尻が戻った。教壇に近づけない、席が後ろだってこともあるけど何より戌井先生だ……いままで見たことのない顔。十年ぐらい悩み続けたことがたったいま解決したみたいに、すっきりしてる。

いきなり違う人間になってしまった。そして戌井は——

撃った。

また耳を直接殴るような音が教室に満ちて、石田さんはくるっと回った。まるで踊ってるみたいに。そして見えなくなった。

▼落合鍵司

銃じゃないと意味がないんだ！　おれは大声で叫んでいた。猿マネ？　言いたいヤツには言わせとけ、それぐらい凄かった……分かるヤツには分かってる。コロンバイン高校で起こったことは至上の芸術だ、あれを英雄的行為というのだ。あれ以上に意味のあることなんてない、あのトレンチコートを着た二人の勇気をおれは心から誉めたたえる！　同志よ、その断固たる意志と行動力と悲壮な決意に拍手を惜しまない、で拍手だけじゃすまさない、この国で初めて銃による学校制裁をやったのはこのおれだ！　あの二人が味わったであろう完璧な憎悪と甘美な絶望をおれもいま味わってる、どうせだれも理解しない、おれたちのような人間はあまりに孤独だ。だから他に方法がないのだ、伝わらない、通じないから破壊しかない。世界に対する拒絶反応がどれだけでかいか、実際に見せてやるしかないんだ。

　結末は分からなかった。だがおれは自《おの》ずと導かれるだろう、たとえそれが銃を自分のこめかみに当てることだとしても。この世界に未練はないこっちからお断りなのだ、殺してもらうか自殺するかどっちかしかない。それでも生きていたい、なんてブザマなことをおれは絶対に言わない。

　さっき、身体のでかい鈍そうな男を撃ち殺せたのは明らかに訓練の成果だった。標的がいかに近くとも、銃とはどれほど外れやすいものか泰兄《やすしにい》からうるさいほど聞いていた。だからあの男――そうだ思い出した山繁だ、山繁規之――がグロックに手を伸ばしてきたとき、おれはしっかり握って銃口がブレないように注意して、躊躇いなく撃った。一発で山繁は倒れた。手応えがあった。ただ、ちょっとばかりあっけなさ過ぎたが。人殺しの道具として実に効率よく作られているのが改めて分かった。反動もほとんどない、涼しい顔で仕事を済ませられるプロ中のプロみたいな気分になれた。

　だがその直後だった。なにかがおれの顔を襲った。

　油断があったとは思わない。それぐらい見事な攻撃を浴びたのだ。

　何も分からなくなった。やがて、顔を剝がれたような痛みがやってきた。血が出てるのか……確かめようとして、分かった。天井が見える。おれは床に倒れてた。鈍い焦りがやってきた、おれは失敗したのか早すぎる、まだ何もやってない、絶対にやり遂げなきゃならないのにチクショウおれはどうした……銃声が聞こえる。どういうわけだ。いったいだれがおれのグロックを勝手に——

急激な後悔が襲ってくる。突拍子もないことにそれは本のことだった。せめてあれを読んでから今日を迎えるべきだったか？　読めなかった、読もうとしたことはあったが結局閉じてしまった。『罪《つみ》と罰《ばつ》』という本だ。気になって古本屋で上巻だけ買いはしたが、くどくて暗くて、取っつきにくかった。あの主人公はおれとは違う種類の人間だ、だから入り込めないんだ。そう思った。だがちゃんと読んでおくべきだった……今になってそんな気がして仕方ない。とんでもなく大事なことが書いてあったかも知れないのに……ラスコーなんとかいうあの主人公はやっぱりおれと同じだったんじゃないか？　だがすべては後の祭りだ。もう、どんな本であれ、おれには読めない。

足がひん曲がるような衝撃が身体を襲ったのだ。

足を見ると、ひん曲がっていた。

弾が足を抉《えぐ》ってる。血まみれのぼろ切れのような太股《ふともも》が、死んだように床にひっついていて自分の足に見えなかった。激痛が這《は》いのぼってくる。だがどこか他人事のようだ。

おれは、おれのグロックを勝手に使ってる奴を捜した。

▼戌井鈴太郎

いったい何が起こったのであろう。私にも解らなかった。私は拳銃を手に取っただけだ。その瞬間全てが変わった。自分が本当は何をやりたいのか気づいた。そして、その生まれて初めて触る道具が、生まれてこの方欲しかったものだった。そう気づいたのだった。

藤原鎌足《ふじわらのかまたり》の欣《きん》喜雀躍《きじゃくやく》する姿が目の前に見えるようだった。

我はもや　安見児《やすみこ》得たり　皆人《みなひと》の　得難《えがて》にすといふ　安見児得たり

我は得たり！　私は自分が真っ二つに分かれて、私の内部で熾烈《しれつ》な闘いを繰り広げるのを知った。まるで二人の私は、瞬間に何手も繰り出す拳法の達人のようだった。物凄い勢いで闘うのだ、その激しさは体内に痛みを感じさせるほどで、到底耐えられるものではなかった。だから私は即座に闘いを終わらせた。すぐに片方に軍配を上げ、命じるままに従った。

つまり拳銃の引き金を弾いた。

意外だったのは、私を洗ったのが純粋な爽快感だったということだ。発砲の音はバンッという不粋《ぶすい》な爆音でしかなく、テレビでよく聞くようなバッキュ〜ンという哀愁《あいしゅう》のある音ではないことに私は一瞬、耐え難いほどの虚しさを覚えた。これではまるで……一兵卒ではないか。戦場でこき使われる駒《こま》ではないか。違う、私は拳銃使いなのだ。決定的な運命的な存在なのだ。

続けて撃つうちにみるみる、銃把が手に馴染んできた。狙いが格段に定まってゆく。銃弾はやがて確実に、私が預かっているクラスの生徒を一人一人、薙《な》ぎ倒していった。やはり私は武器を芸術的に扱える人間であり、この手の中に転がり込んできたことは天啓《てんけい》の証だった。飛び出る弾は、いまや思いのままに、射貫《いぬ》くべき標的を捉《とら》えている。

私は手の動くままに任せた。

▼落合鍵司

撃っているのはイヌイだと分かった。その瞬間、おれの世界は無惨に砕《くだ》けた。言ったとおりだったろ？　イヌイは最悪の地獄の犬だ。だがこれ程までの脅威とは思わなかった、甘く見ていたおれのミスだ。その代償のように、ボロボロの肉塊《にくかい》となったおれの足は体液を垂れ流しにしている。体温が下がってる気がする、だが震えたいのに震えられないおれの身体から出てるのはしょんべんじゃなくて血だ、もはやこれまで。おれの価値はゼロを通り越してマイナスになりつつあった。時間がない、もう何一つ変えられない。伝えられない。のたれ死ぬだけ。犬死に。

もう少しマシな人生を送るつもりだった。もう少し意味のあることをやれると思っていた。自分には使命があると信じていた。なのにできたことと言えば、この野郎にグロックを渡すだけだったとは……やっぱりこの世は地獄だった。

おれは正しかった、だけど何もかもに失敗した。

目の前が暗くなってきた。

▼**晴山旭**

俺は土足のまま廊下を進んだ。視界には人っ子一人入ってこない。背後に人の気配はする、職員室に残っていた教師や事務員だろう。俺は一度だけ振り返って、

「警察です！」

と叫ぶ。あとは振り返らない。いま優先すべきことは一つ。

上の階へと続く階段を見つけて、登ること。

このまま見つからないでくれと願っている自分がいる。階段が見つかったら登るしかなくなる。天井から騒然たる気配がする、駆けまわる足音。この天井は二階にとっては床。この一枚隔《へだ》てた上にとてつもない別世界がある。そしてまた――爆音。しかも今度は立て続けに。

上にあるのは地獄か。

信じられないことに、俺はいまからそこへ行かなくてはならない。そして階段を見つけてしまった……一瞬固まったが、足は頑固に前に進む。俺の中の警察官は踵《きびす》を返すことを許さなかった。階段の手すりに手をかける。

階段の横は壁ではなく、ガラスだった。その向こうに中庭のような空間が見えた。

そこに何かが降ってきた。上から大きなものが。

――人間だった。

▼但馬笙太

教室は戦場のようだった。この場の支配者は弾を満遍《まんべん》なく前と後ろ、窓際と廊下側に振り分けている。ランダムで平等。そういえば授業は平等な先生だったなと思った。公平に薄情だな、と思ったこともあったけど。僕はストンと納得した、こういう人だったんだこの人は――と。

頭のどこかが醒めている。隣の席の、金山幸枝ちゃんに弾が当たった瞬間を僕は正確に知覚した。着弾音が聞こえたからだ。びゅっ、という魚が跳ねるみたいな音だった。目の端に映った残像と音の位置で、頭に当たったんだと判ってしまう。

僕はゆっくり横を向いた。

幸枝ちゃんは居眠りしてるみたいに机に突っ伏していた。

終わったんだ終わったんだ、この子は終わったんだと虚ろに響く。理性が丁寧に僕に説明してくれているのだが意味は判らない。視線を前に戻す。僕のすぐ前の生徒は若林麻《わかばやしま》実《み》と言って、まだ声変わりしていないみたいなかわいい声をしていて好きだったのだけど、のけぞるようにしてとっくに動かなくなっていた。あの声をもう聴けないんだ、と思った。鐘は砕けて二度と鳴らない。

見ると、そこかしこに動かなくなっている生徒がいる。赤い飛沫が斜めに宙を寸断した。もはやだれの、どこから出た血かも見分けがつかない。

廊下側の男子生徒が一人、立ち上がった瞬間に倒れて机にぶつかり派手な音をさせた。同じタイミングで窓際の生徒が一人、飛び上がるようにして窓枠を抜けたのが見えた。飛び降りた。三階から。

僕は感心した……今のは高橋《たかはし》茜《あかね》さんだ、彼女は天秤《てんびん》にかけたのだ。じっとしているのと飛び降りるのではどっちが生き続けられる可能性が高いか。そして彼女は決断した、死の配達人がいる教室にいるより、二階分下に叩きつけられる衝撃を選んだのだ。素早さが完璧だった。彼女の後ろの席の男子も真似をしようとしたけど、立ち上がった瞬間に弾を浴びてしまった。もう、彼女に続ける生徒はいない。

僕はまた腰を浮かしていた。

▼戌井鈴太郎

宣言も訓戒《くんかい》ももはや必要ではない。そんな迂遠《うえん》な方法は永遠に不要。なぜなら、この一発一発が答えであるから。

私は毎日同じことを繰り返してきた。自分の仕事に疑問を持ったことは無い。ただ、今まではあまりに効率が悪かった。私の意志は微小な粒子として生徒の身体に入るに留まってきた。それが関の山で、夏休み限定の特別授業ではもう少しマシだったが、それでも私が本当に望むレベルには到底、達しえなかった。

今は違う。これこそが模範解答にして最終解答であった。

これほどの効率を体感しては、もはや前のやり方に戻れない。

い、い、い、い、この弾を食らえ。

ごくシンプルだ。私は、声を上げて笑った。

私の中に基準がはっきりあるのが解った。これも新鮮な驚きだった。言葉で定義するのは難しいが、簡単に言うと——生徒自身の顔に、弾丸の標的なのかそうでないのか書いてあるのだ。ぼうっと浮かび上がる桃色のサインに従えば良かった。やったことはないがゲームセンターにある敵を撃ちまくるゲームで標的を示す印が出ることがあるのじゃないか？　生徒指導でゲームセンターを回ったときに見た覚えがある。きっと同じ感じだろうと思った。私は目を凝らし、撃つべき標的を見分け、効率よく仕事をこなしていった。すぐ近くに立っていた女子生徒——彼女に桃色のサインは出ていたか？　ちょっと忘れたが——に始まり、私に私の道具を返してくれた落合の足にまで、私のミッションは及んでいた。どんなに授業が上手く行ってもこれ程の充実感を得ることはできない。私はようやく、自分の天職がなんであるか悟ったのであった。

立ち上がって逃げようとした廊下側の男子生徒にも、はっきりとサインが出ていたので私は撃った。直後、窓から一人逃してしまったが、喪失感《そうしつ》は無い。ここから飛び降りれば無事では済まないのだから。怒りなど感じない、制裁の感情は無い。窓から顔を出して追い打ちなどかけない。むしろ飛び降りた勇気を賞賛したかった。逃げおおせた方の勝ちだ。

だが単なる模倣《もほう》は許さない。創造性に欠けるからだ。すぐ後ろの男子生徒が窓枠に手をかけたので迷わず撃った。さっきから、確実性を高めるため一人に二発ずつ撃ち込んでいる。誰に教わったわけでもないのに自然にできるところなど、これが私の天職であることを証明していると言えるのではないだろうか。

だが二発目が飛び出していかなかった。

弾が切れたのだ。二十発近く撃ったところで何も出なくなった。

これはマシンガンではない。弾を補充する必要がある。逃げ惑う生徒たちを見ながら私は思った。もう何人も座ったまま動かなくなったり床に倒れてはいるが、撃たねばならぬ標的がまだこんなにいる。私の授業が中断したことを知って教室から桃色のサインがどんどん逃げ出し始めたが、私は慌てなかった。

あるはなく　なきは数添ふ　世の中に　あはれいづれの　日まで嘆かん

小野小町《おののこまち》の詠んだ歌を口にしながら、倒れている落合鍵司のポケットに手を突っ込む。果たせるかな、そこには小さな金属の感触があった。替えの弾が詰まっている、マガジンというやつであろう。数は三つ。これをぜんぶ撃ち尽くせ、ということに違いない。落合鍵司という生徒のことが誇らしくなった。では、私はせいいっぱい務めを果たすこととしよう。

そのとき一人の生徒が近づいてきた。

但馬笙太という聞き分けのいい生徒だった。私は、彼の顔にサインを捜した。

――ある。額の辺りに桃色の炎が揺らめいている。彼も立派な標的だった。

では撃たねば。

▼ゲームマスター

ぼくは動転した。なぜぼくが入り込んでいるこのキャラクターが銃を持った教師に近づいていくのか分からない。極限状態にあるこのタジマショウタという男子生徒の思考はホワイトアウトしてうまく読み取れない。ただ、死の瞬間が近づいているのは確かだ。いまにも撃たれる——

同乗しているだけのぼくが死ぬことはもちろんないが、キャラクターの死を身をもって体験するのは気分のいいことではない。かつて体験したことがあるぼくは二度とそんな目に遭いたくなかった。だからぼくは抜けた。即座に。

そしてぼくは窓際にいる自分を発見する。自分自身の、傷だらけの身体を嫌というほど意識する。

窓の外を見た。高校が見える。ここから見る校舎は静かだ、平穏無事に見える。破滅的な事態が進行していることが外部からはまったく分からない。

……だめだ。やっぱり気になる。ゲームに戻らなくては。

教室に戻る。死を間近で見たくはないが、他に方法がない。これはゲームだ。ぼくのゲームに違うゲームが乱入してきた。見届けなくては。できるなら、止めなくては。

対戦に応じよう、もしこれが計の仕業だとしたら——ぼくにも責任がある。

目を閉じて集中する。タジマショウタではなく、別のキャラクターに意識を合わせた。インジェクション。

▼石田符由美

あれは自分だった、とまだ思えるくらい近い過去のこと。

あんまり昔だと何であんなことしたんだろう、ってまるで自分とは思えないことがあるけど、そこまで昔じゃない。いまの自分とそのまんま繋がってるから、痛みも生々しいまんま。できることなら目を逸らしたいけど、でも、あの時の自分の責任をとらなくちゃいけないとも思う。あの時の自分と、いまの自分がおんなじのうちに。離れすぎて他人になってしまう前に。

そんなことをぼんやり思いながら、あたしはなすすべもなく教室の天井を見上げていた。気が遠くなっていたのに、だんだんはっきり見えるようになった。お腹の辺りがぬるぬるしている感触以外は、あまりいつもと変わらない。意識も視界もますますクリアになってきて、なのに身体はピクリとも動こうとしない。

だれかが近づいてくるのが分かった。

▼晴山旭

俺は登りかけていた階段を降り、廊下のガラス戸を開けて中庭に飛び出した。うつぶせに倒れたショートボブの女子生徒に飛びつく。

「大丈夫か⁉　痛いか⁉」

「アー……」

ただちに反応が返ってくる。苦しそうな呻き声。顔を覗き込むと目が開いている、視線が俺を捉えた……この子が口を利けないのは痛みよりも恐怖からだと悟った、自分の教室で起こったことを理解できていない。当然だ。

俺は上を見上げる。今も銃声は続けざまに響いている、だが二階の窓にも三階の窓にも何も見えなかった。この女子生徒が落ちてきた勢いからすると、たぶん三階——目を凝らしても何も見えない。角度が急すぎて、教室の天井さえ見えない。だから誰が誰を撃っているか、何人生きているのかも分からない。フッと銃声がやんだ。

だが、またいつ鳴り出すか分からない。視線を下に戻すと、俺が抜けてきたガラス戸から、白衣を着た中年女性がへっぴり腰で中庭に入ってくるのが見えた。保健室の養護教諭のようだ。恐怖の中でも使命感を優先し、女子生徒を介抱しに来たらしい。

「警視庁です。あとはお願いできますか」

声をかけても養護教諭は声が出ない様子で、ガクガクと頷くだけだった。

「救急車も呼んでください！」

俺は言い捨てて廊下に戻る。直ちに階段を登った。

▼戊井鈴太郎

桃色のサインがのこのこと私に近づいてくる。だがマガジンの入れ替えが済んでいない。空になったマガジンが固くて取れないのだ。

私は銃把を上げて目でしっかり形状を確認した。すると指が自然に動き、マガジンは滑らかに外れた。深く考える必要はない。新しいマガジンを塡め込むのはより簡単な作業だった。ガキッといい音がして、私はすかさず授業に戻る。

再び銃口を前に向けて、驚いたことが二つある。但馬笙太が恐れるふうもなく私の目の前まで歩を進めていたこと。もう一つは、さっきまで彼の額にはっきり浮かんでいた桃色のサインが、

――消えていた。今は何も浮かんでいない。彼は、標的ではなかった。

では彼に用はない。私は出口に目を転じた。

もう教室に生きた生徒は残っていない。ことごとく逃げてしまった。

私は軽い足取りで教室を出た。

▼石田符由美

教室から気配が消えた。

だれもいなくなった。あるいは、全員死んだ。

いや、違う……だれかがあたしの顔を覗き込んでるのが分かった。

笙太くんだ！　嬉しかった、笙太くんは生きていて、しかも元気そうだったからだ。

「撃たれなかったのね」

声がちゃんと出た。

「よかった」

でも、空元気だ。あたしの最後の意地。

「あいつ……撃たなかった」

笙太くんは呟いた。無惨なほど顔が強張っている。

「目の前に立ってたのに無視しやがった」

平らな声で言い、あたしの横に身をかがめた。

「石田さん。痛いかい」

つらそうに目を細めている。

「話しておけばよかったね、夏休み前に文化祭のこと」

あたしは笙太くんに詫びた。そればかり考えていたのだ。

「夏休み前に、笙太くんと喋れてたら……もっと早く、友達になれてたら……夏休み楽しかっただろうなあ」

「なに言ってんだよ、それどころじゃないだろ」

あたしはフフッ、と声を出して笑ってしまった。死ぬ前の人間がすることじゃないと思うとますます笑いがこみ上げてきた。石田さん！　という責めるような声がまたおかしい。気の毒だと思うけど、あたしは痛くもなく苦しくもなくて、ただおかしかったのだ。

あたしのそばに転がってるはずの落合くんに言いたかった。文化祭の話し合いを、あなたも嫌がった。あたしも嫌がった。それで笙太くんに迷惑かけて、夏休みが明けたらもうぜんぶ変わってた。文化祭の話し合いなんて要らなくなった。今年の文化祭は潰れたんだから。あたしはすごく悔しい。すごく、淋しい。あたしたち、ふつうの友達になるチャンスさえなかったんだね――

「石田さん……ちょっと」

拍子抜けしたような声が聞こえた。

「弾当たってないみたいだよ」

頬に血が上ってきた。自分の顔が、みるみる真っ赤になっていくのが分かる。

どうやら笙太くんの言う通りだった。あたしは身体を起こす。起こせる。ちょっと脇腹に違和感を覚えたけど、あっさり起きられたのだ。セーラー服をめくって傷を確かめる。

赤い筋が何本か入って、血が出ていた。でもそれは思ったほどの量じゃない。笙太くんがすぐハンカチを出して傷に当ててくれた。どう見ても軽傷だった。弾は横腹をかすっただけらしい。

「うっそー……」

こんな間抜けもなかった。あんなに近くで撃たれたんだから、まともに当たったとばかり思っていた。笙太くんが言う。

「大丈夫？　大丈夫だね」

あたしは頷いた。大丈夫だった。だから馬鹿みたいに何度も頷く。

「よかった」

笙太くんは笑顔らしきものを見せた。あたしは感動した。

「じゃ行こう。助けを呼ばないと」

その時、うめき声が聞こえた。

あたしは笙太くんと顔を見合わせ、それから声のほうを見る。

▼戊井鈴太郎

残暑の空気というものは、学校に関わる者たちを疲弊《ひへい》させる。ただひたすらに。

もう夏休みは終わったのに、暑さは減じることなく我々を絞る。教室も廊下も、校庭も体育館も、我々を嘲笑《あざわら》うかのように暑気をたっぷり吸い取って我々を待ちかまえている。

私は、今後の人生と引き替えに、一時の感情に身を委《ゆだ》ねた。後悔してはいないか？　こうすることに、それに見合うだけの価値が本当にあっただろうか？

――後悔はないように思う。

誰かに背中を押された気もする。だが、それでよい、と思い切ったのもまた自分だった。なんと恐ろしいことをしてしまったのかという日常的な感覚も残っているし、死んでしまった生徒に同情を感じないわけではない。だがそれらを凌駕《りょうが》して圧倒的な満足感のようなものが自分を浸していること、これも確かなのだ。私はいままさに、古今集《こきんしゅう》における在原業平《ありわらのなりひら》の心持ちであった。

かきくらす　心の闇に　まどひにき　夢うつつとは　世人《よひと》さだめよ

これまでの私は牢獄《ろうごく》に囚われて、その自覚さえなかった。だが今、私は解き放たれている。

早晩捕まってしまうことは疑えない、この途轍《とてつ》もなく自由な感覚は儚く終わる。そんなことは解っている。

私は捕まる前に自分の命を絶つのであろうか？　それもまだしかとは解らない。

ただ、私は今ようやく夏休みを取ろうと思う。まるで高校生に戻った気分だ。いや――生まれて初めて夏休みというものを知った気分だ。私は紛れもなく、幸せだった。

小さい頃から勉強ばかりだった。夏休みも塾か、家庭教師のもとで勉強。おもちゃはすべて勉強を兼ねたものだった、アルファベットの形をしたブロックだとか、正しい計算の答えを並べるときれいに嵌るようになっているパズルだとか。本だって教科書以外は伝記や解説書ばかり、純粋なお話や娯楽作品はほとんど読んでいない。

両親には感謝している。おかげで、私は凡才でしかないのに、世間で名の通った高校と大学に進み、それによってなんの取り柄もない自分になにがしかのアイデンティティをもたらしてくれた。常によい成績、という実績がなければ私は社会では気にも留められない存在だ。だから両親の導きを拒絶したことはない。両親も私とそっくりの人種だった。我が子をどう導けばよいかよく分かっていた。他にやり方を知らない、と言った方が正しいかも知れないが、今となってはどうだっていい。学生という身分を失ってからも、私は同じような生活を求めた。教えられる側から教える側への移行。それはすんなりと行われた。それ以外の選択肢は存在しないように思われた。

いま解った。私は休みたかったのだ。同級生たちがあんなにも夏休みを心待ちにしていた意味が解らなかったが、ようやく解った。彼らが夏休みを心から楽しんだように、私もいま楽しんでいる。心の奥底で知っていた気がする……いつか自分にも夏休みが訪れると。死んだ生徒たちには申し訳が立たない、だがこうやって初めて、私は自分の道を外れ自分という殻を破ることができたのだ。優秀な高校教師、戌井鈴太郎であることを止めるにはこうするしかなかった。どうか理解して欲しいものだ。

私が廊下を進んでいくだけで生徒たちが逃げ惑う。それを見れば、厭《いや》でも自分が生まれ変わったことを自覚する。私は、手の中にある物をまじまじと見た。今や私はこれ無しには存在し得ないのだ。一心同体でありこれを捨てるのは死ぬことと同じ。

私は落合鍵司の役割を引き継いだだけだろうか？　いいや違う！　そうした考えは私の心を暗くさせる。私が私であることを初めて許したこの度の解放が、ただ誰かの役割を引き継いだだけ、言ってみれば外から強制されただけだったとしたら、結局私は私自身ではあり得ないことになる。恐るべき苦悶《くもん》だ。これほどの苦しみは誰にも理解できないであろう。この苦しみから逃れるためならば何人《なんぴと》でも傷つけるだろう、そう思うほどの根源的な苦痛だった、どうして私がこのように生まれつかねばならなかったのか、それを呪う叫び声が命の底から込み上がってくるのだ、私が私でさえないとしたら、何者かによって簡単に規定されてしまうような儚い影でしかないとしたら、他の存在を、他者すべてを呪い憎むのも無理のないことではないか？

この世をできうる限り破壊して滅びていった者たちが、今ひどく親しく感じられた。コロンバイン高校やバージニア工科大学で起きた事件のことはよく知っていた。そして今日も、爆弾を抱えて人混みに向かい、自分でスイッチを押す者たち。皆、私と全く同じように吠えてのたうっていたのだ。ひどく愛しく感じる。

誰も彼らを救うことができなかった。

幼い頃から薄々解っていたことがある。この世は地獄なのだろう。私は生まれる前に罪を犯し、この地球という流刑地《るけいち》に生を享《う》けさせられた。そう考えればこの苦しみも説明がつく。苦しむために人は生まれてくるのか。それが事実かも知れない、人間のスタンダードなのかも知れない、だが周りを見回してみても私ほど苦しんでいる人間はいない。なんと特権的な苦しみであろうか、やはり私は選ばれたる者だ。

士《おのこ》やも　空《むな》しくあるべき　万代《よろずよ》に　語り継ぐべき　名は立てずして

▼晴山旭

階段を登っていく。銃声の響いた階を目指して。

こっちは銃を持っていない、こんな非常事態など想定しないから事前に携帯許可など取りつけるわけもない。だが丸腰だろうが身を張って凶行を防ぐのが警察官の仕事だ。

生徒たちが我先に階段を駆け下りてくる。それはいきなり始まった、まるで沈みゆく客船の乗客のようなパニックだった。登ってくる俺には目もくれない。見知らぬ大人が階段にいても目に入らないのだ、上の階にある脅威から逃げることしか頭にない。その若い目は逃げ惑う野生動物と同じ。生存本能のみだ。

自分だけがこの流れに逆らっている。向こうみずに死地に向かってる。

また銃声が響いた。上にあるのは処刑場……警察官となって十年、これほどの凶悪犯に対峙したことはない。これほどの殺戮《さつりく》マシンには。

だが死ねない。切実に思った。死んだらみどりはどうなる？　子供を亡くしたばかりのこの時に、俺まで死んだら。みどりは生きる気力を保てないだろう。非情になろうと思った。自分の命を優先する！　後先考えず突っ込んだりしない。絶対に無謀なマネはよせ、例えば、身を挺して誰かを守るようなことは。自分にそう命令しながら階段を登りきる。

ついに三階まで来た。角に身を隠し、廊下の先を覗き込む。

恐れていた最悪の光景が見えた。廊下に人体が転がっている、それも幾つも。ぜんぶがこの高校の制服を着ている。

かっと頭に血が上った。突っ込んでいきたくなる自分を必死に抑える。この廊下のすぐ先にいる、銃を持ったキチガイ野郎が。やっぱり落合鍵司だ、あの暗い目をした生徒以外にいないこんなことをする奴は……ふらり、と廊下に現れた人影が目に入る。

銃を手にしている。

違う！　俺は愕然として崩れ落ちそうになった。落合じゃない、なぜだ？　なぜあの男が⁉

うつむき加減に、自分の手の中にある銃を見つめていた男がふっと顔を上げた。

視線は、まっすぐ前。

俺の方。

▼落合鍵司

二人の同級生が見えた。

床にへばりついたおれを気遣わしげに覗き込んでいる。

タジマショウタとイシダフユミだった。

なんだかわかってもらえそうな気がした。おれがしたことの意味を。

「お……おまえら……」

おれの声は、ほとんど息だった。このまま死んだら？　家の母親も見つかるだろう。手足が折れ曲がってどうにか冷蔵庫に収まっている母親が。

臭いがふいに鼻を突いた。おれは冷蔵庫の扉を開けようと無我夢中《むがむちゅう》で手を伸ばした、すると黒い塊がごろっと転がり出る。腐って溶けて飛沫を上げながら。それが目の前に、はっきり見えた。ふいに視界が真っ暗になる。おれの身体は今や丸まってどんどん小さくなっていくような気がした。子どもに戻っている、小学校の頃に。いや幼稚園か。

休みの日、布団にくるまっていつまでもウトウトしてるのが好きだった。ぬるま湯のような遠い日の記憶。あのころは親が好きだったような気がする。母親もうるさくなかった。いつからあんな地獄のようにうるさく馬鹿なことばかり言うようになったのか？　息子に殺されるなどと思いもしなかったろう気楽な幸せな時代が、かつてはあった。だがどんな子供も親に心配をかける存在なら多かれ少なかれ親殺しなんだ、親の寿命を延ばすなんて初めから無理だ……母親の後ろ姿ばかり追いかけていた時代が大波のように押し寄せてくる。〝赤ん坊〟からようやく〝子供〟になった頃。なにかと母親の腰にしがみついていた自分。母親の匂いが好きだった。化粧品と香水が入り混じった匂い。あの頃はだれが見ても幸せそうな母子《おやこ》だったろう。おれは、母親が好きだったのだ。この世でいちばん好きだった。

もう取り返しがつかない。

手が足を包んでいるようだ。母さん？　目を開けて見ると、タジマショウタがワイシャツを脱いでおれの足を縛っているのが見えた。幻覚か？　いや、まだおれは目が見えるらしい。おれの失血を止めるつもりか。

足は何も感じなかった。おれ自体が何も感じてなかった。死にたいのか生きたいのか、感謝してるのか腹が立ってるのか自分でもわからないしどっちでもない気がした。ただタジマショウタの血だらけの手の動きを見ていた。繊細で、テキパキと無駄なく動く手だった。

音楽が鳴っている。母親が好んで聴いていた松田聖子《まつだせいこ》の歌声が確かに聞こえた。タイトルはわからないが、メロディーが脳味噌《のうみそ》に染み込んでいて離れない。ぴゅあぴゅありん。気持ちはイエス。キィッスはいぃやと言ってもは～ん～た～いの～意味よ。ぴゅあぴゅありん……

ぴゅあぴゅありんってのはどういう意味なんだ。今更ながらに思う。疑問だ。

先のない人間は過去ばかり振り返るんだ。

だれかが馬鹿にしたように言った。その通りだと思った。花びらい～ろのは～るにアイ・ウィル・フォーリン・ラ～～ヴ。もう眠い……布団にくるまって眠ってしまおう。ボロボロになった足の肉のことは忘れて。痛みなんかすぐ感じなくなる。何もなくなる。溶けたみたいに眠れるならおれの魂を悪魔に売ってやる……

オマエの魂なんか悪魔も買わないよ。

▼晴山旭

素早く角に身を戻した。全身から汗が噴き出すのを意識する、見られたが一瞬だ、向こうはこっちが誰だか分からない。俺の勘は正しいはずだ……だが気をつけろ！　大丈夫だ、ヤツが近づいてきたら分かる。気配を消せ、荒い息を抑えろ。

俺は怯えていた、紛れもなく。

廊下の先にいる男は死そのものだった。

銃を乱射しているのは、失踪したイカレたいとこの影響を受けた落合鍵司だとばかり思っていた。なのに銃を持っているのは落合の担任教師。そしてどうやら、生徒を殺戮している。意味がまったく分からない。

まさか……二人は共犯だったとでも？　馬鹿な。

待て、あの女は何と言っていた……本庁の鷲尾は。
ゲ、ー、ム、マ、ス、タ、ー、。
どいつもこいつもイカレてる。もうこのフロアに生きた生徒はいない、みんな階下に逃げた。そう思いたかった。だからヤツに挑みかかろうなんて思うな、と自分に言い聞かせる。一瞬だけ見えた眼差しで充分だ。

空洞。闇。狂気。

あの男の前に出ていけば確実に死ぬ。

ポケットの中で携帯電話が振動していることに気づいた。栗林さんだ、さっきの留守電の返答だ……俺は震える足で少し階段を降り、声をひそめて電話に出た。

「こちら晴山」

『いまどういう状況？』

違った。聞こえてきたのは女の声。

『説明して。早く！』

本庁の女刑事の居丈高《いたけだか》な声。俺は急いで言った。

「鷲尾、早く応援を呼んでくれ！　中崎高校だ。銃が乱射されて大勢がやられてる。生徒たちは逃げ出したが、まだ残ってるかも……怪我人もかなりいる」

『そこから退避しなさい』

鷲尾の声はあくまで冷たかった。

『これは命令よ。その場の状況に一切関わらないで』

「何を言ってる？」

俺はノッキングした車のようになった。噴き出す怒りのやり場がなくて頭が破裂するかと思った。

『引き返して。学校を出なさい。あなたは、何も見なかった』

「貴様それでも警察官か!!」

大声を出してしまう。

「……殺させておけっつうのか？」

あわてて口を押さえて言った。

『早く離脱して』

相手は繰り返すだけ。

「撃ってるヤツを止めるなっつうのか！」

どうしても声がでかくなる。自分でも信じがたい怒りが噴き出して抑えられなかった、今にも殺戮者が階段から降りてくるかも知れない。だが止まらない。

「それが公安のやり口か……いや、違うな⁉」

閃きが俺を乗っ取る。

「騙したな。お前は警察官じゃない！」

確信した。所轄員が警視庁本部に探りを入れるのは難しい。それを逆手に取った騙りだ。

『何を言い出すの』

「貴様の命令など聞くか！」

電話を切りながら言った。

「俺はここに残る。死んでも止める」

「ウソ言いなさい」

肉声が聞こえた。

「死んだら止められないよ。バカね」

それは、電話の声と同じだった。階下を見る。

すぐ下に鷲尾がいた。拳銃を構えている。

真っ直ぐ俺に向いている。

▼戊井鈴太郎

廊下の先、階段への下り口のところに気配を感じた。私は目を向ける。

ふっと消えた。影が。

確かに誰かいた。大柄だった。生徒ではない気がした。

見覚えがある気がする。

私の本能は追え、いますぐ排除しろと警告した。

だが、足は重かった。何をあわてる必要がある？　と私は笑う。

さっきから音楽が聴こえている。どこか懐かしい、オルゴールのようなこの音楽はなんだろう。私を律《りつ》する五七五七七のリズムに覆いかぶさるように、静かに、しかし容赦なく鳴り続ける。

私は立ち止まった。聴いていると、ごく自然に呼び覚まされてくる記憶がある。

これは、幼稚園のお昼寝の時間に流れていた音楽ではないかと思い当たった。

幼稚園の頃はまだ、私が私でいられた気がする。鮮明に覚えていることがある……私の通っている幼稚園に、旧式のストーヴがあった。薪《まき》を燃やすストーヴで、トタンでできた煙突《えんとつ》が天井を伝って窓の外へ口を出していた。その煙突に、スズメが巣を作った。たぶん秋口の頃。園児たちは喜んで、毎日スズメが卵を温める様を眺めていた。

だが秋も深まって、ストーヴを使わねばならない時季が来た。保母さんたちはやむなく煙突を掃除して巣を取りのけてしまったのだった。もちろん、スズメは逃げてしまった。目敏《めざと》い園児が何人か、取り出された巣に群がった。卵が狙いだ。枯《か》れ草を掻き分けて卵を捜す腕白《わんぱく》な男の子たち。かく言う私もその一員であった。

友達が言った、「あった！」と。指で卵を摘《つま》み出す。ほとんど同時に、私も別の卵を見つけて手に取った。子供の手にも小さな、親指と人差し指で摘めるような小さな卵であった。やった、と思った。ところが次の瞬間、私は目を剝いた。友達が手に取った卵は割れていた。そして中身があふれ出していた。黄色いドロッとした液体であった。保母さんが箒《ほうき》で取り出したときに割ってしまったのだろう。では、私のものも割れているに違いない。そう思ってよく見た。

だが、卵には傷ひとつなかった。

この時私を襲った衝動を、どう表現したらいいか解らない。簡単に言えば恐怖であった。得体の知れないプレッシャーが私にのしかかった。ちっぽけな卵が恐ろしい重圧となり私を脅《おびや》かしたのだった。

私は――手を強く握り締めた。

卵は見事に砕けた。

傷ひとつない状態で私の手の中にあってはならなかった。見ていた友達は声を上げたかも知れない。互いに呆然と、残骸《ざんがい》を見つめるだけだったかも知れない。よく憶えていない。トイレに手を洗いに行った。黄身で汚れた手を洗いながら、深い喪失感が幼い心を締めつけた。卵は割れてしまった。自分の手が割った。そのことが、私を深く打ちのめした。どうして壊した、どうして壊した。執拗な問いが自分に向かっていた。ほんの四歳ほどの私には解らなかった。ただ、怖かった。私は本当に怖かったのだ。

「来むと言ふも、来ぬ時あるを」

ふいに口をついて出る。

「来じと言ふを、来むとは待たじ――来じと言ふものを！」

空になったマガジンを外すと、次のマガジンを塡めた。完璧に再充塡《さいじゅうてん》された私の武器とともにまた歩みを再開する。あの日の自分を、私は今、一生の中でいちばん近しく感じていた。奇妙な喜びが広がってゆく。辻褄があった、という感覚であった。私は取り返しのつかない大それたことをしていると戦《おのの》く一方で、生きてきた意味があった、とも感じたのだ。すべてが予定されていたような、何一つ間違っていないような素晴らしい感覚。さっきから私は散々撃った、開拓時代のカウボーイのように。廊下は狭いから、前に向かって撃てば必ず誰かに当たった。誰かに当たるたびに桃色の炎がバッと燃え立ち、たちまち消えた。今やすべてが標的であることの証だ、薙ぎ倒せ。潰せ。号令のラッパのような高らかな声に押されるままに私は弾丸の雨を降らせた。

だがとうに生きた生徒たちはいなくなった。窓の外を見る。校庭のあちこちをバラバラに走る生徒たちが見えた。校舎から遠ざかることだけを考えている、恐怖に支配された羊の群れ。その先には――回転する赤い光が見えた。

警察が来たのか。

思ったより早かったな、と私は思った。弾ももう残り少ない。

この道の先は行き止まりだ。

音楽が鳴り続けている。このメロディーはちがう、お昼寝の時間ではない……ふいに思い出した。はっきりと。

これは小さい頃、近所に来ていたゴミ収集車だ。

このオルゴールのような音を発しながらやってきた。精いっぱい周囲をほのぼのさせながらゴミを詰め込んで去っていくあの車。回収に来たよ、という合図。

なるほど、と私は口に出していた。なるほど。

▼晴山旭
ここにも銃がある、と虚ろに考えた。

上の銃と下の銃。どっちにしろ地獄だ。俺は詰んだ。

命を大切にする。絶対に生きて帰ると誓ったばかりなのに。

「お前はやっぱり……警察官じゃない」

口から怒りが勝手に飛び出していく。

「犯罪を止めるためじゃない。犯罪者を守るために、お前は」

「彼らは犯罪者じゃない」

鷲尾は傲然《ごうぜん》と言い放った。半身で銃を構え、俺に狙いを定めながら。

「国の財産よ。またとない才能」

「なんだと？」

「彼らが、何をできるか見極めないと」

こいつもまた狂っていることを俺は知った。

「ゲームマスターが日本の未来を握っている」

「このまま放っておくのか？」

俺は叫んだ。

「生徒が殺されてるのに。正気か！」

鷲尾は一瞬だけ目を伏せた。それは、気が咎めたように見えなくもなかった。だが直後、

「この国のためだって言ってるでしょう!!」

苛立った声が返ってきた。俺の無理解が許せないらしい。

「他の国は着々と実験を進めて、準備を整えてるのに。日本は遅れてるの！」

実験？　準備？　何のことかまるで分からなかった。

すると鷲尾は再び顔から感情を消した。

「世界中の銃の乱射事件が、ただの事件だと思ってるの？　気の狂った個人の犯行。あくまでも突発事で、犯人を射殺したら解決。あるいは、自殺させればＯＫ。そんな単純なことだと？」

俺はぐっと息が詰まった。

「誰も、その裏に誰かがいたなんて考えない。誰かが犯人を操ったなんて。命令を下して、殺させたなんて」

「お前……」

この女は、世界中の銃乱射事件が、誰かが背後で操った結果だと言いたいのか。特に銃乱射事件が頻発するアメリカ……あれは意図的に繰り返されている実験だと？

「……本気で言ってるのか」

「人間を操れる人間。それこそが最も強力な武器よ。火器はいらない。相手の火力がそのまま、こっちの戦力になるんだから」

そこには陶酔《とうすい》の響きがあった。

「特にこの国には不可欠。分かるでしょう？　武力行使を禁じられた国は、軍備じゃなく人材で対抗するしかない。あたしたちは、彼らの能力を生かさなくては」

「この学校で実験する気か！」

俺は遮った。やっと分かった――この女はあの栗田西中学の再現を望んでいる。

「あたしが仕掛けた実験じゃない。それは信じて」

鷲尾はふいに〝か弱い女〟を出してきた。傷ついたような眼差しをしてみせる。

「ゲームマスターはまだ特定されていない。だから、ゲームが自然発生するのを待つしかなかった。これはまたとない機会なの。彼らを排斥《はいせき》するんじゃなくて、認めて、その上で取り込む。どうしてもその必要がある」

「だが……これだけ死んで」

絶対に頷けなかった。

「長官もご承知」

すると鷲尾は静かに言った。脳髄が凍りついたような感触に襲われた。

「警察庁の……」

問う声は乾ききっていた。鷲尾は頷く。かすかな勝利感とともに。

俺たち警察官にとって神にも等しい存在が、この女にこの任務を与えた。

「分かるでしょ？　長官が認めているということは、つまり、政府が実験を認めてるってこと」

逆らえない。俺は絶望した。この殺戮を野放しにしておく以外にないのだ。

その時、聞き慣れたパトカーのサイレンが耳に届いた。校舎の外から響いてくる。続々と集まってきた……希望が噴き上がってくる。

「やっぱり嘘だ。お前は、頭がおかしいんだ」

勝ち誇ってみせた。警察官たちが助けに来た！　栗林さんが呼んでくれたのだ。まずは近隣署の警邏《けいら》隊や交通課が中心だろう、やがて全部署の署員が駆けつける。方面本部も応援をよこす。果ては本庁、機動隊。特殊部隊も到着するだろう。この学校を包囲し、そして立てこもり犯に対する万全の態勢をとる。国が傷ついた少年少女を放っておくなどあり得ない！

「校舎の外に逃げた生徒は保護する」

だが鷲尾は少しの動揺も見せなかった。

「でも、逃げ出せなかった生徒はその限りじゃない。マスコミも集まってくるでしょうけど、教室の中までは、外から見えない」

「なに……」

だから、生徒たちがどんな残酷な死を迎えようと構わないというのか。

「てめえ……許さねえぞ」

俺は野犬のように唸った。憎しみを込めて鷲尾の銃口を睨む。

「立場が違っても、あたしたちは同じ公僕。邪魔しないで」

女は言った。驚くほど穏やかな声で。

「理解して。祖国のためよ」

公僕。お前も、俺と同じ警察官だと言う気か。

「人の命が」

認めない。一段ずつ階段を降りる。

「若い命が……」

今すぐあの狂った教師を倒さないと、息のある生徒を救えない。死者が増える！

「あいつを……戌井を」

「戌井は操られてるだけ。ゲームマスターの本体がどこにいるか突き止める」

「なに？」

俺は興味をかき立てられてしまった。

「ど、どうやってだ？」

「あたしの班がモニタしてる」

鷲尾は粛然《しゅくぜん》とした顔になった。にじり寄ってくる俺を気にする素振りはない。

「今度こそ割り出す。必ず、ゲームマスターを取り込む」

この女の執念を感じた。

「お前……」

「理解して。政府としても、長官としても、これは苦渋《くじゅう》の選択なの。ゲームマスターを特定しない限り何一つ前に進まないのよ」

こっちが言葉を失ったのを見て、鷲尾は銃口を下ろした。本気で俺を説得したそうに見える。

「彼らを捕捉するのがどれほど大変か！　彼らの力をコントロールする術を見つけるの。その結果、あたしたちは将来もっと多くの人を救う。そのための一時的な犠牲よ。今は仕方ないの。あたしを信じて」

「いや……」

俺はなおも一段、下った。自分の中に揺らぎがないことを確かめる。

駄目だ。絶対に認められない。

鷲尾は再び銃口を上げた。こっちの様子に危機感を覚えたようだ。

「邪魔するなら、あんたの命も保証できない」

銃口は俺の胸部からピタリと動かない。だがその目に動揺を読み取った。この女は良心の呵責《かしゃく》を感じている。いや、銃の扱いに自信がないだけか。

直感の閃きを信じて動いた。こいつは撃てない。確信はない、こっちの動きに驚いて撃ってしまうかも知れない。だが俺は相手の虚《きょ》を突くことが得意だった。接近戦は一瞬で終えるのが鉄則。

　鷲尾の銃を叩き落とし、腕を取って相手の身体ごと巻きとる。

　きれいに床に鷲尾を転がした。床に落ちた銃は蹴り飛ばす。壁に当たって止まった。M37、私服警察官が標準的に使用するタイプだ。ということはこいつは本当に警察官……銃を回収しようと鷲尾から手を放した。油断できないが、武器を手に入れてしまえば完全制圧。主導権はこちらのものだ。

　だが俺は戦慄に凍る。異様な気配を感じて床の女に目を当てた。鷲尾はゆっくりと上半身を起こし、俺を睨んだ。その目つき……息が詰まった。次いで、目の前が霞んでくる感覚に襲われる。

　まずい。それは原始的な危機感だった、野生の本能だ。この女に見つめられていてはならない今すぐ離れないと、だが足が動かない。身体が網にでも絡みつかれたようになって
……ううううん！　と叫ぼうとした。声が出ない。

▼石田符由美

「母さんを……」

　意識を失いそうに見えた落合くんが、ふいに目を開けた。

「おれは、母さんを……殺した」

あたしの耳の奥が痺れた。聞きたくなかった。

「殺すつもりじゃ、なかった……じゅ……銃の手入れをしてるときに」

だけど落合くんは、息を吹き返したように喋った。止まらない。

「母さんが入ってきた……おれから、銃を取り上げよう、として……」

笙太くんは黙々と落合くんの足の止血をしてる。落合くんの声は聞こえてるだろうけど、動揺は見せない。

「おれは、渡すまいとして……もみ合いになって……弾が出た」

落合くんがあたしの二の腕をガッとつかんできて、あたしは悲鳴を上げそうになった。

「おれは、引き金弾いてない……ほんとだ」

「わかった。信じるから」

死にそうな顔から目を背ける。こんなにドツボにはまってる人を見たことがないと思った。すごい後悔に囚われて、しかもどんどん血が出て死にそうになってる。ひきずりこまれると思って恐ろしかった。この人がいま見てる地獄に。

「泰兄《やすしにい》は、殺したくて殺した……だけど、母さんは」

笙太くんが足をぎゅっと縛った。仕上げって感じで。

落合くんの手から力が抜けた。つかんでたあたしの腕から離れて、ねじれたような角度のまま宙に止まる。

けど。

意識を失ってしまった。

あたしは落合くんの手をそっと床に置いてから立ち上がる。彼の命は助かるだろうか？ わからない。彼はこの世に留まりたいのか。留まるべきなのか。それもわからなかった。ただ言えるのは、もしこの場に笙太くんがいなかったとしても、たぶんあたしも笙太くんと同じことをしたってこと。笙太くんほど手際は良くなくて、ずっと時間はかかったろうけど。

笙太くんはできる限りのことをした。自分のワイシャツとあたしのタイを使って落合くんの脚を力いっぱい縛ったのだった。あと三分の命が五分に延びるだけかも知れない。だけどあたしも、落合くんを一秒でも長く生かしておきたかった。理由は、笙太くんと同じじゃないかも知れないけど。

笙太くんと目が合った。いっしょに立ち上がって、いっしょに教室を出る。

戌井先生が廊下の先にいるのが見えた。

あわててドアの陰に身を隠したけど、先生がこっちを見る気配はなかった。こっそり覗いていると、先生は窓からぼーっと校庭のほうを見つめていた。その視線の先にパトカーの列が見えた。警察、来てくれたんだ。

これで終わるだろうか。

いや……戌井の手には、まだしっかり、あの黒いでっかい銃が握られている。

穏やかで知的な先生だった。感情が少ない機械みたいな印象もあったけど、あたしは嫌いじゃなかった。多少粘着質《ねんちゃくしつ》でも、アドバイスが的確だから生徒の身になってものを考えられる人だと思って、信頼してた。先生が殺戮を選んだことを、だから何処かで信じていない。自分が撃たれてさえ、信じられないのだった。あの先生とこの先生は同じ人じゃない。

ドン！　ドン！

お腹に響く音がした。なんの前触れもなく先生が撃ったのだ。校庭に向けて、狙い澄まして。校庭をフラフラしてた生徒たちがワアキャアと叫んで、蜘蛛の子を散らすように逃げる。だれかに当たったただろうか。目を凝らしたけど、倒れて動かなくなった生徒はいないように見えた。撃たれてもだれかが支えて逃げてるだけかも知れないけど。

先生は機械的に撃ち続けた。こっちの神経がすり切れて保たないくらい、立て続けに。一度休みを入れた。弾が無くなったらしい。鮮《あざ》やかな手つきで弾のスペアを取り出してつけ替えた。またバンバン撃ち出す。ぜんぶ撃ち尽くすって勢いで。これは、おかしい。あたしは思った。

「悪霊がとりついたんじゃないの？」

あたしは本気で言った。後ろにいる笙太くんが静かな声で言う。

「そうかもね。だけどもう終わりだよ」

終わりだよ、の意味がぴんと来なくて、あたしは首を傾げて笙太くんを見た。

笙太くんは悲しげな目で戌井先生のほうを見つめているだけだ。校庭から拡声器の声が聞こえてくる。

――武器を捨てて出てこい！

年季の入った、威厳のある声だった。思わず従ってしまいそうな。

戌井が微かに笑ったように見えた。

唐突に、廊下の窓ガラスが割れる。ついに応射があった――それはたった一発で、たぶん威嚇なんだろうけど、白髪まじりの髪を掻き上げた戌井先生は顔が笑ったままだった。

怒って撃ち返したりしない。もしかして、もう弾は残っていないの？　と思ったけどわからない。ぷいっと窓辺から離れるとこっちに向かって歩き出した。あたしはビクリと身を引く。少し後ろにいた笙太くんにぶつかってしまう。

▼晴山旭

新たな銃声。今までとは違う種類の。距離も遠い。

そして窓ガラスが割れる音。

階段の上から聞こえた。警察の誰かが撃ったか？　威嚇射撃か。

だが事態は動かない。この目の前の女の言う通りなら、警察は事態を変える気がない。

やはり俺がやるしかない、校舎の内部にいる俺が。

だが身体が動かない。まったく。指一本も。

目の前の女のせいで。

悪夢に輪をかけた悪夢の中にいる感覚だ、何が恐ろしいって自分が恐ろしい。なぜなら、この女が念力で俺の身体を止めているのではないからだ。動かしているのは俺の意志。心を曲げて、身体に動くなと命じさせている。これがゲームマスター……人の心を押す。そんなことができる人間がいるはずがない。だが認めるしかない！　この女が俺を縛りつけている。上で起きていることを邪魔しないように。

ふいに、何もかも不確かに思えた、動けないのは本当にこの女のせいか？　自分のせいじゃないか。恐怖で凍りついているだけでは？

指先が動いた。

希望が閃く。俺の意志通りに指が動く。気合いを入れれば腕も動かせそうだ、かなり辛いが……俺は俺自身でいられる！　自分こそ身体の主人だ、それに……目の前の鷲尾の顔が青い。具合が悪そうだ。

鷲尾は力を消耗してる。

分かった。俺を操ろうとしてるからだ……確信した。人間が身体を操る力は自分一人分なんだ。恐ろしく当たり前のこと。だが当たり前のこと以上のことをやるからこうなる。

人には他人を動かす力は無いんだ越権行為だ、そして鷲尾は……そこまで力が強くない。見ろ、現に俺の腕が、動いた！

こいつ自身がゲームマスターだった。それに驚いている暇はなかった、なんでこんな前線まで出てきて身をさらしてるのか考えろ……人を操れるなら、裏に隠れて操っていればいいじゃないか。だがこいつはここにいる、そして俺を睨んで、服従させようとしてる。それは――下手だから。力が弱いから。

こいつは異常な能力を持ってはいるが、それをうまく扱えないのだ。

そう悟ってから、ますます俺は身の自由を取り戻した。歩こうとすると、足さえ動かせた。よろめきはするが、前に進める。

やっぱり人を操るなんて無理なんだ。意志の強い人間ほどそうだろう？　自分の意志の強さがどれほどかは知らないが、動ける。操られてたまるか、という負けん気だけでこんなにも。俺はついに一歩、大きく足を踏み出した。

「うううううううん！」

叫びながら。鷲尾の顔は、信じられないと目が飛び出そうだ。やはりその程度だなお前は、と口を歪めて余裕を見せようとした。

無理だった。女の顔が変わっていることに気づいたのだ。鷲尾の三十そこそこの顔から完全に血の気が失せている。いや……シワが増えてる。気のせいか？　顔が青いせいでそう見えるのか。この数分で恐ろしく消耗し、何十歳も歳を取ったように見える……鷲尾が自分の足下に手を伸ばしているのに気づいた。震える指が、自分の裾を摑んで上げる。その下にあるのは……予備の銃だ！　一丁ではなかった、この女は完全武装でここに乗り込んできたのだ。俺はあわてて、さっき蹴り飛ばした銃を探す。

だが、落ちていた場所にない。

なんだ？　どこへ行った？

全て後の祭り。俺はまだ身体の自由を取り戻しきっていない、さっきのように相手に飛びかかれない、駄目だ今の俺はただの的。撃たれる――

爆音が響いた。

一瞬目を閉じ、それから、自分の身体に痛みがないことを確かめる。

目を開けて、眼前で起きたことを把握《はあく》する努力をする。

女が吹っ飛んでいた――背中から床にひっくり返っている。

動かない。

撃たれたのだ。俺は、自分の斜め後ろを見る。

銃を構えた男が目に入った。あまりの意外さに目を疑う。

「……比嘉？」

その名が出てきたときには、比嘉刑事はもう、M37を懐《ふところ》に収めていた。華麗なる仕事人のように。いや違う、と思った。この人は震えてる……決死の覚悟でここまで上がってきたのだ。そして、この人がすでに刑事でないことも思い出す。

だが助かった。偽《にせ》刑事のおかげで。

「あ、ありがとうございます」

言ってから、口が自由に動くことに気づいた。もう誰にも支配されていない。

「……晴山さん」

どっちが助けたのか分からないようなホッとした顔で、比嘉は俺の名を呼んだ。

「怪我は、ないですか」

「はい。比嘉さん、どうしてここへ？」

すると比嘉は混乱したように一度目を回し、それからゆっくり言った。

「……ヤナムンが」

「えっ、なんですか？」

「神留《かんづま》です。ウカミのふりをした、悪い霊です」

沖縄の人そのもののイントネーション。素の比嘉で喋っている。意味の大半は分からなかったが、〝悪い霊〟でしっくりきた。やはりこの人は……

「わ、私が子供の頃……兄貴が死んだ。殺し合いを……させられて」

比嘉は魘《うな》されているような眼差しだった。

「四十何年か前、沖縄の学校で起きた事件ですね⁉」

急いで確かめると、比嘉は驚いて口を開けた。

「ど、どうして知ってますか？」

「この女に聞きました」

俺は床を指差す。

「密命を帯びた女で……公安の刑事だってほのめかしてましたが、本当かどうかは分かりません。そもそも、こいつがいま……俺を操ろうとした。ゲームマスター。悪い霊を使うヤツだ」

比嘉は目を円くし、自分が撃った相手を祟《たた》り神でも見るように見つめた。

「比嘉さん。あなたがもう、刑事でないことは知っています」

ストレートに告げた。相手は動揺を見せなかった。覚悟していたのだ。身分照会され、とうにヤメ警とばれていることは。それでもここへ来た。そして俺を助けてくれた……この男は仲間。全てをさらけ出せる貴重な人間だ。

「刑事を辞めてまで、東京へ来た。それぐらい大事なことが、この高校にあると知って来たんですね？」

はい、と沖縄の男は頷いた。大きな瞳が潤《うる》んでいる。

「私は、長い間、原因を調べてきたのです。ウチナーで起きた殺し合いが、なぜ起きたか。当時、学校で起きたことを見た人間の中には、こう言う者がいた。ヤナムン……魔物。悪い霊、というような意味ですが」

俺は頷くだけで、声が出てこない。

「それは、死んだ霊ではない。ユタのおばあもはっきり言いました。生きたヤツです。それは時々、こういうことをやる。だから、東京で似たような事件が起きたことを聞いて、来ました」

やはりこの男は、秘めた決意を胸にやってきた。その話を理解できるとは言わない。ただただ頷くことで俺は気持ちを伝えた。相手への敬意を。

「ここで、もし、何かが起きるなら……」

比嘉も感じてくれたようだ。眼差しが心強いものになる。

「止めるなら、今しかないと。それで私は、ここへ」

「そうですか……」

声に感慨を込めた。あなたは倒すべき相手を倒した。そう言おうとしてとっさに首を捻る。俺にはまだ全貌が見えていない。いま死んだ鷲尾は事件の張本人ではない、事件に介入して利益を得ようとしていただけだ……

「比嘉さん」

喫緊《きっきん》の問題に意識を集中する。事態の収束にはほど遠いのだ。

「上の階に、まだ、銃を持ったヤツが」

倒すべき敵がいる。比嘉は強く頷いてくれた。俺が再び上を目指すと、足並みを揃えて階段に足をかけてくれる。気持ちは同じ、惨事を止めるためなら何でもする気だ。心強かった。

直後に比嘉が階段に突っ伏した。とっさに伸ばした俺の手は虚しく宙を摑む。どうした、なぜ蹴躓《けつまず》いたこの男を、捕まえられなかった？……蹴躓いたのではないから。落下が速すぎた。比嘉はいきなり失神してしまった。そう信じたが、次の瞬間ちがうと気づいた。

階下を振り返って、すべてを悟った。

小さな銃口が見える。

発射音がしなかったのは小さすぎるから。いやサイレンサー付き……いずれにしても、小型拳銃の弾が比嘉を襲った。銃を摑んでいるのは床から伸びた腕。

鷲尾だ。死んではいなかった。自分の足首から取り出した予備の銃がふらりと動く。次に撃たれるのは、俺だ。

手がパタリと床に落ちた。

そして微動だにしない。演技ではないかと疑うが、おかしい。撃てるなら撃っているはずだが今度こそ動く気配がない。

俺は恐る恐る、階段を降りて鷲尾の様子を確かめる。

あまりの異様さにうえっと嘔吐《えず》いた。壊れた人形のように顔が横を向いている。白目を剝いて小刻みに痙攣していた。生きてる……だが、顔はもはや青いどころではない。漂白したように白い。それだけじゃない……俺は目を疑う。

ところどころにどす黒い斑点が浮いていた。九十を超えた老人のような皮膚。比嘉から喰らった弾のダメージもあるだろう、だがそれ以前にこの女は途方もなく消耗していた。そしていま力尽きたのだ。いわば自滅……俺を操ろうとして体力を失った。この数分で何歳も歳を取った。そうとしか考えられない。

人を操ることは命を削ること。そういうことか？

自業自得だと思った。人の心をのっとるなんて罪深い。そんなことをする権利は誰にもない。たとえ国家だろうと。

こいつ自身は大した能力者ではなかった。だから斡旋業に回っていたのだろう。本物の能力者を探して捕獲する役目。こいつ自身は、戦力にはならないのだ。

鷲尾の瞼の痙攣が止まった。

死んだ。俺は顔を背けて遠ざかる。こんなおぞましく干涸《ひか》らびた物体から一刻も早く離れたかった。再び階段に足をかける。

比嘉の遺体の前で足を止めた。嗚咽《おえつ》とも激怒ともつかないものが込み上げてくる。だが必死に己を律した。いま最優先すべきことはなんだ。

彼の持つM37に手を伸ばして取った。そして階段の上に視線を定める。

もう振り返るな。俺は一歩一歩踏みしめる。比嘉の温もりが残る銃把を握り締めながら。

もう俺以外には誰もいない。この地獄を終わらせられるのは。

▼石田符由美

廊下の先にいる戌井先生と目が合ってしまった。ここに、怪我もせずぴんぴん生きてる生徒がいるということがばれた。

「ど、どうしよう！」

あたしが教室内に顔を引っ込めて声を震わせると、笙太くんは一言、いや……と言った。そして無造作に廊下に顔を出す。止める間もなかった。

でもなにも起こらない。笙太くんの悲しげな目は、廊下の先を見つめているだけ。

あたしは我慢できなくなってまた顔を出した。戌井のほうを見る。

姿がない。

「トイレに入った」

笙太くんは一言、告げた。

先生の意図が読めない。だけどそれを言えば、初めから全部そうだった。彼が考えていることを理解できる人間はだれもいない。

あたしは撃たれたのに生きていて、笙太くんは撃たれさえしなかった。そして今、トイレで何をやってるんだろう。

その答えはすぐに出た。

ドムッ、というくぐもった音が聞こえ、静かになった。

弾、残ってたんだ……あたしは笙太くんを見た。

笙太くんは歩き出した。ごく自然な足取りで。

「見てくる。ここで待ってて」

あたしにそう言い残す。

「危ないよ！」

叫んだけど、彼には確信があるようだった。そうだ——笙太くんはたぶん正しい。

あたしは笙太くんの指示を守った。その場を動かなかった。離れていく笙太くんの背中をただ見つめていた。

廊下の窓ガラスの反射を見て、あたしは胸の前で両手を握り締める。笙太くんが警察に狙撃されやしないかと心配になったのだ。でも笙太くんは少しも心配してないみたいだった。頭をかがめて足早に行く方が怪しまれると踏んだのだろうか。こういうことが自然とできるのが笙太くんのすごいところだと思った。

廊下には三つ、倒れて動かない同級生の身体がある。男が一人女が二人。そのうち一体の下からは、嘘みたいに大量の赤い血が広がってる。笙太くんは自然な調子でそれも避けて進んでゆく。何事もなくトイレにたどり着いた。

入り口から首だけ入れて覗き込み、それから、中へ入っていった。

もう我慢できない。あたしも廊下を突っ切っていく。笙太くんを一人きりにできない。

▼戌井鈴太郎
高円《たかまと》の　野辺《のへ》の秋萩《あきはぎ》　いたづらに　咲きか散るらむ　見る人なしに

▼但馬笙太
僕は足音を立てないようにして、トイレの中へと入っていった。

でも、音を立てても同じだった。すぐに見つけたのだ。

戌井の死体を。奥の小窓の下に。

自分のこめかみを撃ち抜いて床に突っ伏していた。

予感した通りだった。最後の一発だったのか？　たぶんそうだと思った。これほど効率を考える人はいない。できる限り有効に使い、ちゃんと自分の分も残しておいた。授業と同じ見事な手際だった。

僕の感情は動かなかった。麻痺していたのだ。ただ静かに、目の前の光景を受け入れていた。なにが起こったかを正確に言い表すことは無理。たぶんだれにもできない。悪霊がとりついた、という石田さんの感想は真実を突きすぎていると思った。銃を手にした瞬間の戌井の顔の変化は僕に一生つきまとうだろう。この男は一瞬で真っ黒に染まった。どうして僕の目の前で起こったのか？　あんなもの見たくなかった、無理やり悪夢を見せられた。僕の悪夢じゃない、だれかの悪夢がねじこまれた。落合か、戌井のか？　いやもうどうでもいい。今なら学校中のみんなが判ってくれそうだ、避けられない悪夢があると。この世は無理やり見させられているおんなじ夢なのかも知れない。だとしたらなんて罪深いことだ、落合鍵司はそう言いたかったのか？　あいつを経由して戌井が地獄を広げた、戌井がふだんから見てた地獄をみんなが見させられた。悪夢は伝わった、鮮やかすぎるほどに…………いけない、いま僕は調子が狂ってる。

気配を感じた。ハッとして振り向く。

石田符由美さんが入ってきた。我慢できずに僕を追ってきたのだ。

そして床を見て、ああ、と言った。

▼ゲームマスター

どうして気づかなかったのだろう。いまの今まで。

いや、考えないようにしていただけだ。その可能性を。

最悪の可能性を。

だが今、ぼくは完全に認める。これはあいつの仕業だ。

ルールを気にしてる場合じゃない。ぼくは、ぼくのキャラクターを押した。そして叫ばせた。

「出てこい！」

加減をしない大声で。

「いるんだろ？」

▼石田符由美

「出てこい！　いるんだろ？」

笙太くんが急に怖い声を出して、あたしは動けなくなった。

見つめると、笙太くんの顔……まるで別人だ。

どうしたの？　なにが起こってるの？

次の瞬間、あたしはビクリと身を縮めた。

大の方のトイレの中からぶらり――と影が出てきた。なに？　だれ？　見覚えがあった。制服着てる――スカートから伸びる足が棒のように痩せてる。知らないこんな人、でも見たことがある、いつどこで……ショートカットの髪には白髪がたくさん混じってる。

そして、顔。

「ひっ」

あたしはひきつるような声を出してしまった。

口許に走るしわ、目尻に走るしわ、そして眉間に刻まれたしわ。

この人の年齢が分からない。

▼但馬笙太

僕は自分の口から出た言葉に驚いた。

「出てこい！　いるんだろ？」

そう、僕はだれに向かって言ったのか。

だが言った瞬間に判った。それは彼女のことだと。

声に応じるように、人影が現れた。

ずっとトイレに潜んでいたのだ。目の前に火花が散った、たしかに彼女だ、僕が知っている人、でもその姿は僕が知る彼女とは違っている。髪の毛がこんなに白い！　顔中にこんなにしわが！　でもこれはあの人だった。昨日校門で見た人。かぶっていたニット帽は頭から消えている。両手を後ろ手にして、変な姿勢で歩み出てくる。

ぼくは言った。自分の口で。

「……砂川さん」

▼ゲームマスター

何たること。

このマペットは、最後の最後でぼくぬ逆らった。床にへばりついたこの身体を踏みつけたい！　だれが自殺なんかしろと？　だがこの男は耳を貸さなかった。完全に御しているつもりだったのに。

桃色のサインなんかぼくわ出していない！　こいつが勝手に作り出した。だがこれ幸いとぼくわぐいぐい押し続けた、破壊をもたらすその手際は想定よりずっと鮮やかでぼくわ嬉しくて身をよじっていたが急に窓の外に向かって無駄撃ちを繰り返したと思ったらよりによってこいつはぼくぬ潜んでいた場所に入ってきて勝手にゲームを終わらせた！　自分に撃ち込む弾を残しておいたのだ！

この負けたような感じ。許せない！　ぼくわこの男を助けてしまった、この男の底に発酵していた望みを叶えてしまった、卓抜《たくばつ》なゲームマスターにあるまじき失敗……建正《けんせい》に馬鹿にされる。

　ぼくわ目の前の生徒を見つめた。建正はこの生徒の口を借りて、ぼくを呼んだ。出てこい！　いるんだろ？　と。

　だからぼくわ直ちに姿を見せてやった。

　凄まじい疲れを感じた。押しすぎた。ゲームはぼくぬエネルギーを著しく奪い取る。だが構わない、まだまだ足りない、このゲームはこんなものでは終われない。すべては想定の範囲内だ、ぼくぬ中で屹立《きつりつ》する言葉があるのだ直に聴いたことがあるかのような力強い声だ、元はドイツ語だがぼくぬ中では高らかな日本語、**同情は恥知らずである。助けようとしないことは、助けようとすぐに駆けよってくる徳よりも、高貴でありうるのだ。**おお偉大なる賢人！　ぼくわ高貴なる者。変革者、人生最大のシュピールに死に物狂いで勝利しようとする不屈の意志。ああ声が聞こえる、**「人間は、より善く、またより悪《あ》しくならねばならぬ」**――**そうわたしは教える。最大の悪は、最善の超人を生むために必要である。**その通りだ、だからぼくわ目の前の男に狙いを定める。

　美術部の後輩よ。ぼくぬ言うことを聞け。

「ムダだ、計」

　後輩が言った。いや、後輩の中にいる建正が言った。

「これが第一のルールだ。忘れたのか？」

▼ゲームマスター

「これが第一のルールだ。忘れたのか？」

ぼくは言った。タジマショウタの口を借りて。

目の前の計が、たじろいだように瞬きを繰り返す。

そうだ――ぼくが入れる人間には計は入れない。なぜかそうなのだ。物心ついてゲームを始めたその日から。それが最初の原則だった。電磁気《でんじき》のプラスとマイナスみたいなものかも知れない。ぼくと計の属性は、正反対なのだ。

ぼくがプラスで計がマイナスとすると、ぼくはマイナスの属性を持つキャラクターとしかくっつけない。そして、ぼくが同乗できるキャラクターに、計は乗れない。反発し合う。

つまりぼくはオチアイケンジやイヌイリンタローには入れなかった。入りたいとも思わなかったけど。逆に計もぼくのキャラクターたちには入れない。押して操ることはできない。

すなわち、この場にもう計のコマはいないのだ。

だからぼくは安心してスイッチを切り替える。

▼石田符由美

「もうやめろ。これで充分だろ？」

あたしは言っていた。自分でも気づかないうちに。

はっきり気づいた。あたしの中にだれかがいる。それが喋ってる！

「なに？　どういうこと？」

あたしが怯えて口走ると、あたしが答えた。

「ごめん、石田さん」

あたしの口が動く。

「ぼくは君に同乗させてもらってる。迷惑をかけるつもりはなかったけど、いまは緊急事態だ。許してほしい」

「うわー……変な感じ」

あたしは自分の口を使って、思わず言う。この身体は、あたしなのにあたしじゃない。いやだれかと共有してる。それはもの凄く奇妙な感覚だった。二人三脚どころの騒ぎじゃない、一つの一輪車に二人で乗ってるみたいな不安定な感じ。怖い。

でもあたしは自分を落ちつかせた。それができたのは、あたしの口を使って喋ってる人間の気持ちが分かったから。こっちに染み出してくる感じがした……この人はあたしを安心させたがってる。あたしを傷つけるつもりはない。それがたしかに分かった。

「あなたはどこにいるの？」

あたしは訊いた。

「病院だ」

あたしの指が、トイレの小窓の外を指す。

「この高校の斜向かいの」

「えっ……」

ふいに病院の窓の光景がはっきり甦《よみがえ》った。ああそうなのか、と胸落ちする。きのう見た顔だ。あの三階の男の子が、いまあたしの中にいる。

あの子の眼差し。あれはやっぱり、たまたまじゃなかった。あたしたちを見てたんだ。

「でも、なんでこんな……」

あたしは訊かずにいられない。

「思うに、君にはゲームマスターの素質があるんだと思う」

あたしの口が答えた。

「だからぼくとこんなに親和性が高い。ふつうはこんなにはっきり喋れないよ。なのに、なめらかに喋れる。事実、ぼくはたいして押していない」

「なに、ゲームマスターって？」

「ぼくや計のように、他人の中に入れる人間のことをそう呼んでる。でもぼくはこんなゲームを望んではいなかった」

▼但馬笙太

「ぼくの名前は砂川建正。この女子生徒の弟だ――と言っても、姉さんは性同一性障害。心は男だけど」

僕の目の前で喋っている石田さんは、まるで二重人格者だった。

でも僕には判った。彼女が話していることは真実だ。

いや、彼女の口を借りて喋っている彼の言うことは正しい。こうやって他人に入り込むことができる。信じられない。だけど信じられなくとも、僕だって今し方、思ってもいないことを口走った。さっきまで僕の中にだれかがいたという感触があった。この彼が喋ったのだ。すながわ・けんせい――砂川建正。砂川さんの弟だという。

どうして人の中に入り込むことができるのか？　その口を借りて喋れるのか？

僕は彼の姿を見たことはない。どんな顔をしているのか知らない。

ただ、話には聞いている。砂川さんは弟と一緒に事故に遭った、と。二人とも重傷を負って入院した。

弟は――本体は、学校の斜向かいの病院にいるらしい。

だけど姉はもう出歩いている。学校に来ている。いま、このトイレにいる。

目の前に立ってる。僕が知る美術部の先輩、砂川計子《けいこ》さんがここにいる。めったに喋らないが、自分のことを「ぼく」と言うのを前に聞いたことがある。喋り方も立ち振る舞いも女っぽくない。単に変わった性格なのかと思っていた。見るからに変人。そのせいで敬遠されたり無視されたり、いじめというほどではないが、のけ者にされるようなこともあったと思う。でもこの人は、性同一性障害だったのか——

「オチアイとイヌイを使って今日のゲームをやったのは、こいつだ」

石田さんははっきり言った。

「ぼくの姉、計だ」

言った石田さんの顔は驚いてる。

落合鍵司。戌井鈴太郎。二人の人間を操って、砂川さんは今日の大惨事を引き起こした。信じられない——これこそ信じられない。

だけど目の前の砂川さんは黙ったまま。

石田さんの——その中にいる弟の言うことを否定しない。

僕は憎しみを感じなかった。そうか……この人も僕と同じだったんだ、と思った。自分の性に違和感があった。僕は男しか好きになれない。この人も女でありながら女を愛する性分なんだ。だから僕は、この先輩のことがいつも気にかかっていたのか。どれほど異様でも、避けたりはしなかった。できることならちゃんと話したいと思っていた。

もう無理だ。残念だけどどうしようもない。この人の目の光は異常。もはや隠しきれない。溢《あふ》れ出ているのは執念、憎悪……狂気。この人は通常の人間の域を踏み越えている。どうしてだ？　なぜこんなふうに憎しみに凝り固まってこの学校に破滅をもたらしたんだ？　復讐？　自分をのけ者にする同級生たちを殺したかったのか？

理解など無理。僕は絶望的な気分だった。

砂川さんが、背後に回していた腕を広げた。

その手に握られているものを見てますます絶望する。

▼ゲームマスター

このゲームわ最終局面を迎えている。仕上げわぼく自身がやらなければならない。

だからぼくわここにいる。建正と建正のマペットとともに。

純正の喜悦が湧き起こる。**超人がわたしの思いを占めるものである。わたしの第一の、そして唯一の関心はこれであって、――人間ではない。**一九八〇年に死んだ隻眼《せきがん》のフランス人わ〝嘔吐《おうと》〟という言葉で存在の無意味さを表現したが、生ぬるい。ぼくわ五歳にしてすでに嘔吐を感じていた、俗人ども有象無象《うぞうむぞう》をどうにかしなくてはならないと考えていた。ろくでなしわ一払いで聖絶《せいぜつ》すべしというのはあのカリスマのモットーでもある。そう、すべての天才わつながっている。そしてぼくむ同じ。行動によってそれを証明する。

ぼくぬしかできぬゲームによって身の証を立てるのだ。かの哲人わ幼い頃から慣れ親しんだヨーロッパ人の宗教を憎んでいた。だが、彼の求めて止まなかった〝超人〟が、その宗教の聖典の中に溢れているのわ奇妙にして愉快だ。その聖典は世界一のベストセラーである！　そうだあれだ。そして聖典の主人公たる神こそは超人中の超人と見なせる。自称〝妬む神〟わ圧倒的な力を振るって世界を掻き回す。特定の民族・個人を溺愛《できあい》して、それ以外の民族・人間わ容赦なく殲滅《せんめつ》する、それこそ〝聖絶〟と呼ばれる神聖な暴虐《ぼうぎゃく》だ。ぼくわそれを読み鮮烈としか言いようのない感覚に囲繞《いにょう》された！　このようなものが世界中で最もポピュラーな物語であり聖典として崇《あが》められているのか。これが世界ぬ真の顔か！　どんな残酷無慈悲《むじひ》も許される！　なぜなら彼わ超人の域を越えた超人でとてつもない〝力〟を持っているから。だから哲人も力を欲した。カリスマわ実際に力を手にし世界中を暴れ回った。一民族を根絶やしにしようとした。

　ぼくむ力を与えられた。ゲームする力を。人間の生に直接介入する力を。これがぼくぬ使命であり、やるべきことは決まっている。過去の超人たちに学び、その衣鉢《いはつ》を受け継ぐことだ。ぼくわぼくぬ〝聖絶〟を実行する。

　それによってぼくわ人を超える。

「建正」

　ぼくわ言った。

久しぶりに、自分の口で。

「ケンセー」

生まれ変わる時が来た。後ろ手に握っていたものを前に出す。見せてやる。

▼晴山旭

ついに三階へと戻ってきた。廊下にはさっき見たのと同じ場所に身体が転がっている。さっきと違うのは、血だまりが広がっていること。

死んでしまったものは仕方がない。可哀想だが……生存者を探さなくては。何より、奴はどこだ……生徒を撃ちまくった教師は。

俺は銃を構え、充分警戒しながら、手近の教室から順に覗いてゆく。どこにも生きた人間は見当たらない。教室に残されているのは倒れ込んだ生徒ばかり。虫の息の生徒はいるかも知れないが確認している余裕がない、戌井はどこだ？　どこかへ隠れた。それともまさか、飛び降りた？　あり得る。世界中の銃乱射犯は自殺して果てるパターンが多い。もしや奴はすでに——開いている窓を探す。

いきなり気配を感じて凝固《ぎょうこ》した。何か不穏な波動。話し声のような……いや、鋭い叫びのようなものも聞こえた！　俺は耳に神経を集中する。

気配は、教室ではない。音の籠もり方から察するに、もっと狭い場所から来てる……足が自然に向かう。音を立てないように摺《す》り足で廊下を進む。

あそこだ――トイレ。

あの中に誰かいる。

心臓がドッと内側から突き上げてきた。銃を持った教師だ、間違いない……

だがこっちだって銃を持ってる、負けはしない！

▼石田符由美

あたしは見た。

異様な女子生徒が「ケンセー」と言いながら、背後から出したものを。

日常生活では見ることのない形。直線と曲線の組み合わせ。その曲がり方の絶妙さと鋭い反射光。

――草刈り鎌。

ああこの人はとことんまで憎んでいるし、とことんまで狂ってるんだと思った。だれかにとり憑いて無茶苦茶をやらせた、それが無理になったら自分の手でやる。その刃先が向かってるのは――あたし。弟を宿らせたうるさいスピーカー。邪魔者。

ふらり、と骨のような身体が傾いた。あたしに向かってくる。この骨みたいな女、顔は伏せてるのに腕だけが上がった驚くほど上へ、凶器を振りかぶった。音もなく真上へ。

あたしは動けない。

▼ゲームマスター

ああ、計。長い道を経てお前はここまでやってきた。

恐ろしく入り組んだ呪われた道を。

お前はIQが高くて本の虫だった。ド近眼なのにメガネが嫌いで、本を顔にくっつけるようにして読んだ。お前がゲームを好み、だれかの中に入り込んでその目で世界を見たがるのは、自分の視界が常にぼやけているからかも知れない。そう疑ったこともある。

ぼくはお前が好きだった。お前はいつもぼくのそばにいてくれた。ぼくらはたった二人きりの、血のつながった肉親だ。お前はいつもぼくのそばにいてくれた。そして、お互いが持つ奇妙な力の唯一の理解者だった。お前はゲームのことを、時に〝神留《かんづま》〟とか〝オートマティスム〟と呼んでいたし、他人の中に入ることを〝神宿り〟とか〝ウォークイン〟と呼んだりしていた。なにか本で読んだ言い方を真似ていたんだろう。そして、ぼくとゲームで遊んだ。小学校が主な遊び場だった。

お前には友達がいなかった。計、お前は友達を作るより同級生の中に入って世界を見ることのほうを好んだ。まわりの人間は、同級生も先生も、なにを考えているか分からないお前を見放していた。お前のほうも人と触れあうことを全く望まなかった。小学生の頃はまだ「極端に内気な子」で済んだが、中学では自閉症を疑われた。高校に入る頃になると妄想性人格障害と言われた。ほとんど喋らないのに、一度喋り出すとだれ一人理解不能の言葉を吐いたのだ。ぼくもついていけなかったし、養父母の砂川夫妻がとにかく心配した。去年の夏には精神科に通わされたが、結論が出ずうやむやなままに高校生活に戻ることになった。結局医者も養父母も、お前のことをまるで理解できなかった。その上に、性同一性障害。

ぼくがお前を突き放せなかったのは、早い段階でそれを知っていたからだ。お前は小さい頃から自分の女性の身体に戸惑っていた。慣れることがなかった。それが、お前の内面をいっそう深く錯綜《さくそう》させた。高い知能さえ、呪いに思えた。ぼくの姉は……何重苦も背負って生まれてきた。

ぼくらの両親はこの世を去っている。大城、という名前だった。だからぼくらも本来は大城計子、大城建正という名前だ。両親は病気で死んだらしい。だが本当のところは分からない。いま養ってくれている砂川夫妻はぼくらの遠い親戚だというが、彼ら自身が真実の全てを知ってはいなかった。疑いや迷いを胸に秘めつつ、それでも砂川夫妻は温かくぼくらを育ててきてくれた。その善意は疑えない。ぼくには感謝しかなかった。彼らは養子として戸籍に入れてくれたから、ぼくらの名前も「砂川」になった。

ぼくには両親の記憶はほとんどない。生前の写真も、数枚見せられただけ。両親が笑っている写真は一枚もなかった。顔は、ぼくや計に似ていると言えば似ていた。ぼんやりと憶えていることが少しだけある。小さなぼくのそばで、父と母の身体はとても大きく感じられた。そして優しかった。温かさの塊だった。家族四人で白砂の上を歩いていた。果てのない南国の砂浜だ。海の水はどこまでも透明だった。あれはたぶん沖縄本島の海……あるいは、さらに南の島だろう。

砂浜には、ぼくら家族の他に人はいなかった。まるでぼくらの島だった。いったいぼくらがそこでなにをしていたかまったく憶えていない。両親はいったいどんな両親だったのだろう、自分の生んだ子供たちがこんな奇妙な能力を持つことを知っていたのか。両親自身は、どうだったのだろう?

砂川夫妻がぼくらの能力に気づいている様子はない。計、お前の変わり者ぶりに戸惑い、心配してはいるが、ぼくのことは聞きわけのいい子どもと思ってくれているはず。将来に期待をかけてくれているはず。それを裏切ることはしたくなかった。

だがぼくらは、すでに裏切っているのかも知れない。三年前から。

中学生の頃、お前はまだぼくにとって大事な肉親だった。時折いっしょにゲームをやって遊んだ。テレビゲームではない、ぼくらだけのゲームを。それはいつもなにげなく始まった。だからあのゲームも、今までのゲームと何ら変わりない。初めはそう思っていた。

舞台としてぼくとお前に選ばれたのは、ぼくらが通っている中学の二年生のクラスだった。お前が三年、ぼくが一年のときだったから、間を取ったのだ。

　そのクラスは学級崩壊を起こしかけていた。担任の女教師は完全に舐められていて、生徒たちが言うことを聞かない状態だった。そこを選んでぼくらが始めたのは陣取りゲーム。クラスの二つの派のどっちが勝つか？　ぼくは学級崩壊を阻止する側。まじめな子たちに働きかけてまともなクラスに戻せれば勝ち。お前は逆だ。問題児たちに肩入れして、完全な学級崩壊を起こそうとした。

　言い訳をするつもりはない。ぼくらは人間を操って遊ぶべきではなかった。

　でもぼくは、誓って言う。だれも死なせるつもりなんかなかった。

　面白かったのは初めだけだ。お前の息がかかったグループが攻勢をかけてクラスの雰囲気が日に日に悪くなった。押され気味のぼくは巻き返しに躍起になった。ぼくが操った正義感の強いクラス委員や、気立てのいい女子生徒たちは、クラスの問題児たちと向き合おうと頑張った。辛抱強く話し合い、クラスの和やかさを取り戻そうとした。それはうまくいきそうだった。

　だが日に日にお前の恐ろしさを思い知らされた。お前は人の憎悪を煽ることにかけては天才だった。キーパーソンとして利用したのは外国籍の女の子。アジア人と日本人のハーフで、自分の意思を日本語で表現するのが苦手だった。彼女は日々、疎外感を味わっていた。時にはいじめられていた。

でもぼくは信じていなかった。中学生がクラスメートを、殺したいほど憎めるようになるなんて。おめでたかった……お前はいつの間にか脱皮していた。人間から、何か別ののに。気づいたときは手遅れだった。お前の打つ手はなにもかもをエスカレートさせた。クラスに憎しみの嵐が吹き荒れ、いつしか学級崩壊の域を越えた。

破滅の日の記憶はぼんやりしている。ぼく自身異常な精神状態だったし、思い出したくないという抑圧が働いているのかも知れない。事故で頭を打った影響もあるかも知れない。憶えているのは、お前が外国籍の女の子の疎外感を巧《たく》みに増幅《ぞうふく》して、追いつめられたネズミのような状態にしたこと。クラスでもう一人、いじめられていた男の子を押して、凶器を大量に準備させたこと。文房具だけではなかった。そこにはナイフや包丁や、魚をとる銛《もり》さえ混じっていた。そして二人を結託させた。悪いのは何もかも、ぼくがバックアップしていたグループの子たちだと思い込ませた。そして反撃の狼煙《のろし》を上げさせた。

迎え撃つ子たちの間にも、お前は周到に楔《くさび》を打ち込んでいた。裏切り者が出た。あの日子供たちは、だれ一人信用できなくなった。人間を。

ついに生徒たちの感情が沸点《ふってん》を越えた。憎い、殺す、消す——あの日、彼らの中にある思いはそれだけだった。生徒に舐められていたチビの女教師の怒りをさえ、お前は利用した。教室を封鎖して、殺し合いに邪魔が入らないようにしたのはあの教師だった。

胸の底が破れたようなあの日の衝撃は消えることがない。だれよりも相手を憎み、相手に容赦ない攻撃を加えたのは、ぼくが後押ししていたまじめなグループの子たちだった！　とても長く感じた……実際には短時間だった。封鎖された教室の中で、傷つけあって動けなくなったからだ。中学生が。

　無傷の者の方が少なかった。そして、二つの命が散った。

　人の心を操る罪深さを初めて知ったのがあのときだった。

「もうやめよう。ゲームは、二度と」

　ぼくは言った。

　だが、計。お前は首を縦に振らなかった。

　すでにぼくの見知らぬ人間になっていた。

　以来、罪の意識にさいなまれる日々が続いた。ぼくらの間の対戦ゲームこそ二度と起きなかった。ぼくが決して挑発に乗らなかったからだ。だがぼくの制止に構わず、お前がいろんな人間に同乗してなにかを試していることが分かった。

　栗田西中でのゲームをきっかけに、お前は完全に自分の力に目覚めた。

　とことんまでやる、行けるところまで行く。そう心に決めているのが分かった。

　対してぼくは、町のニュースに怯えるようになった。ひったくり。強盗。狂言自殺。放火。強姦《ごうかん》。立てこもり事件。なにか事件が起こるたびに、裏にお前がいるのではないかと疑った。放課後まっすぐに砂川の家に帰らず、どこかに行っているお前が怖くてならなかった。都内のあらゆる場所に行ってはゲームを試している。そう信じた。時には遠くの県まで行って、人の心を意のままに操っている。日本中の事件がお前のせい……もしそうだとして、なんでぼくに止める義務がある？　計を閉じこめておくことなんかできない。いくら肉親でも、計は犯罪者というわけじゃない。どうせだれかに相談もできない。だれも信じてくれるわけがないんだ。そうやって自分に言い訳していた。

ぼくは逃げていた。何も考えたくなかった。お前の存在を忘れたかった。中学を卒業して早く家を出たかった。町を離れたい。そればかり考えていた。

そんな矢先に通り魔事件が起きた。ぼくらの隣町での出来事だった。七歳の子供が引きこもりの三十代男にシャベルで突かれた。その犯人が捕まる瞬間を捉えた映像がテレビに映ったのをたまたま見てしまった。一般人が携帯電話で捕り物劇を撮影したのだ。パーカーのフードに隠れた犯人の顔はよく見えなかったが、頬がひどく瘦《こ》けていた。警官に取り押さえられてもがいているうちにフードが外れる。すると犯人は、虚ろな目で宙を睨みながら呟いた。

ケンセー、と。

ぼくは心臓を撃ち抜かれたような痛みを感じた。

これはゲームか。お前はぼくに、ずっとゲームを仕掛け続けているのか……

もう逃げ続けていることはできない。お前を放っておけない。

向き合わなくては。ようやく決意した。それが去年。

ぼくが十五歳、お前が十七歳の時。

考えに考えた。自分の罪を贖《あがな》い、これ以上の悲劇を止めるためにどうすればいいか。そしてぼくは――決行することにした。一月のある日曜日に、密かな計画を。

日曜日は、砂川夫妻がぼくらを外食に連れていってくれることが多い。いっしょに百貨店を回って買い物もする。週末は、なぜかお前もゲームは休んでいるようだった。おとなしく家族といっしょに行動することが多かった。おそらく、ゲームもときには休まねば疲れてしまうからだ。

砂川家のレクサスが百貨店の立体駐車場に収まったとき、ぼくは計画通りに行動を開始した。まず、ちょっと具合が悪くなったから車の中で休んでる、と夫妻に言った。

「大丈夫？」

そう心配してくれた。うん、ちょっと休めばたぶん。だから買い物にいっておいでよ、計とここにいるから。

計、お前はもともと、車に残って本を読んでいることが多い。期待通り、お前は車を降りるそぶりも見せなかった。本を顔に貼りつけるようにして読んでいるだけ。タイトルは『善悪の彼岸』だった。それは鮮明に覚えている。

心配げな顔をしつつ、夫妻は百貨店へ消えた。

車内に沈黙が降りた。

ぼくはすでに手を打っていた。砂川のお父さんを軽く押して、サイドブレーキを引き忘れるように仕向けておいた。しかもこの駐車場の中で、駐車スペースの床の一画だけがごく緩い傾斜になっている場所に駐めさせた。

つまり、この車の障害物は後輪の車止めだけだ。

お前は気づいていない。本に夢中になっている。

ふう。一度息を吐いてから、ぼくは駐車場の入り口を見た。

小さなブースに係員がいる。あくびしながら座っている。

ぼくは彼の中に入りすかさず押した。手を伸ばさせてスイッチを切り替えさせた。ぼくらの駐車スペースの車止めを、外させたのだ。

音もなく、レクサスは動き出した。

後ろに向かって。

それはあまりにもゆるやかな動きで、だからお前も気づかずに本を読み続けていた。

ぼくは一瞬だけ迷った――ここに留まるべきか、と。唯一の肉親だ。たとえ狂ってしまったのだとしても、最後までいっしょにいるのがぼくの務めではないか。運命を共にするべきじゃないか。

いや……冗談じゃない！　胸の底から噴き出してくる叫び。どうしてこいつにつき合わなくちゃいけないんだ、ぼくはまだ十五歳、人生はこれからなんだ！　車のドアに手をかけた。

ぼくは生きる。計、お前には悪いが、ぼくには死ぬ理由がない。お前はだ、め、だ。生きているだけでだれかが死ぬ。災厄そのものだ、生きていてはいけないんだ。

ドアを力いっぱいつかみながら、ふいに鮮やかな記憶が甦った。つないだ手の感触を。ぼくら姉弟《きょうだい》は本当によく手をつないだ……小さな頃だ。砂川夫妻に引き取られて間もない頃。不安だったのだろう。見知らぬ夫婦と暮らすことになったのだから当然だ。夜、寝床でふいに目を覚ますと決まって、計の身体を捜した。自分が一人きりでないことを確かめた。そんなとき、お前は迎え入れてくれた。一晩中ぼくを抱いてくれたこともあった気がする。計に守られていた……小さい頃のぼくは。今となっては信じられないが、そんな時代もあったのだ。あの頃は計に温かみさえ感じた。ぼくのただ一人の味方だった。ぼくらの距離はほとんどゼロだった。

なのに距離はとてつもなく伸びた。完全に離れてしまった！　相手の心が見えないほどに。地球の裏側同士にいるかのように。

もう二度と手をつなぐことはない。さよなら、計。

ぼくはレバーを引いた。ドアを開けて外に出ようとした。

ドアはビクともしなかった。

——どうしてだ⁉　全身から一気に汗が噴き出した。

計が、読んでいた本から顔を離した。そして目を向けてくる。

ぼやっとした目。とてつもない無表情。

車はするするすると後ろに動いている。駐車スペースを完全にはみ出し、壁に向かって加速している。ぼくは知っている、この立体駐車場の壁はガラスと鉄柵でできているが、動く車を支えるほどの強さはないと。

ぼくら姉弟は見つめあった。生まれてから最も奇妙な、最も親密とも言える数秒が過ぎる。ぼくの手はドアレバーを引き続けている、引きちぎれそうなくらい強い力で。ロックは外れているはず、なのにどうしてもドアは開いてくれなかった。

バギャン、という破裂するような音が聞こえた。

次の瞬間には、ふわっと車の中の重力がなくなった。

車が柵とガラスを突き破って駐車フロアから飛び立ったのだ。

後部を先頭に地上にまっしぐら。地上六階の高さを、下へ。

あの、数秒の無重力はいまも夢に見る。次の瞬間には重力が一気に戻ってきた。車体を上と下から叩きつけた。

そしてぼくの意識は完全に消し飛んだ。

意識を取り戻したときには病院にいた。自分が死んでいないのが不思議だった。動かない首を必死に動かして辺りを見た。

病室のどこにも、計、お前の姿はなかった。

砂川夫妻が心配そうにぼくの顔を覗き込んでいた。

――計は死んだ？

真っ先に訊いたのがそのことだった。

「だいじょうぶ。無事よ、計ちゃんは生きてる。ごめんね建ちゃん、こんな目に遭わせて。あの車故障してたらしいの、ほんとに、こんな非道《ひど》いことになっちゃって……でも、二人とも命が助かったから、よかった」

砂川のお母さんはそうやって泣いた。じゃあ計はどこに？　と訊いた。別の病院に収容されてるとお父さんが言った。身体を四カ所骨折したぼくに比べれば、計は軽傷だった。ただし計は――頭を強く打った。ショック状態で反応が鈍い。だから、この病院ではなく脳神経専門の病院に入院させている。という説明だった。

ぼくは打ちのめされた。しくじったのだ。計の命を絶つことができなかった。

詳しい状態をもっとよく知りたかった。だが砂川夫妻も、計の医者でさえ、計の容態については確信が持てていないようだった。反応が鈍く、自分からなにもしようとしないらしい、ということはぼくを少しだけ安心させた。脳や精神にダメージを負って再起不能になったのだとしたら、計を殺したのと同じだ。二度とゲームはできない。そうであってくれと願った。

早く自分の身体を治して、計の状態をこの目で確かめなくては。もし健康を取り戻したら、ぼくが殺そうとしたことに気づくだろう。そしたら計、お前がぼくをどうするか見当がつかなかった。殺そうとするのか。それとも気にしないのか。

結局ぼくには計のことが分からない。理解できない闇だった。あんな人間はこの世に生きているべきではない。ぼくがやったことは間違ってなかった。ベッドの上で何度もそう自分に言い聞かせた。

中学の卒業証書はベッドでもらった。そして病院から出られないまま、ぼくは高校生になる歳になった。むろん受験はできなかった。

ふつうの高校生なら、いつまでも病院を出られない重いケガを負ってしまったら、鬱になったり自棄《やけ》になったりするだろう。だがぼくにはあの力があった。ゲームの能力。

病院の窓から高校が見えた。それが計が通っていた高校だというのは皮肉だが……お前がいるから、この高校は受験するつもりなんかなかったが……ゲームはできる。ぼくはこの高校の生徒に入って高校生活を味わうことにした。肋骨《ろっこつ》や大腿骨《だいたいこつ》がいまだに痛んでまともに歩けず、すっかり筋肉が落ちてしまったのだ。高校生に同乗することぐらい許される！　だいいちぼくはもうだれも押さない。ましてや、殺し合いなど絶対させないのだから。この高校は病院から見える位置にあって、意識を合わせてゲームを始めるのは簡単だった。

だが、この高校でゲームを始めたのはぼくだけではなかった。

計の病院はもっと遠くにある。でもお前はこの高校に通っていた。だからここに意識を合わせることが可能だった。それでは飽き足らず、ついには自らやってきた。ケガは軽かったというから身体はとっくに治っていたのだろう、だがその精神は——心の闇は——ぼくが知るより深くなっていた。中学のゲームとは比べものにならないくらいの徹底的な破滅を望んだ！　銃を使って何人も殺すなんて！　お前は完全に狂った。この目の前の姿がなによりの証拠だ。石田さんの目に映る姿をまじまじと確認する。

ゲームの最大のルールを、お前は故意に無視したのだ。

むやみに押すな。命が縮まる。

ちょっとならたいしたダメージはない。運転手のハンドルに手を添えてちょっとコースを変えるくらいなら。だがお前はハンドルを乗っ取って自分の意のままに動かした。全力で押した。何度も。

それは自分の命を削ることだ。恐ろしい勢いでエネルギーを消耗する。だからぼくはゲームを、キャラクターに同乗するだけの単純なものに留めていた。ルールを守っていた。お前にはルールなど関係ない、だから髪が白くなり顔にしわが刻まれた。いまのお前は到底、十代には見えない。

そして今、ゲームのコマがなくなってしまったと知り、自分で凶器を握っている。この破滅劇を続ける気だ。それはもはやゲームではない、ただの殺戮。

いや、殺したいのはぼくか？

ぼくが入り込んでいる女子生徒目がけて突っ込んでくる。完全に狂わなければこんなことはできない。許――

最後のためらいが消えた。ぼくの中から。

▼但馬笙太

危ない、と判った。

だから僕は動いた。

鋭い衝撃が走った。

▼石田符由美

ズブっという嘘みたいな音が聞こえたけど目が開かないのでどこに刺さったか分からない。あたしは、痛みがやってくるのを待った。

でも、鋭い痛みの代わりにあたしに触れたのは強い手の感触だった。

目を開ける。

あたし、笙太くん、狂った女の順に並んでるのが分かった。

くっついてる。仲良し同士みたいに。男子トイレで。

半円形の刃の切っ先があたしたちをつなぎ止めてる。

だけど、それはあたしまで届かなかった——なぜなら、笙太くんの身体の中で止まってるから。

身を挺して防いでくれた。あたしに振り下ろされたそれを。

あたしを包むように抱きしめてくれている。背中で、鎌を受け止めた。

あたしが呼んでも答えてくれなかった。すぐ目の前にいるのに、顔と顔は一〇センチも離れてないのに！

「……笙太くん」

身体がずるずると下がってゆく。笙太くんは——倒れこんだ。床に。

いまここに立ってるのはあたしと、狂った女だけ。

女の顔はよく見えない。うつむいて髪に隠れている。その手には草刈り鎌がない。笙太くんに刺さったままだ……血が出てる、ああ命があふれ出してる、笙太くんは命を懸けて守ってくれた。あたしなんかを。

もの凄い怒りが湧き上がってきた。

▼ゲームマスター

計！　ぼくもルールを破る、お前を止めるためなら究極の規則違反をする、もっと早くやるべきだったこんなことになる前に。インジェクション。

ゲームマスターがゲームマスターへ。

ぼくは入りたくなかった。頑《かたく》なに拒んできた一度も試したことがなかった、この地上でいちばん入りたくないのが計だ。なぜなら抱えてる地獄が恐ろしいから、こっちに伝染《うつ》ってくるから。だが他に手段はなかった、入ってみると思ったとおりだ悪夢……ぼくの自我は一瞬にして計の色に染められてゆく。狂う。このままでは自分が消し飛ぶ。

正気を保っていられる短い間が勝負だ。

ぼくは押した。これほど手加減なく押したことはない。だけどできると分かっていた、この力だけ取ればぼくは強い。力ずくで押すことにかけては計の能力を凌駕している。計は抵抗したがぼくはねじ伏せた。簡単ではなかった、エネルギーゲージがあるとしたらぼくのそれがみるみる減っていくのが見えただろう。この一瞬でたぶん十以上も歳を取った。命を削った。

おかげで計の腕が動く。床に向かって。

目指すものは一つ。

▼ゲームマスター

いつだってかなわなかった。力でわ。

だから知略で勝ってきた。建正を打ちのめすために。

もっとも孤独であることができる者、もっとも隠れた者、もっとも遠ざかって生きる者、善悪の彼岸で生きる者、自分の美徳の主人である者、意志で溢れる者こそが、偉大な者である。いったいだれがぼくほど偉大でありうる？　だからぼくわ今度こそ完全勝利をなし遂げる。あんぐり口を開けた建正を笑ってやる。そう誓った、その建正がいまぼくぬ中に入ってきたぼくを押してる、ぼくぬ手が銃をつかんで持ち上げた、そして銃口を頭に当てる。

ぼく自身ぬ頭に。こめかみに。

わたしを放っておいてくれ！　放っておいてくれ！　声が抵抗する。**わたしは、おまえと手を結ぶには清らかすぎる。わたしに触れるな。わたしの世界は、ちょうどいま完全になったではないか。わたしを放っておいてくれ。おまえ、愚かな、鈍重《どんじゅう》な、うっとうしい昼よ。真夜中のほうが、おまえより明るいのだ。**引き金に指がかかる。ぼくぬ指が。

「いやだ。いやだ。死にたくない！」

聞こえるか建正このぼくぬ叫びが？　ぼくわ生きる超人だこんなところで終われない！　来たるべき終末わ訪れていないこんなものではない！　まだ壊したいぜんぜん足りないの

だ！　そのためぬお前わぼくぬためにいまこうやって……

　ケンセー!!

▼ゲームマスター

計はもがいてる。叫んでる。

最後のあがきだ。

ぼくら姉弟が、この世でたった二人のゲームマスターだと思ったことはない。だからこれで対戦型のゲームが永遠に終わるとは考えない。でもこのゲームは今ここで強制終了する。

　計はゆっくり狂っていった。本を一冊読むたびに本に呑み込まれて遠くへ去った。確かに計にとって現実は耐え難いものだったろう、だれも自分に似ていない、だれも自分に近づいてこない。世界が分からない。自分が分からない。なにもかもおかしい、耐えられない破壊したい。そう思っても仕方ないのかも知れない。でも本当にやるなんて……夏中かけて準備して、老人と見間違えるほどに生命力を使い果たしてまで人を操って、この大惨事を引き起こした。哀れだ、と思った。計だけじゃなくぼくも。

　ぼくらはともにこの学校に執着した。思いはここに縛りつけられていた。破壊したい、平和な日常を過ごしたい。その望みは正反対だったけど、結局ぼくらにはここしかなかったんだ。生きる場所は。ゲームの舞台は。

　でもそれも終わる。

▼石田符由美

　あたしにはゲームマスターの素質がある。それは本当のようだった。

　あたしは建正の思考を読み続けていた。あたしに入り込んだ別人をモニタリングするように。建正の記憶までが見えた、この子は……自分の姉に振り回されてきた。人生のほとんどを姉のために使ってきた。殺そうと決意して失敗して大ケガを負ってしまった。でも今度こそやり遂げる気だ。最後のけじめをつけようとする建正を止める気はなかった。

　筆太くんを傷つけた計を、あたしは許せなかったから。

　建正は目の前の女に――実の姉に向かって飛んだ。あたしから抜ける瞬間が分かった。

　もう容赦しない、ケリをつける、という強い決意だけがあたしの中に残った。

　すると女はギクシャクと動き出した。床に手を伸ばす。死んだ戌井の手から銃を奪い取った。そして震えながら、銃口を当てた。

　自分のこめかみに。

　あたしは目を開けたままでいる。見逃したくなかった。でもすぐに、違う！　と叫びたくなる。知らないの建正？　もう弾は残ってない。たぶん。

間違ってるのはあたし？

▼ゲームマスター

哄笑《こうしょう》が湧き上がる、建正は知らない戍井には入れなかったから知らないのは当然だ、この教師の性格を。何より無駄を嫌うのを。弾は撃ち尽くしていた自分の分だけを残しておいたのに、これでぼくを殺せると思ったのか愚かな！

▼石田符由美

目の前の女の表情が異様だった。自分を殺そうとしてる表情、それを超えて、嘲笑うような暗い笑みが広がる。ああやっぱり——カチリ。虚しい音。

弾は残ってない！　女の中の建正が動揺するのが分かった、そのとき狂った女は一気に支配権を取り戻したようだった。弟からハンドルを取り返し弟を追い出す——勝ち誇って顔中で笑い、自分の身体を思い通りに動かす。第二幕が始まる、弟を克服したこの女は怖いものなしのやりたい放題だ、再び殺殺殺……次はあたしを抹消。希望が見えない。

「銃を捨てろ！」

唐突に声が響いた。

狭いトイレの中に、鞭の音のように鋭く響いた。あたしは目を向ける。

見知らぬ男が銃を構えて立っていた。必死なその目。

▼ゲームマスター

入ってきた男が虚を突いてくれた。計のハンドルを放してしまったぼくは急いで握り直し、計の腕を動かした。銃はしっかり握ったまま。

弾は無い。だからこの銃で計の命を断てない。

ならばこの銃は他のことに使う。目の前の刑事に向けるためだ。

▼晴山旭

トイレに突入した瞬間、俺の目に映った光景は想像を絶していた。背中から草刈り鎌を生やして倒れている生徒、立ち尽くす二人のセーラー服の生徒。その一人は拳銃を持っている。

「銃を捨てろ！」

M37の銃口を向けながら命じた。異様な姿をした女子生徒が持っているのは日本では見かけないタイプの強力な銃で、女子生徒の骨ばった腕には不釣り合いだった。冷静だったかと問われれば断言はできない、だが俺はパニックに陥ってはいなかった。白髪の皺《しわ》だらけの女子生徒は異様すぎると理性的に判断を下した。現に相手にはこっちの声が聞こえていない、表情が読めない……こんな妙な顔をした人間は見たことがない。笑みと絶望と生者と死者と獣と人間が一緒くたになっている、撃ってしまいたい鷲尾が追っていたゲームマスターはこいつだ！　確信した、この老い方は鷲尾のレベルじゃない自分の命を間違ったことに使ってるそして侵入してくるこの俺に！　その恐怖は何より激しかった。

　しかも老いた少女は、銃口を向けてきた。

　俺の右手の人差し指が反応した。

▼石田符由美

　狭いトイレごと吹っ飛ばすような爆音。

　老いた髪と老いた皮膚を持った女子生徒が崩れ落ちた。

　あたしは一瞬しか目を閉じなかった。見届けた。この化け物は死んだ……ゲームオーバーだ。これで……ぜんぶ終わった。

　そんなことはどうでもいい。

　あたしは床に飛びつくと、仰向《あおむ》けに倒れた笙太くんの身体を抱え込む。あたしの両腕の中で笙太くんは小刻みに震えてる、白いシャツの背中が赤に染まって床に血溜まりができてる、このまま死ぬ？　そんなこと許さない！　初めて友達ができたのに！　こんなに優しい人が死んでいいはずがない、あたしが死ねばよかったこの人が死ぬくらいならあたしなんかをかばうためにこんな……認めない、やり直して！　聞こえてるの建正!?　ぜんぶあんたたちのせい。あんたと姉貴の。いや兄貴？　どっちでもいいけど責任取ってよ‼

もう建正はいなかった。この場には。それが分かった。

▼晴山旭

相手が倒れたのを確認して、俺は自分の銃を下ろした。

白髪頭が床に転がっている。どう見ても、死んだ。

俺は正しく対処した。そのはずだ……だが圧倒的な無力感と罪悪感が襲ってきた。一体どれほどの犠牲が積み重なった？　今日、いくつの命が散ったんだ？　今ここでもまた。

俺が倒したヤツだけじゃない。一人の男子生徒がひどく傷ついている……どう見ても瀕死《ひんし》だ。取りついて泣いている女子生徒は、友達。もしかしたら恋人かも知れない。俺の方には目もくれない。入ってきた俺が刑事だと分かっているのだ。やっと助けが来たと。

だが俺は何もできなかった。

動けない。とてつもない疲労を感じた。

▼但馬笙太

僕はまだ生きてる。そう、虚ろに思った。

妙に寒いのは、出血してるから？　背中だけが熱い。切り裂かれて、血が流れ出している感触はある。でもどれくらいかは判らない、身体が動かないし、目もかすんでるからだ。だけど石田さんに抱かれてる感触はある。

「こんだけたくさん死んじゃった……」

石田さんの声も、はっきり聞こえた。

「山繁くんも幸枝ちゃんも、死んじゃったんだよ。非道いよね、あたしへの嫌がらせ？　こんだけ死んでまだ殺すのかって、怒られちゃうよ。ねえ笙太くん、助けて……」

石田さんは泣いている。でも元気はあって、怪我はなさそうだ。よかった。

刃が石田さんに向かうのが見えて、僕の身体が動いた。守りたかった、石田さんの命と、石田さんのお腹にいる小さな命を。どうしてかって訊かれても困る。身体が勝手に動いたんだから。

「笙太くん、困っちゃった……あたし、子供産んじゃう気がするよー」

僕は、目を凝らして見上げた。

石田さんはすぐそばで僕を見つめていた。追いつめられたような、でもとてもきらきらした瞳で。僕は笑いかけたい。うまくいかない、顔が動かない。筋肉が……エネルギーが足りないと思った。血とともに流れていってしまった。すべてが白くなっていく。

石田さんの後ろにだれかが立ってる。気遣うように僕らを見下ろしてるのが判る。だれかは判らないけど、心配はしなかった。たぶん警察の人だろう。ぼくは石田さんの顔に目を戻した。目の前が白くなっていくと思っていたのに、いつの間にか黒くなっている。

光が見えない。消えてゆく。

いやだ。僕は、話しかけたい。石田さんに。

▼晴山旭

「産んじゃう気がするよ……」

女子生徒の泣き声に俺は反応した。

「きみ……」

普通の状況ならまさか、と思うはずだ。だが俺は自然な呼吸で訊いていた。

「妊娠してるのか？」

女子生徒は涙で潤んだ瞳で俺を見上げ、妙に素直に頷いた。

「そうか」

言葉を続けられない。

うまく言えるはずなどなかった。今の自分の思いを。ただ、産まれてくる命があって、この女子生徒はこんな状況でも生き残って、ならば……意味があると思いたい。

産んじゃう気がするよ、とこの子は言った。なら産めばいい。

俺とみどりは望んでも得られなかった。でもこの子は自分の中に赤ん坊を育てている。その時、彼女の腕の中にいる生徒がかすかに動いた。

▼但馬笙太

「……石田さん」

力を振り絞って呼んだ。声が出て嬉しかった。でももっと親愛の情を込めたかった、死にそうな僕のことを抱いて、泣いてくれている彼女に応えたかった。

「……笙太くん？」

涙の向こうから声が返ってくる。

「符由美ちゃん」

言えた。名前を呼べた。

少し満足した。でももう目は機能していないようだった。皮膚も温度を感じない。なのに僕は自分が笑顔なのを知っていた。そして、笑顔をやめることができなかった。

耳が聞こえることに感謝した。音楽が鳴っている。フェードインしてきたのはパッヘルベルのカノン……いや、ラヴェルの亡き王女のためのパヴァーヌ……いや。

シュトラウスのツァラトゥストラ……

▼晴山旭

栗林さんに電話しなくてはならない。

事態は終息した。早く報告しなくては……頭では分かっているのだが、身体が鈍い。時間感覚を失っていた。いったい誰が首謀者でどこまでが加害者なのか？　そもそもここはどこで自分は誰だ？　麻痺している。あまりに多くの血を見たせいで。あまりに異様な人間を見過ぎたせいで。いま自分が撃ち倒したミイラのような女のそばには死んだ教師、そのそばには瀕死の男子生徒と絶望した女子生徒。こんな状況を平気で受け止められる奴がいたら顔が見たい。どんなに経験のある刑事だって無理だ。向き合えない、俺はこの狭い地獄から逃げたかった。このまま帰って眠ることが許されるならそうしたかった。だが――床で寄り添い合っている二人の生徒の姿が、俺を動かした。

携帯電話を取り出して、かける。どうにか。

耳に、人の声が響いた。栗林さんの声に違いないが、判断する力が残っていない。

「晴山です……」

やっとのことで言った。

「銃を向けてきた人間に、発砲しました」

まるで懺悔《ざんげ》するかのように。

『…………』

栗林さんの声がよく聞こえなかった。

「もう……危険な人間は、いません。校舎の中には」

ただただ、いま必要と思えることを必死に喋る。

『お前は……』

かすかに聞き取れた。

『無事、なんだな？……』

栗林さんの気遣い。だが、俺は無事なのか？　そんな気は全然しない。

『よくやったぞ……』

俺はよくやったのか。真犯人を倒したのか？　ゲームマスター、、、、、を？　惨劇を終わらせた。二人の生徒を救った。そうなのか？　そうは思えない、一人は今にも死にそうで……

そしてこの校内で起きたことは、あまりにも圧倒的だ。

なぜ俺がこんな目に。

早くみどりの声を聞きたい。自分は生きていると知らせたい。いますぐ会いたい。

▼ゲームマスター

ぼくは勝った。

病室の中の自分の身体を抱きながら思った。

だが……なんと虚しい勝利なのか。

想像以上に、計の頭の中は混沌《こんとん》の地獄だった。瞬時に発狂の恐怖に襲われた。マグマのような灼熱《しゃくねつ》の情念。異形の思考。だからぼくはいま、たいした罪悪感も覚えずに、こうして窓から校舎を見つめていられる。

うまくやれた。手放しかけた計のハンドルを動かし、銃を刑事に向けさせた。そして刑事に撃たせた。しかも計の死の一瞬前に抜けられた。こんなにも早く刑事が校舎に突入してくるとは思わなかったが、部外者に救われた……ゲームの駒ではなかったのに。

計には運がなかったということだ。

当然だと思った。運は尽きなくてはならなかった。お前はこの世に居てはならない。

ううう、と思わず呻く。苦痛はひどい。腕が軋む。胸のあたりも痺れている。計の痛みのかけらを持ってきてしまった……だが、これで終わったのだ。

ぼくは計を悪夢から解放した。計にとって、生きる一秒一秒が苦しみだったはずだ。あんな地獄の混沌とともに生きられるものではない。命を絶つことこそ慈悲だ……ぼくは一度決めて、失敗したことを今日、やり直しただけだ。

血のつながった弟だからできること。

愛ゆえに、とは言わない。苦痛のおかげだ。これ以上の地獄は見たくない。結局は自分のため。それは認める。

でも、計のためでもあったと思いたい。これ以外に選択肢はなかった。計が生きているということは、計が抱える地獄をこの世に伝染させることだから。

窓から見える校舎は警察車両に囲まれている。さっきまで逃げ惑っていた生徒たちはみんな校庭を出てしまい、教師もほとんど見えない。機動隊員や警官たちがついに校舎に突入して二階、そして三階に上がっていくのが、廊下の窓からチラチラ見える。そしてトイレには、今もあの二人がいる。

僕が選んだ二人のキャラクターが。但馬笙太と石田符由美。

いまはそこに刑事も加わっているが、もうあの場には戻れない。疲れ切って、だいぶ寿命をさえ使ってしまったぼくはもう、意識をだれにも合わせられない。だからみんな無事かどうか分からない。計の凶刃を浴びた但馬笙太はまだ生きているか。助かるのか？　無理だ……たぶん。

目の中で校舎がぼやける。疲れた。とてつもなく疲れた。

ケンセー……

呼ぶ声が聞こえた気がした。

ケンセー……

ケンセー……

ぼくはまばたきを繰り返し、校舎を見据える。計は死んだんだ。刑事に撃たれてトイレの床に横たわっている。

幻聴だ。計が抱える地獄は消滅した。この世から。

ぼくはベッドに身を横たえる。丸くなって目を閉じる。

九月九日（水）　残暑の終わり――重陽《ちようよう》 😐

▼晴山旭

調書の提出は遅れに遅れた。

あれから一週間経った、今日。ようやく仕上げることができた。

腑抜けになってしまい、調書を書くどころか単純作業さえできなくなっている部下のことを栗林さんは守ってくれた。俺の首根っこを摑んで本庁に引っ張っていって頭を下げさせたがった小峰刑事課長をなだめ、説得し、先に自分の手で簡易調書を作って提出してくれた。正式なものはもう少し待ってくれ、刑事も人間。精神的ショックを考慮されたし。そう課長や本庁に掛け合ってくれた。最高の上司だ。抱えていた通り魔のヤマは初動での逮捕が叶わず、今も捜査のために東奔西走《とうほんせいそう》している状況だというのに。

申し訳ないとは思う。だが調書どころではなかった。あの高校で見た光景が寝ても覚めても身体を断続的に震わせた。だが日を追うにつれ、ふいに納得するような瞬間も訪れるようになっていた。悪夢を見ただけ。どうせ、あそこで何が起きたのか誰も理解などできないんだ。そんな開き直るような強さも、ほんの少しずつ湧いている気がした。

鷲尾という女刑事のこと。あの女が口にした〝ゲームマスター〟のことを調書に書くのは見送った。栗林さんだけにはありのままを説明したが、彼もどうすることもできなかった。事件の裏に異能者がいた、もしかすると公安部の秘密捜査官も噛んでいたなど証明のしようがない。報告書に記載しても無視されるか、逆にこっちが処分される。いや精神科病院送りになる。それは避けたかった。

だから、あの女が本当に警察官であったかどうかさえ分からずじまいだ。被害者リストを見て俺はあんぐりと口を開けた。警察関係者は含まれていない。全てが学校関係者であり、現場にいた部外者は俺だけということになっている。鷲尾はおろか比嘉元刑事もいなかったことにされているのだ。

つまり警視庁は二人の死を黙殺した。校舎の二階で確かに警察族が死亡し、俺はそれを打ち捨てて三階に上った。その後、あれだけの死体が生じた校舎の中で、二つの死体だけが自然消滅するわけがない。警察以外の何者かが侵入して回収する時間があったとも思えない。

二人の存在自体が闇に葬られた。それが何を意味するか。これからも警察官でいたいなら、よく考えるべきだった。俺が校内で使用したM37拳銃はどこから来たのか？　公式には、俺が初めから持っていたことにさせられるのだろう。もはやそんなことはどうでもよかった。

今の俺に複雑なことを考える力などない。ただ口を噤み、回復を待つだけだった。心の回復を。

事件に関わった刑事が負う最低限の義務は、果たした。調書をまとめたら休暇を取れ。東京を離れろ。そう言ってくれたのは栗林さんの方だった。俺は有り難く甘えた。一ヶ月とちょっと前に辿った路線で飯山市に戻った。

みどりは——なんと駅まで来てくれた。改札が見えた瞬間、そのすぐ外に佇んでいる女房の穏やかな表情が目に入って、俺は奇蹟でも目撃した気分になった。

だが俺の顔を見てすぐに顔を強張らせる。

察したらしい。夫がくぐり抜けた経験の大きさを。

改札を出てみどりに歩み寄った。逃げられないか心配だったが、みどりは佇んだままでいてくれた。目の前に立ったのに俺は何も言えなかった。こうやって迎えてくれたことを嬉しがり、笑顔でありがとうと言うべきだった。だが口が開かない。声が出ない。

喋ればSOSになってしまう気がした。まだ生々しい悪夢を、受け止めてくれなんて言えない。受けた傷を、いま感じている苦しみを、みどりの抱えている苦しみの上に重ねられない。重すぎる。

俺は一人で抱えていなければならなかった。

今にも崩れ落ちそうな自分がいた。やっと女房のところへ辿り着いたのに助けを求められず、かける言葉さえ浮かばない。何しに来た、来ない方がよかった……

女房の右手がふっと上がる。

俺の頬に触れた。

溶けてしまうかと思った。有り得ない恵み……温もり。言葉が意味をなさないとき、相手を力づける術を女房は知っていた。介護職を続けてきたみどりならではの感覚。それを今、俺のために使ってくれた……こんな不出来な夫のために。

それだけではなかった。

みどりは、俺の手をつかんで引き寄せ、そして……抱擁《ほうよう》してくれた。

信じられなかった。何日ぶりだろう。だが、みどりの身体は硬い。それは俺のせいだった。俺がくぐり抜けたものが女房の身体を冷やしている。固まらせたままでいる。

二人して別々の厳冬期をくぐり抜けてきた。酷寒を重ね合わせても、それは冷気のまま。お互いを温める言葉の持ち合わせもない。

だからできるのは、不器用に抱きしめ合うことだけ。

こうしてくっついて、じっとしていれば……温度が上がるだろうか？　お互いの中に温かみが生まれるか。この雪山を無事に抜けられるか。それとも、二人で遭難するか。いずれ互いの体温を見失って、終わりか。

だから俺は力いっぱいみどりを抱きしめた。せめて今だけでも。

▼グランドマスター

ぼくわここにいる。

いなくなったりしない。だれにも気づかれずに存在している。

建正わ——ぼくを解放してくれた。目論見通りに。

女の身体など早く捨てたかったのだ。老いさらばえてエネルギーが尽きかけたあの肉体。ちょうどよい厄介払いだった。

そしてぼくわここにいる。

しっかり建正の手を握っている。建正わ気づいていないが。

ケンセー。

呼んでみる。いたずらみたいに。

建正は顔をしかめる。

でもぼくにわ気づかない。

クスクスクス、とぼくわ笑う。

建正の意識が途切れるところにぼくわいる。だから建正わ永遠に気づかない。**深いもの**

はすべて仮面を愛する。そしてこの建正の身体わたっぷり寿命を持っている。まだいくらでも押せる。おまけに押す力わぼくよりずっと強い。これからわもっと思い通りにゲームをこなせる。どこまでも。

押せなくなったら。

エネルギーが切れたら。

——まただれかと手をつなげばいいだけ。

すべてわ計画通りだ。

ゲームの勝者わぼくひとり。なにもかも読み切って、すべてを操って——ぼくわここへ辿りついた。

無敵のグランドマスターの位置に。永劫回帰《えいごうかいき》を見晴るかす超人に。

さあ、来るがよい！　時が来た！　時が！

今世界は笑いさざめき、戦慄すべき幕が引き裂け

光と闇のための婚礼の時が来たのだ……

これからぼくわ地上のすべての争いを司《つかさど》る。

まずわ病院を破壊する。

▼グランドグランドマスター

だめだよ、計。

お前の思い通りにはさせない。

痛みをこらえ、ひどい苦労をして階段を登りながら、ぼくはひとりごちる。

気づかないふりをしてただけだ。お前はやっぱり、破壊の意思をあらわにした。またゲームを始めようとしている。際限なく続けて、やがて世界そのものを壊そうとするだろう。そんなことぼくには分かっている。

ぼくの意識の隙間を利用して、生きているように振る舞うつもりだ。今まで通りに。

なるほど、ぼくらは今や一心同体。ぼくはお前を、ぼくの中から追い出せないことも知ってる。

じゃあどうするかって？

終わらせる。そう言ったろ。

ぼくは誓いを守る。

さあ、病院の屋上に着いたよ。充分な高さだと思わないか？　地上六階。奇《く》しくも、あの駐車場と同じだな。

ちょっとした賭《か》けだけど、今度は車ごとじゃない。鉄の車体や、柔らかいシートが身体を保護することはない。

ぼくは逆さまに落ちようと思う。完全に脳が破壊できるように。絶対に死ねるように。

それがぼくの責任だ。

生きている限りこの世界を破壊してしまうなら、自分を破壊して終わらせるよ。お前の世界も同時にね。

おまえはもう、ぼくの中でしか生きられないんだから。

ぼくと行こう。どこまでも。

やっぱり離れられなかったんだな、ぼくたち。

微笑みを浮かべながら、屋上の柵に足をかけた。一気に中空へ飛び出す。

十月十日（土）　ありうべからざる秋の日　☺

▼石田符由美

闇に包まれた校舎が見える。

すべての電灯が消されたあと――二階の廊下の一カ所だけに明かりが灯《とも》る。

闇の中で、そこだけがぽっかりと、空中に浮かぶ舞台のように。

そしてショウが始まる。

かけ合い漫才だ。笙太くんと落合くんはほんとに息が合っている。笙太くんがボケて、落合くんがツッコむ。リズムもテンポも最高。凄く仲がいいからできる芸なんだなあと思った。よかったなあ、二人があんなに仲が良くて。ちょっと泣きそうだ。ほんとによかった。

あたしは下、校庭からそれを見上げてる。他の大勢の生徒たちといっしょに。

昼間の文化祭が終わって、すっかり開放的になった生徒たちは、この後夜祭を夢中になって楽しんでいる。大笑いし、歓声を上げ、二階の舞台にいる生徒に野次と激励の声を飛ばす。

落合くんの目が輝いている。こんないきいきした彼は初めて見た。いつもの、目が合わない感じがしないのだ。これが落合くんなんだ。いま凄く調子がいいんだなあと思った。ほんとの落合くんに戻れたからいいんだ。戻れないなんてことは、やっぱりあり得ないんだ。なんだか凄く心配してた気がするけど、取り越し苦労だった。

笙太くんはいつも通り。笑顔が優しくて、すごく人間味にあふれてる。だれよりも繊細で、だれよりも人間らしい人。

学校中の人間の中で、だれが死んだとしても、この人だけは生きているべきだ。あたしは強くそう思う。

漫才の内容は、あたしにはなぜか聞き取れなかった。だけどみんな大笑いしてるからいいんだ。すごく楽しい漫才なんだ。それで満足。

今日は何月何日？　文化祭だとしたら十月十日。だけど、あんな事件が起きたあとで文化祭がふつうに行われるわけもないし……じゃあこれは夢？　白昼夢？　まるで分からない。ただ、この風景があたしは大好きだった。抜け出したくない。ずっとここにいたい。ここでは死者も生者も区別がない。もちろんだれも殺し合いなんかしない。

あたしのすぐ近くには山繁くんも幸枝ちゃんもいるし。満面の笑みで二階のコンビ漫才を見上げてる。すごく元気そうだ。

戌井先生も満足げに見上げていた。二階の二人が、自分の受け持ってるクラスの生徒だってことが誇らしそうだ。

でもふいに口を引き締めて、真剣な表情になった。歩き出す。

校庭のお立ち台の階段を登り出した。手には指揮棒。

お立ち台の上から二階を見上げると、さっと指揮棒を挙げる。

笙太くんと落合くんは即座に漫才をやめた。笑顔が急に真面目くさる。

一瞬の静寂。あたしも背筋が伸びる。

指揮棒が振り下ろされる。

澄んだ音色が響いてくる。

そっか、とあたしは頷く。演奏の時間が来たんだ。

音色から木琴《もっきん》と鉄琴と分かる。いつの間にか二人はバチを持っていて、目の前の楽器を叩いてる。笙太くんが木琴、落合くんが鉄琴みたいだった。聴いたことのある曲、でもタイトルは分からない。ショパンだっけ、それともスコットランド民謡？　いや、ＹＭＯかも。

二人の息は見事に合っていた。漫才と同じように。

最高の親友同士じゃないとこんなに息は合わない。こんなに美しいハーモニーは奏でられない。二人は親友なんだ……ほんとによかった。

二階の照明がパッと増えた。二人の横にだれかいる。あっ、山繁くんと幸枝ちゃんだ。いつの間に二階に上がったの？　他にも何人かいる。若林麻実っていうあたしのクラスメートとか、隣のクラスの男子とか、顔だけ知ってる下級生とか。で、いつの間にか全員がバチを持ってて、自分の木琴と鉄琴に叩きつけた。大合奏が始まったんだ。

校庭に残った生徒たちはみんなウットリして見上げている。

幸せな後夜祭だった。文化祭はつつがなく終わったんだ、やっぱり。

そしてあたしは自分のお腹を優しく撫でる。もうずいぶん膨らんでいる。

あたしは幸せを感じた。ここまで膨らんだらもう引き返せない。っていう、かすかな後悔を噛み殺す。

指揮棒が揺れる。戌井先生は一心不乱に手を動かしてる。目を閉じて、生徒たちの演奏を味わいながら。

生徒たちを愛してるのが伝わってくる。教師の鑑《かがみ》だ。

あはは……

っていう笑い声が聞こえた。

振り返ると、手をつないだ二人組が立ってる。

砂川計子と砂川建正の姉弟だった。

ひと目見て姉弟だって分かる。顔が似てるから。

いま二人は、表情まで似ていた。歳相応に若い、子どものように活き活きした顔。まるで双子だ。つないだ手を放さない。

ずっと前から二人を知っているような気がする。まるで幼なじみのように。

この二人も楽しんでくれてるんだ。あたしは嬉しくて、二人が話しかけてくるんじゃないかとちょっと怖くて、でも笑った。ここではだれも殺し合わないから。ここにいる人はみんな、この後夜祭を最後まで楽しむことだけを考えてる。まるで、これが人生最後の宴だって知ってるみたいに。

これが現実。

だれがなんと言おうと、これがあたしの人生。あたしの意志だか、無意識だか知らないけど、間違いなくあたし自身がこの情景を選んで、そしてあたしがここにいる。他の情景をすべて捨てる。だれ一人死んだりなんかするもんか、これがあたしのゲームなら、あたしは勝った。だれ一人欠けやしない。

そして演奏は終わらない。木と鉄でできた美しい琴の調べが校庭中に響く。町中に響き渡る。どこまでも広がってゆく。

あたしの頰が濡れている。ふいに、気づいた。

涙は止まらない。

▼晴山旭

「終わったよ。一応」

俺は数枚の紙を差し出しながら言った。緊張を隠しながら。

「おっ。どれどれ」

刑事課の自分の席にいた遠藤椿ちゃんは、俺から紙を受け取って読み始めた。顔には笑み。素早く目を走らせ、俺が数日間かけてまとめ上げた成果をチェックする。

横目でその様子を見ながら、内心で感謝した。この有能なデスク担当の気遣いは痛いほど感じている。だが仕事に妥協はしない。それが俺には有り難かった。簡単な課題は与えない。東京西部一帯の、未解決の空き巣事件の手口を調べ上げてタイプごとに分類する仕事は骨が折れた。時間もかかった。そのおかげで、余計なことを考えずにすんだのだ。

「上出来じゃーん！　晴ちゃん、こんな細かい作業できるんだね。知らなかった」

大げさに誉めてくれる椿ちゃんに向かって、俺は微笑むだけだった。

「ありがとね。これ、絶対役に立つよ」

感謝すべきは俺の方だった。この椿ちゃんに。刑事課全体のいたわりに。上司たちの寛大さに。

事件の傾向を分析した資料はたしかに必要で、だがいま必要かというと疑問符がつく。空き巣事件の分類だから、強行犯担当の長い俺に適した仕事とも言えない。だが殺しのヤマから離れることは精神衛生上よかったし、盗犯担当の刑事たちからは感謝してもらえるかも知れなかった。

「たまには内勤もいいでしょ。案外向いてるんじゃない？」

椿ちゃんはあくまで優しい。地味な作業に没頭する俺の様子を、上にも報告してくれているようだった。いわばリハビリ係だ。お礼をしないと。今度は椿ちゃんだけじゃなくて、椿ちゃんの息子のためにも何か買ってこよう。野球が好きだと言ってたからグローブかバットがいいか。それとも現代っ子らしく、ゲームとかの方がいいのか。

「晴山」

呼ばれて振り返った。

栗林係長が会議室のドアを開けて手招きしていた。

ただちに栗林さんの方に向かう。だがそれは反射運動のようなもので、胸の中にはなんの感情も湧かない。会議室に入ると小峰刑事課長もいた。奥の椅子に座って陰気な顔で宙を睨んでいる。

いよいよ肩を叩かれることを覚悟した。中崎高校事件以来、俺は刑事課の戦力になっていない。いやもっと前から課のお荷物になっていた。なのに、その後一ヶ月も刑事課に残してもらえたのは上司たちの温情以外の何物でもない。これ以上どんな我儘《わがまま》が言える。

まあ座れ、と栗林さんに促されて俺は座った。何を言われても受け入れようと思った。

奇妙な沈黙が流れる。

ウォホン、と咳払《せきばら》いした後、栗林さんが低い声で告げた。

「本庁がお前に関心を持ってる」

俺は頷いた。

「やっぱり、処分ですか」

桜田門《さくらだもん》に召喚《しょうかん》され、糾弾を受けた挙げ句に懲戒《ちょうかい》解雇《かいこ》。そうに決まっていた。

俺は凶器を手にした加害者の一人を射殺し、命の危機にさらされていた生徒を救った。それが一応の事実だが、単独の強行突入という判断が最善だったかどうかは甚《はなは》だ疑問視されている。本庁が俺を懲らしめたい気持ちはなんとなく伝わってきたが、当然だった。俺自身が正しかったのかどうかまるで自信がない。

あの大惨事を引き起こした加害者は何人いたのか？　ましてやその動機などは完全に五里霧中《ごりむちゅう》。おまけに、容疑者と目される人間は軒並《のきな》み死亡している。なかなか俺の処分が決まらないのは事件に謎《なぞ》が多すぎるからに過ぎない。小峰課長などはそう思って苛々してきたに違いなかった。

だが俺は確信していた。この事件が解明不可能な異常さを秘めており、かつ、複数の刑事（現職と退職後を問わず）が関わっている。それが本庁の態度が決まらない理由に違いないと。隠蔽《いんぺい》しなくてはならないことが多すぎて正式な記者発表も見送られている。今後、全容が解明される見通しなどあるはずもなかった。

だが末端の処分については決まったようだ。事件の内幕を知りすぎた者は切り捨てる。おそらくは、厳重に口止めをして。俺は爽快感さえ覚えた。どこかホッとしてもいる。相手が異常な人間だったとはいえ、俺は人を殺した。その事実は、気づかないうちに肺を浸《しん》潤《じゅん》された病人みたいに自分から力を奪っていた。正当防衛であっても人命を奪うことはやはり心を病ませる。他に方法はなかったのか、そう問う声が消えない。

俺は罰を欲していた。だからどんな処分も受け入れる。

「いや」

ところが、栗林さんは首を振ったのだった。

「刑事部から打診があった」

「打診？」

痴呆《ちほう》のように訊いてしまう。

「お前、引っ張られるぞ」

意味が分からず、ますますぽかんとした。

「……まさか」

しばらくして、俺が返せたのは一言だけ。

「本部の連中が何を考えてるのか、さっぱり分からん」

小峰課長が唸るように、正直な思いをぶつけてきた。

「お前を評価してるらしい。一人で突入するような無謀な奴をな」

皮肉な物言いだが、その声の妙な温かさに面食らう。この人はここのところ俺への叱責を控えていた。じっと睨んではくるものの、何も言わない。課長なりの俺へのねぎらいか？　そう感じられるようになった矢先だった。

「心の準備だけしとけ」

栗林さんもいつの間にか微笑を浮かべている。

「おそらく春に異動。今月って可能性も、なくはない」

「…………」

吐ける言葉はない。俺が警視庁刑事部に？　もしかすると、捜査一課。それは東京中の刑事が目標とする花形部署だ。

「楽じゃないぞ。行っても、後悔するだけかも知らん」

栗林さんが言い、小峰課長が目を剝いた。これから栄転する刑事へかける言葉ではないと思ったのだろう。だがこの人には言う資格がある。本庁を追われた男だ。いまは自分の部下をそこへやる立場。複雑だろう。部下に同情している。だが、俺がずっと捜査一課に憧れてきたことも知っている。

「自分の目で見てこい。今の刑事部を」

栗林さんの深すぎる言葉に、かろうじて頷くしかできなかった。だが心の中はこんがらがったまま。どんな感情を持つのが正しいのかも分からない。ただ、確かなことが一つあった。

早くみどりに知らせなくては。

一ヶ月会っていない。飯山で会って数日を過ごした。あのときは、また一緒に暮らせるという希望を感じた瞬間もあった。だがまた離れて過ごしていると、やっぱり無理だという諦めが膨らんでくる。このニュースを伝えよう、みどりにとって朗報などではないことは百も承知だ。それでも知らせなくては……そして言うのだ。

お前に東京に戻ってきて欲しい。また一緒に暮らして欲しいと。

怖い。それこそが、決定的な一言になってしまうかも知れない。罅《ひび》の入った殻が割れて弾ける……目眩と、手足の妙な痺れを感じつつ、俺は上司二人に頭を下げて会議室を出た。

椿ちゃんが自分の席からさりげなくこっちを見ているのに気づく。心配してくれていた。だが、何をどう伝えればいいのか分からなかった。本庁に異動だなんて言ってもまず信じてもらえない。

あの女子生徒はどうしているだろう？

ふいに思った。たしか名前は……石田符由美。あの地獄から生還した者はあまりに少ない。最果ての地のようなあの狭いトイレを、だが俺たちはたしかに生きて出た。他の者は叶わなかったのに。

　歳も立場もまるで違うが、当事者同士として気にしていた。心にずっと引っかかっている。元気だろうか？　元気なはずはないが、少しでも力を取り戻しているか。事件から一ヶ月を経過した今、どんな精神状態で過ごしているだろう。

　できることはないか。連絡を取ったところで、俺には何もできない。むしろ傷口を広げてしまうだろう。こっちは刑事なのだ、向こうは警戒こそすれ、同志などとは思わない。事件を思い出させること自体が精神的虐待《ぎゃくたい》。

　それでも、気遣う思いは強かった。彼女がお腹に宿した小さな命はどうなる。無事に生まれてきたとして、それが何かの慰めになるか。いや、あの歳で母親になったって苦労ばかりだ。父親は……もしかすると、あの場で死んでしまったのだし。

　そもそも、これからこの世に一人増えたところで、中崎高校で失われた人命の多さを思えば虚しい。そんなふうに思ってしまう自分もいる。

　それでも、同じ悪夢を見せられた者のために、何かしたい。

　椿ちゃんに向かって俺は訊いた。

「中崎高校の生徒の連絡先、分かるかな？」

この作品はフィクションです。実在の人物・団体・事件などには、いっさい関係ありません。
作中の登場人物による、アドルフ・ヒトラーとフリードリヒ・ニーチェの台詞は、以下からの引用です。
『わが闘争（上・下）』アドルフ・ヒトラー著　平野一郎／将積茂訳（角川文庫）
『善悪の彼岸』フリードリヒ・ニーチェ著　中山元訳（光文社古典新訳文庫）
『ツァラトゥストラⅠ』フリードリヒ・ニーチェ著　手塚富雄訳（中公クラシックス）
『ツァラトゥストラⅡ』フリードリヒ・ニーチェ著　手塚富雄訳（中公クラシックス）

JASRAC出1700487-701

一〇〇字書評

ゲームマスター

切り取り線

購買動機（新聞、雑誌名を記入するか、あるいは○をつけてください）	
□（　　　　　　　　　　　　）の広告を見て	
□（　　　　　　　　　　　　）の書評を見て	
□ 知人のすすめで	□ タイトルに惹かれて
□ カバーが良かったから	□ 内容が面白そうだから
□ 好きな作家だから	□ 好きな分野の本だから

・最近、最も感銘を受けた作品名をお書き下さい

・あなたのお好きな作家名をお書き下さい

・その他、ご要望がありましたらお書き下さい

住所	〒				
氏名		職業		年齢	
Eメール	※携帯には配信できません		新刊情報等のメール配信を 希望する・しない		

この本の感想を、編集部までお寄せいただけたらありがたく存じます。今後の企画の参考にさせていただきます。Eメールでも結構です。

いただいた「一〇〇字書評」は、新聞・雑誌等に紹介させていただくことがあります。その場合はお礼として特製図書カードを差し上げます。

前ページの原稿用紙に書評をお書きの上、切り取り、左記までお送り下さい。宛先の住所は不要です。

なお、ご記入いただいたお名前、ご住所等は、書評紹介の事前了解、謝礼のお届けのためだけに利用し、そのほかの目的のために利用することはありません。

〒一〇一-八七〇一
祥伝社文庫編集長　坂口芳和
電話　〇三（三二六五）二〇八〇

祥伝社ホームページの「ブックレビュー」からも、書き込めます。
http://www.shodensha.co.jp/bookreview/

祥伝社文庫

ゲームマスター 国立《くにたち》署《しよ》刑事《けいじ》課《か》 晴山《はるやま》旭《あきら》・悪夢《あくむ》の夏《なつ》

平成29年2月20日 初版第1刷発行

著 者 沢村《さわむら》 鐵《てつ》
発行者 辻 浩明
発行所 祥伝社《しょうでんしゃ》
東京都千代田区神田神保町3-3
〒101-8701
電話 03(3265)2081(販売部)
電話 03(3265)2080(編集部)
電話 03(3265)3622(業務部)
http://www.shodensha.co.jp/

印刷所 堀内印刷
製本所 積信堂
カバーフォーマットデザイン 芥 陽子

 ISBN978-4-396-34285-2 C0193

祥伝社文庫の好評既刊

富樫倫太郎　生活安全課0《ゼロ》係　**ファイヤーボール**

杉並中央署生活安全課「何でも相談室」通称0係。新設部署に現れたキャリア刑事は人の心を読みとる男だった！

富樫倫太郎　生活安全課0《ゼロ》係　**ヘッドゲーム**

同じ高校の生徒が連続して自殺⁉　調査を始めた0係のキャリア刑事・冬彦の前に一人の美少女が現れる。

富樫倫太郎　生活安全課0《ゼロ》係　**バタフライ**

0係のメンバー、それぞれの秘密とは？　持ち込まれる相談の傍ら、私生活の悩みを解決していく……。

富樫倫太郎　生活安全課0《ゼロ》係　**スローダンサー**

「彼女の心は男性だったんです」——性同一性障害の女性が自殺した。冬彦は、彼女の人間関係を洗い直すが……。

矢月秀作　**D1**　警視庁暗殺部

法で裁けぬ悪人抹殺を目的に、警視庁が極秘に設立した〈暗殺部〉。精鋭を擁する闇の処刑部隊、始動!!

矢月秀作　**D1　海上掃討作戦**　警視庁暗殺部

遠州灘沖に漂う男を、D1メンバーが救助。海の利権を巡る激しい攻防が発覚した時、更なる惨事が！

祥伝社文庫の好評既刊

安東能明 **限界捜査**

人の砂漠と化した巨大団地で消息を絶った少女。赤羽中央署生活安全課の疋《ひき》田《た》務《つとむ》は懸命な捜査を続けるが……。

安東能明 **侵食捜査**

荒川赤水門で水死体が発見された。入水自殺と思われたが、遺体に刻まれた謎の文様が、蠢く暗部をえぐり出し……。

香納諒一 **アウトロー**

殺人屋、泥棒、ヤクザ……切なくて胸を打つはぐれ者《アウトロー》たちの出会いと別れ、そして夢。心揺さぶる傑作集。

香納諒一 **冬の砦《とりで》**

元警官と現職刑事の攻防と友情、さらに繊細な筆致で心の深淵を抉《えぐ》る異色の警察小説！

香納諒一 **血の冠**

元警官・越沼《こしぬま》が殺された。北の街を舞台に、心の疵《きず》と正義の裏に澱《よど》む汚濁を描く、警察小説の傑作！

北國之浩二 **夏の償《つぐな》い人** 鎌倉あじさい署

老女の家出に隠された、戦後70年の闇と贖罪《しょくざい》。ふて腐れ屋の新米刑事は連綿と続く犯罪の構図を暴けるのか？

祥伝社文庫の好評既刊

門田泰明
ダブルミッション（上）
東京国税局査察部査察官・多仁直文《たになおふみ》。偶然目撃した轢《ひ》き逃げが、やがて政財界の黒い企みを暴く糸口に！

門田泰明
ダブルミッション（下）
No.1査察官・多仁らによって暴かれる巨大企業の暗部。海外をも巻き込む巨大な陰謀の真相とは？

五十嵐貴久
リミット
番組に届いた一通の自殺予告メール。〝過去〟を抱えたディレクターと、異才のパーソナリティとが下した決断は⁉

南　英男
警視庁特命遊撃班
ごく平凡な中年男が殺された。ところが男の貸金庫から極秘ファイルと数千万円の現金が見つかって……。

南　英男
はぐれ捜査
警視庁特命遊撃班

謎だらけの偽装心中事件。殺された男と女の「接点」とは？　風《かざ》見竜次《みりゅうじ》警部補らは違法すれすれの捜査を開始！

南　英男
暴れ捜査官
警視庁特命遊撃班

善人にこそ、本当の〝ワル〟がいる！　ジャーナリストの殺人事件を追ううちに現代社会の〝闇〟が顔を覗かせ……。

祥伝社文庫の好評既刊

南 英男
偽証（ガセネタ） 警視庁特命遊撃班
元刑事・日暮《ひぐれ》が射殺された。真相に風見たちが挑む！　刑事を辞めざるを得なかった日暮の無念さを知った風見は……。

南 英男
裏支配 警視庁特命遊撃班
連続する現金輸送車襲撃事件。大胆で残忍な犯行に、外国人の影が!?　背後の黒幕に、遊撃班が食らいつく。

南 英男
犯行現場 警視庁特命遊撃班
テレビの人気コメンテーター殺害と、改革派の元キャリア官僚失踪との接点は？　はみ出し刑事の執念の捜査行！

南 英男
悪女の貌《かお》 警視庁特命遊撃班
容疑者の捜査で、闇経済の組織を洗いはじめた風見たち特命遊撃班の面々。だが、その矢先に……!!

南 英男
危険な絆 警視庁特命遊撃班
劇団復興を夢見た映画スターが殺される。その理想の裏にあったものとは……。遊撃班・風見たちが暴き出す！

龍 一京
汚れた警官 新装版
尊敬する先輩警官は麻薬の密売人!?　背後に蠢くのは、ロシアンマフィアか、それとも……迫真の警察アクション！